源文化丛书

江源在上

王剑冰　著

青海人民出版社

图书在版编目（CIP）数据

江源在上 / 王剑冰著 . -- 西宁：青海人民出版社，
2021.4
（源文化 / 文扎主编）
ISBN 978-7-225-06092-7

Ⅰ.①江… Ⅱ.①王… Ⅲ.①散文集—中国—当代
Ⅳ.① I267

中国版本图书馆 CIP 数据核字 (2021) 第 072885 号

源文化　文扎　主编
江源在上　王剑冰　著

选题策划：王绍玉　责任编辑：梁建强
责任校对：宋巍　责任印制：刘倩　卡杰当周
书籍设计：吾要　刘福勤　杨敬华　郑清
封面绘画：吾要　封面题字：古岳

出 版 人：樊原成
出版发行：青海人民出版社有限责任公司
地　　址：西宁市五四西路 71 号
邮　　编：810023
电　　话：0971-6143426（总编室）
发行热线：0971-6143516 / 6137730
网　　址：http://www.qhrmcbs.com
印　　刷：北京雅昌艺术印刷有限公司
经　　销：新华书店
版　　次：2021 年 6 月第 1 版　2021 年 6 月北京第 1 次印刷
开　　本：889 毫米 ×1194 毫米　1/32
字　　数：190 千字
印　　张：11
定　　价：80.00 元
书　　号：ISBN 978-7-225-06092-7

浏览器扫码下载
书香青海APP

青海人民出版社
微信公众号

举目江河源

——代序

马丽华

青海省玉树藏族自治州治多县素享"万里长江第一县"的美誉，以前多番路过，限于乘车往返于青藏线，连过境游都算不上，直到2017 年 8 月，总算身临其境。这首次到访，是为参加该县举办的简称为"三节"或"两节一会"、全称为"第三届全国嘎嘉洛文化学术研讨会暨三江源国家公园长江源区水文化节和嘎嘉洛文化旅游节"，节庆活动包括集体观摩"源文化"系列展示，"非遗"（非物质文化遗产）剧目演出，乃至传统仪式的祭湖祭河、嘉洛婚庆大典等等；分组活动的各嘉宾群体，包括来自北京和周边省区的格萨尔研究专家、三江源国家公园三大园区的管理者、内地帮扶单位的企业界人士；出席节庆活动的还有作家团队、文化传媒团队，盛会之后还将进行以"源之缘，诗性的长江"为题的采风活动。

嘎嘉洛是古地名兼氏族部落名，相传为史诗英雄格萨尔王妃森姜珠牡的出生地，让"嘎嘉洛"一词重新绽放，既是将当地传而承之的游牧文化整合进来，为本地打造一个与众不同的旅游名片，同时也作为格萨尔史诗研究的代名词。从嘎嘉洛文化到源文化，于我而言皆为初闻初识，感觉新鲜，联想到这一节庆活动内容的多元综合，可谓一头连接本土文史，一头连接当代热点：时尚的旅游广宣、超前的国家公园建设，总之，一踏进这个相当边远的县城，原本的高海拔纯牧业县，给我的第一感觉竟然是"信息量好大啊"！

随后，我便见证了这套"源文化"丛书的策划过程。作家团队聚集在县城以外大草坝上的一顶帐篷里，多位丛书作者在场，看来酝酿已久，此为最终面议：落实各人承担的选题、确定完稿时间之类具体事宜。虽多为文科人士，但无论来自青海内外，长期关注源区生态和民生，无一不是厚积薄发，尤其看到兼备地质地理学背景的杨勇参与其中，他可是自1986年举步长江源起，就一直在青藏地区进行科学考察探险的学者，所以我当时就在想，这套融自然与人文为一体的丛书读本，稳了！

这套丛书的发起者是文扎先生，不仅如此，听说他还是"嘎嘉洛"文化和"源"文化的倡导者，当然也是身体力行的实践者。此前我同文扎先生素未谋面，不过并不妨碍我们一见如故，他正是我遍访西藏各地所熟悉的那类"额头上有光芒闪现"的、独具乡土特质的文化名人，是地方文化的代表人物和代言人，这类智者对家乡故土的风物风情珍爱极了，且满怀了感恩之情，哪个地方有了他们，便有福了；所承载其上的文化面貌，也会随之生动起来。难得的是，文扎先生并未止步于守望守护，而是与时俱进，孜孜矻矻致力于开拓创新。正所谓"念念不忘，必有回响"，而回响来自方方面面，你看当下，就有这套以"源文化"为名的丛书得以出版问世，当是实体化了的回响反馈。

"源文化"的内涵还在深入探讨中，可能需要补充完善。但就其本义而言，是知性的，更带感情，这感情里包含着乡愁，更洋溢着豪迈之情。你看治多县境内外，北部有昆仑续接巴颜喀拉的群山叠岭，西部是知名度颇高的可可西里荒原；沿着长江上游通天河溯源而上，是唐古拉山脉，那里是长江和澜沧江的源头所在。长江上游通天河流经治多，治多的藏语含义正是"江源"，"源文化"实至名归。

有了得天独厚的自然背景依托，辅以时代背景——坐拥长江、黄河、澜沧江三江之源的青海省，在筹建三江源国家公园的这些年里，生态意识被空前激发，影响到文学界，虽说本土文化原生态天然地契合于现代环保理念，文学创作自带生态环境意识，不乏对人与自然关系的求索探讨，但是近年来在青海，自然文学、生态书写还是被空前强调，生态书写研究紧随其后，上一年在西宁举办青年作者培训班，巨幅标语正是"深耕黄河文化，厚植青海故事"；青海省作协甚至在祁连山国家公园常设"自然文学创作基地"……这些都是唯青海才有魄力和能力展现的文学风景。所以说，青海不仅在国家公园建设方面领先于全国，在生态文学写作方面也是率先垂范。就这一意义而言，"源文化"丛书的出版并非孤立现象，可视为生态书写的一次良好示范。

尽管终于脚踏实地拜访过治多县城，终究还是一过客。回想很多年以前，每每沿青藏公路 109 国道翻越唐古拉山口，春夏秋冬走过。这座了不起的山脉，不仅是青海、西藏的行政区划边界，在自然地理方面也是相当著名的分水岭：按照以北以南的源点流向，成为内流河或外流河。从唐古拉山脉发源的长江与澜沧江，可作为教科书式的现身说法。同属一座高原，多年里我对青海充满向往，不时有所涉笔：20 世纪 90 年代采写过可可西里科考、在可可西里为保卫藏羚羊牺牲的治多县英雄杰桑·索南达杰；进入 21 世纪以来，持续了解有关三江源多项生态工程、国家级自然保护区和国家公园建设等等；写过流经横断山区的澜沧江，甚至为长江、黄河的演化史写过小传……如此常怀崇敬之情，以至于为本文所拟题目，需要用到"举目"，意在无论自然造就还是人为努力，青海始终令我仰望。

三年前在治多县城外的帐篷里，就有动议让我这个虚长几岁的人作序，盛情难却，虚应下来。丛书即将面世，首先祝贺诸位辛勤笔耕的作者们，道一声"辛苦"。当真要我兑现，那就重在参与，只好写下片段感想和一份感动，忝为代序。

2020 年 10 月于北京

目　录

飞扬的经幡

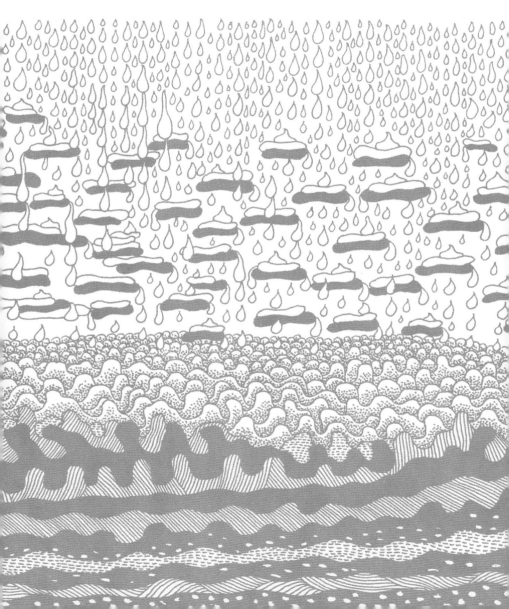

巴颜喀拉山的经幡

一

我们现在正行走在巴颜喀拉山脉的崇山峻岭中。一路上，到处都可见到飞扬的经幡、高垒的嘛呢堆，见到手持转经筒的人，从容地站在天地间。远处的雪山，永远都是一种姿势，那种姿势并不让你轻易看见。一阵阵的云雾，总是要把它短时间或长时间地遮住。

儿时的课本上，巴颜喀拉山，这个陌生的词语第一次撞进我的视线的时候，我就感觉到了它的亲切，它很快就存入我的记忆深处。因为它竟然同我身边不远的一条大河紧密相连。巴颜喀拉，它怎么会有这般奇妙而美丽的名字，它该当是要叫这般奇妙而美丽的名字。如果它只是叫一个普通的名字，那种感觉就不一样了。

那是一种崇敬的感觉、憧憬的感觉，是一种遥不可及的感觉。多少年来我都会接触到这个名字，而且从一开始，我就以为那是一座很具体的山，具体到能够想象到它的形象，白雪皑皑、昂然独立、高耸入云。当你对一种事物已经形成一成不变的认识，那种根深蒂固的认识，会颠覆无数试图改变它的可能。

因而终于有一天，终于到了这片雪域，我便急切地寻找巴颜喀拉，我以为我很快就能看到那座心目中的雪山，不就是高高地耸立在

经幡 文扎 摄

一片凸起之间？但是，不是，那不是一座独立的高峰，那是一列山脉，是一片连绵起伏的群山。

而且你感受不到那种孤兀，那是由于相对海拔较高，加之地域辽阔。巴颜喀拉，它竟然从西北向东南绵延 1500 余里，而大部分地区海拔在 4500 米到 6000 米之间。整体上的地势高耸，雄岭连绵，才构成一种极为恢宏的景象，显现出不动声色的大手笔，给人以一种可亲可近的感觉。这才是众山之祖的风度、众山之祖的尊贵、众山之祖的气势！

正是这种高原上排兵布阵的大手笔，巴颜喀拉山一年之中竟然有八九个月的时间飞雪不断，冬季最低气温可达 –35℃，而且空气稀薄，许多 5000 米左右的雪山有经年不融的皑皑白雪和终年不化的冻土层，即使我来的 8 月，最高气温也不过 10℃。

二

我在青海省的地图上很容易地找到了巴颜喀拉，它是昆仑山脉南支，西接可可西里山，东连岷山和邛峡山，整个构成一道绵延不断的隆起，而雄伟的巴颜喀拉的作用，在于它成为长江与黄河源流区的分水岭。它的北麓约古宗列曲是黄河源头所在，南麓则是长江北源所在。于是便出现了"江河同源于一山"的说法。尽管有将长江的源头归为唐古拉山和昆仑山之间，但是长期的影响中，人们还是不能抹去那种久远的定论与传说。我学的课本上，就是将两条大河之源都归为巴颜喀拉山。

一山出二水，这是多么重大的担当。即使后来要被分走一水，生活在这里的人还是明白，在巴颜喀拉广大的区域中，无数终年积雪的高山峻岭，处处是冰川垂悬。只在强烈的日光照耀下，冰雪才会消融成水，汇成溪流，而那些溪流分不清到底有多少，到底哪一条归向了哪里，先前的定论不也是考察的结果？也就是说，不可能到这里就能看出明显的一条流水。那么，后来的科考要将长江之源从巴颜喀拉拿走，也并不影响这座山的沉厚与神圣。

古代称巴颜喀拉为"昆山"，又称"昆仑丘"或"小昆仑"。《山海经》中曾有记载："昆仑山在西北，河水出其东北隅。""出其东北隅，实惟河源。"可见，在我国先秦时代，人们就已认定巴颜喀拉山为黄河的发源地。

我一路上想，如此雄伟高耸的一列山脉，横挡在西域与内地，那么古代的吐蕃人要想去往内地，或者内地人要到达青藏高原的深处，就必然要翻越巴颜喀拉山。好在聪慧而勇敢的古人找到了一处最佳的翻越处，那就是山脉中部鄂陵湖以南的巴颜喀拉山口。只有山口才能通路。

我们的车子在翻越巴颜喀拉山。大马力的车子，不停地轰鸣着，一次次变挡，一次次加大油门。有时候觉得它已经少气无力了，但还是气喘吁吁一点点翻上了一道陡坡。而人在车上，真的是绷紧了神经，同它一起使劲。在这里只能加油，不能泄气。

车子终于一圈圈地翻了上去。

高处看到那条曲折如布带样的山道，已经落满了雪，飘飘逸逸似洁白的哈达，悬在神圣的山前。

我的内心充满感怀，这就是我刚才翻过的地方，原来再高的山上，也有雪的飘洒。原以为雪早已凝固，凝固在亿万年之前，却原来雪还能在这样的地方变活，变成纷扬的舞，同我所在的中原一样。只不过这里最早承接了它的降落。

我为我幼稚的想法笑了，就像我先前以为，这一片高原，上边的石头同中原的石头是不一样的。到了这里一看，没有看出什么不同，也是该圆的圆，该尖的尖。

三

终于翻上了海拔 4824 米的巴颜喀拉山口，它两边的山峰，海拔应该在 5000 米往上。这里感觉离天尤其近，一块块白云从头顶飞过，伸手就能抓住一块似的。

天如此的蓝，蓝得如湖水倒映，云又是如此的净洁，像是刚从万年冰挂拉丝出来，甚至感觉连风都晶莹透亮，湿漉漉地吹在脸上，立刻就如粘住一般。"纤尘不染"，只有用在这样的地方才最合适。

看不到一只飞鸟，鸟儿可能感觉飞不过去吧。在山顶也看不到活物，一切都是沉寂的，只有微动的云和烈烈的风，让你感到地球还在运行。

道路的两边，都有高高的嘛呢石堆。这让人想到，就是再艰难，藏族人也要将自己的虔诚献上。还有神圣的经幡，五彩的条幡不时发出呼呼啦啦的声响，同远处常年不化的白雪形成反差。不知道谁将它们竖起来、如何竖起来。而后不断地有成串的彩旗挂上去，彩旗印满密密麻麻的藏文咒语、经文、佛像或吉祥物。那些有序扯起来的或方形或三角形或条形的小旗，在苍穹间迎风飘荡，构成一种连地接天的境界。

我曾问过文扎，文扎说，经幡也叫风马旗，音译就是隆达，"隆"在藏语中是风的意思，"达"是马的意思。藏族人认为雪域藏地的守护神是天上的赞神和地上的年神，他们经常骑着马在崇山峻岭、草原峡谷中巡视，保护雪域部落的安宁与祥和，抵御魔怪和邪恶的入侵。所以在布条上，印一匹背驮象征福禄寿财兴旺火焰的马，也就是"诺布末巴"，还可印经文或咒语，而后借助风传播四方。

文扎说，五色经幡在藏族人心目中，白色象征纯洁善良，红色象征兴旺刚猛，绿色象征阴柔平和，黄色象征仁慈博才，蓝色象征勇敢机智。

皑皑雪峰　王剑冰　摄

　　路边竟然有一个小卖部。也是应运而生，需要什么就有什么。小卖部里有小方形的风马，上面印着长寿佛、度母或观音菩萨心咒。藏族人到了这里，会点燃桑烟或者抛撒风马。文扎、索尼他们买了风马，又从车上拿了绣着吉祥图案的缎布和哈达，到离山峰最近的地方去了，那里的风更大，也更寒冷。

　　远远地看到文扎、索尼他们几个在那里祷念着，彩色的缎布和洁白的哈达被挂在了高高的经幡上。而后他们一个个口中念念有词，手中的风马也一片片飞升起来。那些小纸片，一时间随着山口的狂风，飞散成漫天的花雨。

　　我往前走了几步，感到身上的防寒服被强烈的寒风吹透。

空气稀薄，呼吸急促，站立在蓝天和雪山下，站立于经幡旁，会感到人有时很渺小，有时也很博大，我何尝不是垫高了这里的海拔？

呆呆地望着这道山口，望着直插苍穹的山口处的高峰，很难想象，亿万年前，这里曾经是一片海底世界，它躁动着各种可能，但绝不会想到会躁动成今天的模样。大海退去，高峰涌起，涌成了高不可攀的世界屋脊。所有的石头都经过海的浸泡，所有的石头都曾经是最黑暗的一分子。现在，它们裸露着，坦然于风雪，高耸于天地。

而就是这里，竟然就是唐蕃古道的必经之地。公元7世纪初，吐蕃赞普松赞干布统一了吐蕃各部，与当时的唐王朝建立了友好关系，并多次向唐王朝请婚。这就出现了历史上一位伟大的女性，文成公主。贞观十五年（公元641年）唐太宗派出一支隆重的车队，护送文成公主入藏和亲。以后，唐朝又遣金城公主入藏，嫁与尺带珠丹。公主入藏及唐蕃通使的隆隆车辇，就是经由巴颜喀拉山口，前往吐蕃都城。

那么，文成公主是当年正月从长安出发的，按照精心计划的行程走到这里时，正是草原上鲜花盛开的最美季节，越过这个山口，地势就越走越低，氧气也越来越足。

迎着这凛冽的寒冷，随着辚辚车马走过这里，文成公主当时下车了吗？到鄂陵湖、扎陵湖迎接她的松赞干布一定会告诉她，这就是巴颜喀拉山，是一路上看到的那道巨大的屏障。现在终于要从它上面翻过去了，这是最艰难的路段。翻过去，就离吐蕃国都不远了，就会结束这漫长而艰辛的旅程。

文成公主一定下车了，大唐公主也要入乡随俗，在高矗的经幡处献上吉祥的缎布和哈达，抛撒一片片风马，以表示对巴颜喀拉山的景仰和藏民族的爱戴。她的举动，一定会感染周围的人，包括威武豪壮的松赞干布。

而后车队再次启程，隆隆越过这横亘在吐蕃与内地之间的巍巍山脉。

文成公主与松赞干布和亲，带去了不少汉人的生活习俗，并且带去了茶叶，自此藏族人完全接受了大唐的这种优雅的叶片。他们将茶叶加入酥油和盐巴，而后在锅中烧煮，便有了藏族人最喜爱的酥油茶。这种酥油茶成为藏族人的主要饮品。公主和亲后，也就有了"一半胡风似汉家"的说法。

现在我站立在这个雪山垭口处，望着如峡谷一般的地方，以及由此牵连出的一条细长的带子，感觉新鲜而奇特。一个人一生能有几次来到这地方，与巴颜喀拉近距离接触？

四

巴颜喀拉，蒙古语的意思是"富饶的青黑色山脉"，文扎说藏语叫它"职权玛尼木占木松"，意思是"祖山"。看来藏族人最早对它的认识就是众山之祖，而大河之母出于众山之祖，就是对的了。

黄河的源头在麻多，那是玉树藏族自治州曲麻莱县的一个乡。但是我们走的大部分区域都在果洛藏族自治州的玛多草原，也就是玛多县域。这实在是让人糊涂。如果不看字，只听音，就是一个地方，看了字才知道麻多和玛多其实不是一码事。文扎说，果洛在藏族的传统地理划分中属于安多地区，而麻多则接近康巴地区。文扎还说，麻多和玛多，翻译成汉语都是"黄河的源头"，就是写法的不同，用藏文来写这两个地名，麻多和玛多则是相同的。

　　我对于区域是糊涂的，但是我在这里明白一点，就是一个麻多乡的地域，十分广大，那不是内地的乡镇，走不多远就到了另一个乡镇，麻多乡的地域，甚至比内地有些县还大。

　　在巴颜喀拉，人们对于黄河源头始终很难确定，因为很多的山麓都有水流，先确定的卡日曲，是从麻多的智西山麓流出，后来确定的约古宗列曲，是从雅拉达泽峰东面流出，这两座大山都是巴颜喀拉的支脉，属于古老的玛多草原。我查了百度百科，上面是这样说的：黄河发源于青藏高原巴颜喀拉山北麓海拔 4500 米的约古宗列盆地。还配有图片，图片的说明是："约古宗列——黄河正源"。

　　去约古宗列曲比去卡日曲还要远，路上文扎停下车子，等后面的车子跟过来，说拐向另一条路就是卡日曲，要先去卡日曲，再去雅拉达泽峰可能天就黑了，路上的情况很难确定。大家商量后同意文扎的意见，先去约古宗列曲。约古宗列曲与卡日曲中间只隔着一座大山，但是要翻越这座大山，并非容易，还有漫长的路要走。那么，到卡日曲的人相对多一些，牛头碑在那里。约古宗列曲就成为一个向往，很多人无法到达。听说这两年去约古宗列曲的人多起来了，可路上也没有碰到一个。

我们说的雅拉达泽峰，海拔 5214 米，"雅拉达泽"藏语意为"牛角虎峰"，雪峰拔地冲霄，极像是长了牛角的虎头。雅拉达泽峰统领着雅拉达泽雪山区数十座海拔 5000 米左右的雪峰，可想其壮观的景象。这片雪域，是三条大河的分水岭，现代冰川十分发育，成为各大河流取之不竭的水源。雪山东侧的水网汇成黄河，西侧发育了长江上游通天河系，北边是内陆河格尔木河的源头水系。我们无法看清这片群峰耸峙、空气稀薄的严寒雪域的真实面目，只是觉得它已经是世界的尽头了。

黄河源头就在雅拉达泽峰的怀抱里，其四周高，唯有黄河源头那里是低洼的，所以叫"约古宗列"，意思就是藏族人用的"锅的底部"。要到达这个"锅底"，还真是不容易，不知道要翻越多少道山岭，曲折迂回，过坎越涧。而你必须要想着，这可是在海拔四五千米之上，实际上就是在巴颜喀拉山脉中穿行。几乎没有什么道路，有的只是牧民与牛羊走过的并不明显的小道。是的，再高再艰险的地方，也有生命存在。

在这群山连绵的巴颜喀拉山脉中，我竟然能看到山的皱褶偶尔出现的斑斑黑点，黑点中夹杂着白点。我知道，那就是被人们称之为"高原之舟"的牦牛和举世闻名的藏系绵羊。巴颜喀拉的雪线以下，生长着大片牧草和灌木，是高原草甸动物群落的天然家园。

不要单单去想巴颜喀拉的冷峻，其实它同我们中原的山一样，饱含着温情。在巴颜喀拉广大的怀抱里，虽然雪山绵亘，冰川逶迤，湖沼广布，群泉出露，但仍然生长着松柏和云杉等树木和虫草、贝母、大黄等名贵药材，还有野驴、野牦牛、藏原羚、岩羊、白唇鹿、黑熊、狼和雪豹，更是出没于山林雪原之间。在它碧绿的湖水中，有着高原特有的二十多种鱼类。也就是说，这绝不是一片冷酷无情的区域，是有血有肉的可亲可感的亦仙亦凡的境界。

约古宗列之地，甚至是舒缓的，起伏得十分自然，没有让人有一点惊惧的感觉。那么，你将它视为仙境它就是仙境，把它看作凡间它就是凡间。我想，体会最深的，就是那些长年生活在其中的藏族人。

我已经进入了巴颜喀拉的深处，这片地域实在是太高，高到让你感受不到你的所在，就如你远远看着一座高耸无比且十分陡峭的山峰，上去才知道有那么多的平缓一样。

在黄河源头约古宗列曲，我再次看到了那高高矗立的经幡，似乎那种五彩缤纷，是天生的，是天生就屹立在无人知晓的地方的。

五

文扎他们还站在那里，文扎的大胡子粘了一层的雪粒，沉重地随着经幡飘展，那个造型非常严肃。

他们那么长久地对着一座经幡，一定是抒发不尽内心的虔诚。他们是懂得经幡的，每一个生活在这里的人都会懂得。我尚未完全知晓，但我能感觉出它的表达，那该是人类不屈不挠的象征，是人类对于高山雪峰的祈愿，是俊美山川的突出展现。

巴彦喀拉的经幡，伴着雪在舞动，或者说与雪融为了一体。

珠牡的故乡

一

来到三江源的加吉博洛已经很晚。加吉博洛曾是唐蕃古道重镇，康区重要贸易中心，现在是治多县政府所在地。

之所以要来治多，是因为这里有万山之宗昆仑山、百川之祖通天河和动物王国可可西里。如此多的好集中在一个地方，让人感觉是造物主的偏爱。

天黑才住下，什么都看不到，我只知道海拔很高，气压很低，长久不能入睡，黎明时又早早醒来。

治多中心广场一片寂静，一片安详。周围聚满了藏族同胞，不少人翻山踏雪而来。梦一般的氛围，氤氲在他们的头顶。

格萨尔史诗中，有一个尼恰河谷，这个河谷就在治多。河谷中有一片辽阔美丽的大草原，那就是被人称为十全福地的嘎嘉洛草原。草原上有当时盛极一时的嘎嘉洛部落，部落里诞生过一位千古传颂的美人，她就是部落公主、格萨尔王的妻子珠牡。

我一来就听到了珠牡的名字，见到与这个名字有关的各种提示。这里有关于珠牡和格萨尔王的传说和遗址，有红宫，有珠牡的寄魂湖，有珠牡的马圈等。在这里问起来，每个人都能绘声绘色地给你讲上一

珠牡雕像　文扎　摄

天，而且他们讲的时候，目光中有一种十分虔敬的感觉，这种感觉会传递给你，让你相信一切均为真实。

嘎嘉洛文化即是以长江上游游牧区为核心，以当时盛极一时的嘉洛部落首创并延续至今。那么，在这片嘎嘉洛文化盛行的地域，珠牡就成了文化意义和地理意义上的标志。

由此知道，这里是长江的源头，有着壮观雄伟、浩气如虹的长江第一湾，这里应该是珠牡的故乡。因为女人是水做的，长江的源头，也是漂亮女人的源头。

人们祝福长江之源，也祝福珠牡诞生地，他们把长江之源和珠牡诞生地连在一起，使之成为一种珠联璧合的存在，一种共同的美质。人们来看长江之源，也来看珠牡。

县城中心有一座高高的珠牡塑像，各地的人们，涌向这里，每年为她祈祷，举办仪式，表达自己的心愿。

二

在草原，《格萨尔》是藏族人民的食粮，是他们的牦牛、羊群和骏马，是他们的碧海、蓝天和草场。格萨尔无时不在，无处不在。在这里会感到一种文化的力量，这种力量化作了某种信仰。

《格萨尔》说唱艺人的游吟说唱，如格桑花一样悠然飘香。人口稀少的三江源地区，长期交通不便、信息不灵，游牧文化自然发达，他们心中的向往和向往中的英雄也就自然形成。你会在河边，在帐篷里，在牧民家中，听到那悠扬嘹亮的格萨尔赞歌。行走在这片地域，会常常被那种来自民间的歌唱所迷醉。

文扎告诉我，在格萨尔艺人中，有一群特殊的人物，人们称他们为"仲巴"。有着非凡记忆力和想象力的仲巴，能够一连演唱几天几夜甚至几个月的《格萨尔》。比如拉布东周能说唱103部、索南闹布能说唱189部，而才仁索南竟然能说唱324部。文扎的著作《寻根长江源》中，详细地记载了这些艺人的说唱曲目和内容，其中有《英雄诞生传》《印度赐法》《吐蕃传佛》《地狱救妻》等。让人奇怪的是，他们多为20世纪六七十年代生人，并不是想象的那种高龄长者，他们演唱的内容从何而来？他们的大脑如何会储存那么深厚而多样的大书？

文扎也说不清楚，他说其实每个歌手的气质、内修和精神已经贯穿在了他那无尽的梦幻与想象之中。这就让你感觉，莫非有一种远古的气息漫涌，或者说是天传神授？

在不同的场合，我聆听了不同的说唱艺人的演唱。他们手捧白色或黄色的哈达，神态端详，目光沉静，神驰的思绪鹰一般越过雪山，在辽远的苍穹翱翔。不，也许是让魂灵进入了一个梦境，一个只有他们自己能够驰骋的梦境。

我似乎有所明白，在这样的山水中，出现什么境界都不足为奇。

我听不懂他们唱的什么，但我又似是懂了，听得一清二楚。那是格萨尔王神奇的力量吗？往往在这时，你会沉迷其中，让心中的诗，无限度地飘。

在他们的演唱中，不能不涉及格萨尔大婚，涉及在这个十全福地诞生的千古传颂的美人珠牡。这位部落公主、格萨尔王的妻子珠牡，对嘎嘉洛文化的发展最具影响力。在藏语里，"珠"是威震天下的青龙，"牡"是阴柔之美的女性，所以珠牡在整个藏族地区也就成为端肃、聪慧、俊美的化身，成为美丽女子的代名。

我来的这个季节，到处都可看到赛马盛会。

赛马开始时，那么多的骏马在湖边撒开踊跃而欢快的四蹄，泥土在蹄子后面开花。山在摇晃，水在激荡，草在狂舞，一队队骏马排山倒海般冲过来，骑手身上的红带子如云朵般旋飞。他们一会儿歪在马的这边，一会儿又歪向马的那边，嘴上发出"嗷嗷"的叫声。

众人围在一旁看着，尤其是那些骑手的家人，更是个个紧张，"啊啊"地助威。紧张的还有那些穿着艳丽的姑娘们，只有她们自己知道心在为谁疯狂地跳荡。

赛马手竟然还有姑娘们，她们那装束，那身段，那腰肢，那满脸的炫红，更是显得英姿飒爽，将草原女儿的形象展露得如此完美。这个时候，胸内欢跳的该是那些小伙了。

而同赛马结合在一起的，还有草原婚礼。洁白或金黄的帐篷一座座地扎在赛马场不远的水边草地，亲人、友人参与其间。他们当中，也必有参加赛马的姑娘、小伙。

这让人想到格萨尔王，他就是在赛马夺冠成为当之无愧的一代英雄后，前往嘎嘉洛部落迎娶了珠牡。驰骋在草原上的雄伟和潇洒，是由天而降的带有神奇思想的英武之躯，那是草原人民为之向往、为之庆祝、为之幸福的盛会。他们尽情地欢歌、尽情地跳舞，欢乐的海洋映耀着太阳的光芒。

珠牡到底长得是什么样子？没有人能够说得出来，也没有人能够画得出来。我曾在治多剧场观看了演化为舞台艺术的婚礼，这场名震雪域的格萨尔大婚的场面庄严而隆重，实际上是三江源区藏族婚俗的大融合。扮演格萨尔的演员英俊、扮演珠牡的演员漂亮，让人以为那就是当年的形象。婚礼最后的联欢，仍以赛马为主，一时间万马奔腾，踏雪衔泥，践草涌浪。

我喜欢看藏族汉子的赛马，总能从中看出那种彪悍，那种势不可挡的气概。而藏族女人的舞蹈又是那么地柔美飘逸、风情万种。可以说，藏族汉子就像高山骏马，而藏族女人恰是绿草碧水。

二

草原是山与山之间的胸怀、山与山之间的坦荡。

有水的地方就会有生命。最有代表性的生命就是草。草的生长和蔓延形成了草原。在海拔最高的草原中，草原和雪山相呼应，构成最为壮观的原景。

　　谁说冰是睡熟了的水？那么，8月我来的时候，它已经醒了，变成了这遍地绿草和绿草间红色、黄色的小花。在草原上走，脚下留心，注意了这片，却踩下了那片，但是它们很快又直愣愣地抬起头来，让人想到高原生命的坚强。

　　雪山在上，冰川在上。草原中心捧有一湾碧水，人们叫它白海螺湖，传说是珠牡喜欢的地方。人们朝这里走来，来得早的已经在那里玩水，他们三三两两或带着孩子，撩水取乐，或在丰美的草间跳跃。

　　旁边不远一处高高的平台上，也有一个天然泉池。它的水温是30℃，是一个千年不涸的温泉。传说，珠牡喜欢在这里润肤沐浴。文扎说，在冬天，腾着热热气息的泉池中会开出黄色的花，让我听了不禁惊叹。温泉的周围是石灰岩，绕过泉池的时候，会看到池中的泉水在一个角上不时涌出，一直流向下边。传说珠牡未出嫁之前，经常在这泉边梳洗打扮，因此留下很多佳话。又传说这泉水有许多神奇功效，所以经常有人到这里来清心养颜。

　　我的眼前腾起一股雾气，感觉水塘现出一个健美的身躯。柔软而白色的云朵，围在她的身上，宝蓝色的湖水，拂扫在她的四周。她的蓬勃和昂扬同草原与雪山融为一体。我不知道那是一轮明日的跃升，还是一轮满月的出行。

现在，2017 年的 8 月 5 日下午，嘎嘉洛草原正举行盛大的祭祀仪式，上百位僧人身披红色的袈裟，围坐在银湖边祈祷。那是一片色彩的光芒，水边映射着典雅与圣洁。天上忽雨忽晴，阳光忽隐忽现，云团腾舞，山色凝寒，湖水清澈，绿草蓬茸。

祭祀开始了，人们围拢在一个氛围中，旁边是巨大的雪山般威严的五色经幡。有人在炉中点燃了松枝，白色的香烟浓烈地升腾，紧接着是无数支长号抑扬而起，音声辽远而沉郁。经声恰在此时响起，那是无数僧侣发出的低沉的吼音，如山谷轰鸣，沉雷滚动。现场的气氛一时间变得十分庄重，所有嘈杂都被这气氛所震慑、所覆盖。

牧民围坐在山头，虔诚地参与其中。他们本来散落在各处，从治

祭祀海螺湖 王剑冰 摄

多的四面八方赶到这里。嘎嘉洛草原一时显得人多起来，老人孩童，男人女人，那么大的一片。尤其是姑娘们和年轻的汉子，能够看得出来，都是刻意地装扮，把最好的衣服穿在身上，挎着豪华的腰刀，戴着贵重的饰物。他们的出现，使这场面更显隆重。

松枝还在不断添加在白色的香炉中，烟尘升腾得更高。长号再次响起。

僧侣们绕行了珠牡温泉后，开始绕行白海螺湖。一百位穿着艳丽服装的美丽女子，手捧哈达跟随其后，形成了一个长长的队列。这里的人是与水与圣洁最近的人。他们最理解水，最懂得水，把水奉为一种神灵。

阳光从山上照过来，落在逶迤的队列中。湖水蓝得出奇，手捧哈达的女子的倩影倒映在水中，让人想到，那些女子是珠牡的化身。

群峰连绵围绕成了一圈。我知道那都是海拔在5000米以上的雪山，雪山下面的盛大活动，代表了水源地人们的某种心声。他们在祭水，为水而祈祷，为水而唱鸣。这里不缺水，但是他们还是要发出一种声音，一种充满绿色的声音。

从高处望去，山原中一条干净的水依偎着远去。它必是不想走得太快，带有一种依依的情怀，不停地绕来绕去，有时还会绕回来，像一条手臂紧搂着山祖源宗。

哈达圣洁

一

有雪降落下来。开始还是雨，湿漉漉的雨。似乎上天转念一想，又将纷然的雪花撒下。雪花不紧不慢，完全不是雨的姿态，却比雨更懂得这个世界。它一撒就撒出了形象，撒出了壮观，撒出了气势。

山河瞬间被漂白了，或者说被装扮了。在这样的地方，雪是最好的绘画大师，一次次都是大手笔的展现。

再次看到高高矗立的经幡，在这单调的雪域。似乎那种五彩缤纷，是天生的，天生就屹立在无人知晓的地方。

这一路上，我无数次见识过经幡，在山峰的最高处，或者最有纪念意义的地方。印满无数经文的经幡，总是那般鲜艳夺目，旧的还未旧，新的已覆上，也就密密麻麻，层层叠叠，无可尽数。能够感觉到，无论谁看到这壮丽山河之上的经幡，都会肃然起敬。

经幡，它是来自神域的，它是来自心灵的，或者说，它是直通心灵的。

二

在这里发现，再高再远的地方，都有羊群或者牛群，也就是说，都有人的存在。让你感到，生命是多么了不起。那是一种生命的依存和组合，是一种对于高原的信赖和认可。

因而那些生命显得悠闲、自在。他们转山，拜湖，刻石头经文，放置嘛呢堆，打卦，供奉朵玛盘、酥油花，撒风马，他们一直坚守着他们独特的祈福方式和生活信念。

在这片令万物景仰，又令万物却步的大地上，几乎没有什么树木，也没有像中原那样多的草。一定有风有鸟儿带着草籽来，但是大都没有经受住恶劣的环境，而胎死腹中，只有少数的植物经受住了考验。

那些植物大都不高，但它们接受了高原，高原也接受了它们。此后它们同高原相依相偎，生生不息。

三

一个人走出了帐篷，因为隔得好远，我只是看见了那个轮廓，那是一个提着水桶的人；等再近一点，我看清了，那是一个女人。女人提着木桶，走向帐篷不远的溪边。我想，在他们安置帐篷的时候，一

日沃达增山　文扎　摄

羊羔花更好听，更形象。

我看到有一种紫色的小花，问草原人，他们说是紫苕，紫苕的名字很好听。单个看，看不出什么，因为太单薄、太单调，但是集体形式的紫苕就成了气势，色彩的气势，摇摆的气势。那气势十分好看，好看到心疼：它如何生长在这么高远寂寞的地方？因为草原的大，甚至连牛羊都很难光顾。据说到了秋天，这些淡紫色的小花会变成满地炫红，并且结出籽来，那又是一种壮观了。紫苕是音译，文扎他们不停地重复着这个音，也无法用一个十分准确的词语表示出来。有人说它叫菩萨花，却也是一个不错的称呼。

有一种猫儿脸样的花，也是开成了紫色，摇摇摆摆地让人喜爱。文扎叫它的藏语像是叫顿芭，有人说它叫龙胆花。

看到一种绿叶中伸出的白色花，开始将它看成了叶片。文扎说，它在藏语的发音叫"芭"，就是火绒草。火绒草是藏药、藏香的原料；花绒拧成条，成为酥油灯的灯芯，是藏族古老文化中的神圣之花，有着神圣力量。我看着这种可爱的白色小花，它的构造十分奇特，让人一见就会记住。而它也是一种高贵之花，只有在纯净的地方才能生长，它们大多生长在牧场里。后来有人说，它另外一个名字就是雪绒花。

海拔四五千米的高山上，会看到叫作雪莲的花朵，那种花蘑菇一般，在流石坡以及碎石间抱团开放，或者说抱团取暖。冰雪撒在它们周围或身上，让人感觉它们经受不住这种寒冷，而实际上它们却顽强

江源牧场　王剑冰　摄

地存活着。文扎说，雪莲是藏药的主要原料，在冰雪严寒中，雪莲生长极为缓慢，至少要有四到五年的时间，才能开花结果。因而雪莲代表着纯净与自然，被高原人视为不怕风雪的圣者。我是偶尔看到这种冰雪花朵的，据说它们能经受住 −21℃的严寒。

　　我在称多的拉司通的碉房跟前，看到一种白里泛红的小花，问当地的藏族人，藏族人说它叫杂怪玛拉，再问它的学名，就不知道了。只是说杂怪玛拉开得较晚，它一开，夏天就结束了，其他的草也不长了。那么这种花叫夏末也挺好。文扎他们不在旁边，我也不好掐断了拿着去问，只能给它起一个"夏末"的小名。

紧张而漫长的旅行中，我经常会看到这样、那样的高原花草，我实在不能全部记下它们，更不能描述它们。

那些花草，自顾自地开，自顾自地落，不为谁的目光，不为谁的艳羡。牛羊的舌头扫一下就扫一下，扫不到也就过去了。那些花草，踮起脚尖，抬抬头，离天又近了一点儿。

于是我想，那些花草，在这个早晨，也是会发出经声的，一心向生，一心向静，一心向上；求真，求善，求美。那么，它们的身上，也同样是佛光四溢。

六

我原以为，在三江源地区，一定有很多的同好，科考家、探险家、摄影家、旅行家充斥于途，尽管区域辽阔，怎么也会碰上几个。但是实际情况却非如此，漫长而疲惫的走行中，几乎没有见到这样的旅伴，甚至一个人影都不曾见到。

这片区域太遥远，太艰难，太神秘，也太危险。没有坚实的后盾支撑和坚定的目的，很难涉足其间。在十分漫长的时段，尽管很早就有朝代将其划为自家疆土，但很长时间以来，人们对于三江源踏勘甚少，也知之甚少。

群山连绵，野水漫漶，行走其间，时时感觉出那种苍然与浩瀚。

有时却不能知晓那些名字，无法记录下来。真的就没有名字吗？文扎给予的回答是肯定的。

有时候文扎也会去向偶尔遇到的牧民询问，牧民的回答含糊其词。文扎回来也是一脸茫然，只是根据某种发音，讲说一个名字。我知道，我记下的这几个汉字，肯定会在时间里走失。

那些靠游牧而行走其间的牧民，他们不会在意山水的名字，仅会在意自己的经验和记忆。那么，打开地图，你只是看到大的山脉和明水，那些满布其间的"筋骨经络"，是没有任何标识的。

因而也就知道，直至目前，从来没有人细致地走一趟，将每一个细部都踏遍，而后根据牧民的记忆和传扬，确定它们的一个个称谓。

看来，至今都还是一个想来容易做起来万分艰难的事情。

七

在这样的地方，经常能看到孩子的影子。一个孩子守在帐篷前，向远处张望。一个人的生命和命运，是不由他自己做主的，但是，挡不住他们往远处看。

在废弃的贡萨寺不远，看到几座泥筑的矮屋和矮屋旁的三个孩子。是两个男孩和一个女孩，他们穿着薄薄的衣服，向我跑来。他们看我手里的相机，问是从哪里买的？听我说很远的地方，他们说有治多那么远吗？看我要给他们照相，他们嘻嘻哈哈笑着做各种各样的怪样，甚至打起了倒立。

我曾经在一座孤零零的房子前，看到迎着路坐着一个老人，她的身后是三个顽皮的孩子，在房子周围跑着玩。看见我的镜头，他们愣了一下，在墙角露出头来，又缩回去，然后再露出来，对着镜头笑。老人热情地把我们让进屋喝茶，牛粪粘的满墙都是，成了另一种保暖的装饰。他们很少见到外人，他们看你的目光，没有那种孤独和忧郁，那目光像阳光一样饱满，绿草一样水灵。

在一个山泉下，已经有了冰雪的痕迹，却看见一个五六岁的小女孩，领着她的弟弟，用一个大的塑料桶接水。看见我们拍照，她好奇而友好地抬起头来，停止了她的动作。她的弟弟也在看着我们。小女孩接满了水，一步一晃地往坡上去，桶底不时擦着山坡，坡上是她的家，她的父母正在为我们准备酥油茶。可以想见，每天，水都由这个小女孩领着弟弟提来。五六岁的孩子，早早地知道了生活，她或许感觉那就是这个年龄应该做的事情，属于她的生命内容。

八

在这里，给我一次次触动和一次次感动的是虔诚——人们对雪山的虔诚，对河流的虔诚，对草原的虔诚，对生灵的虔诚。

你能感觉出他们身上的那股热情，他们总是自满、自得的样子。他们不会拐弯抹角，有时候会弄不明白你说的话，因为你说的话里还有话，他只能听懂你前面的话，而听不懂你后面的话。

有时外边的人来，看到有些牧民守着一座帐篷、一群牛羊，感到这是多么的孤独，多么的无趣。可是等你跟他交谈的时候，你会发现，他没有这种感觉，他给你传达过来的感觉，就是那种实在感、满足感，倒是映照出你有很多的不足和空虚。

如果也用现在的一个词来形容，那或许就是正能量。负能量的东西在他们身上早就消解了。在这个地方，他们不能被负能量所打败，他们必须正能量起来，才能生存得更好，才能使自己的生命更有意义。

九

在荒无人烟的各拉丹冬腹地，住着两位牧民，他们是一对父子，父亲失去了妻子，儿子尚未有妻子。两个人相依为命地放牧着一群牛羊。我们从那里经过，被邀请到家里去坐，走的时候告别半天，才分手。他们平时见不到什么人，无法想象他们孤独的日子。车子开出去，有人跑着追上来，说我们的杯子忘在了那里。

后来知道是阿琼的。阿琼在另一辆车上，发现保温杯不见时车已开出好远。她没有想到会失而复得，热热的茶水，是她路上的必需。

我们行走的路上，常常遇见山水冲毁道路，车子走得十分艰难。有一次，刚刚填好一个断路，车子开出也就百十米，便又遇到一个被冲毁的断路。人们七手八脚地花了半个小时填好，缓慢地开过去的时候，被一个骑摩托车的牧民拦住了。

在这个荒无人迹的地方，很少能见到一个人影，不知道这个牧民从哪里来，到哪里去。他告诉我们，前面还有很多的路段都被冲毁了，如果往前走，一天也走不了多远，需要不断地修路。看我们无奈的表情，他告诉我们如果硬要前行，只有顺着河滩走，然后绕到另一条路上去。文扎请求他带我们一程，他挤上了我们的车，引导着车子直接下到水里，从下面的河流中穿行。

翻过一架山梁后，他告诉我们要去的方向，那也不是一条明显的路，只能看到大致痕迹。牧民下去了，那是一个荒无人迹之地。文扎下车表示谢意，又从车上拿了一条哈达，敬献给他。我们问，给了人家多少钱？文扎说，不给钱，怎么要给钱呢？给钱，就把他惹了，他会生气。

从后窗看着那个往回走的牧民，想着他满脸阳光的样子，你会觉得那就是一种义气，或者说意气。他们没有什么私欲，只有善良和淳朴，义气毕现，意气风发。这就是他们给你的影响，给你的作用——在这片雪域的作用，一个人的作用。

十

那些男人，他们的腰上一般都别着藏刀，但是很难看见他们会因为什么拔出那把刀。那只是一种装饰，那种装饰，使他们有一种男子汉的威严，也有一种草原牧民的剽悍。在别的地方，拔刀相向的事情或有发生，所以带刀成了禁止的行为。

对草原人则不同，因为相信他们的虔诚。他们对佛教的理解，对自然的理解，对人与人之间关系的理解，有着自己的独特性。

你不要总是看着他们的脸，那种被高原晒黑了的脸。你以为那是他们的底色，不，不是，那底色的后面，还有一种颜色，在他们的内心。

十一

由此还想到那些女人，她们那般勤劳，毫无怨言地面对一切。

在帐篷中，她们总是弯着身躯，带着一种谦恭跟人说话，给人倒水，帮人添饭。我曾经多次在不同的场合注意过，无论年轻的还是年老的，那些女人都是如此。而她们走出帐篷外边，快活说笑的时候，那腰却是直直的了，说明她们是特意的姿势，是对人真挚的恭敬。这些藏族女人将珠牡的好都展示了出来。

我不知道生活在这片雪域的人，会不会去思索人和自然的关系，他们的思想也许很简单。他们如果非要去探究这种关系，可能会走进庙宇，到那里去烧炷香，许个愿，贡献一点自己的收入，然后很满足地回来，觉得已经释解了整个人生。

七月的结古草原

一

七月的结古草原，正是百花摇曳，芳草蓬茸的时候。五彩缤纷的帐篷、康巴藏族的民族服饰，加上风情万种的歌舞，为这场赛马会增添了无限色彩。

赛马作为藏民族传统娱乐活动，可以追溯到吐蕃时期。在有些古老的壁画上，就绘有骏马争驰的场景。

每次赛马会上，还会有赛牦牛、摔跤、马术、射箭、射击的表演，从而构成了方圆数百里的喜庆节日。青海本地方的藏族，甚至云南、四川的藏族也要赶来加入其中。

这天晨起，人们早早走出暖和的帐篷，来到山溪边梳洗打理，埋锅造饭。他们将自己箱底的行头穿戴一新，而后或相约着或独自走向那个期盼已久的场地。

还有更远的，夜半就开始翻山越岭，披一身寒露，在山道上逶迤而来。他们是想看看那些个人儿，那些个男人和女人，看看他们的服装和佩饰，看看他们的身姿与形态，还要看看那些舞蹈的场面，那是海一样的场面。

高原人没有见过海，但知道海是多么的大，所以他们会把大的草场称为海，会把大的湖叫成海。现在，他们要看人的海。

二

当然，最想看的，还是赛马了，那是草原人的自豪。

他们要看看那马与自己的马有什么不同，看看那个马上的人儿，是何样的剽悍，何样的勇敢，何样的带有草原男人的魅力。不光女人们要看，男人们也要看。那是自己的偶像，是雪山的影像，是草原的形象。

早来的自然会占据好的位置，所以你看到早来的还真不少，其中不乏老人和孩童。没有人吵闹，也没有人拥挤，一切都是随性随心。草原人聚在一起不容易，草原人平时都说话少，安静是他们的习惯。只有某个时候，他们才会大声地吼一吼，唱一唱。

在这里我真实地感受到了秩序。等演出开始、比赛开始，我又看见了热情，那是理解，是配合，是融入。

草原人啊，太可爱，太朴实。

赛马先以煨桑拉开帷幕。这种燃柏煨桑的敬神祭祀仪式是藏族古老的习俗。每当迎敌出征，藏族都要以煨桑形式祭祀神山及战神，祈求保佑。煨桑的汉子背负杈子枪、腰挎长刀，做着各种粗犷的动作，给赛马会增添了几分庄重与神圣。

激扬的锅庄　王剑冰　摄

三

　　歌舞开始了，来自各个草原各个地区的队伍分别入场，以极大的热情和欢快绽放他们的舞姿。

　　他们穿着不同的服装，尤其那些少女，穿的服装有些带有了表演的性质，更加接近了时代特色。这或许也是她们喜欢接受的。

　　早晨的阳光打在她们身上，透视出好看的线条，那是红的、黄的、白的和蓝的线条，分外惹眼。

　　现在许多的藏族孩子，在穿戴上更喜欢随意，而不再是骑马放羊的装束。只有那些高原深处的人们还一直保持着原来的穿戴习惯。这或许是应当提倡的。保持本民族的东西，更加彰显出中华民族的色彩，也更具有感染力。在这里我就更多地感受到了这一点。

　　高潮项目赛马开始。先是一列列马队的壮歌，像古代出征的猛士，一个个旌旗猎猎，战马飞腾。然后是单个的骑手，比赛着镖羊、捡哈达，表演着侧骑、翻骑、倒立。总之是在马上玩耍，在马上斗勇。

　　那马远远地跃动而来，你就感觉是冲你而来，你尚来不及考虑怎么躲闪，那马早带着一阵尘烟跑过。

　　原来全在那骑手的执掌之中。

　　宏阔的结古草原上，锣鼓阵阵，铁骑踏踏，笑声起伏，欢声激荡。勇士们一下场，立时有男男女女簇拥上去，好个激动人心的场面。

白天乐完，晚间更乐。那是自由的、自然的民族大聚会，跳锅庄是最好的交流形式。

你只管找你喜欢的人伸出手去，并不必在乎对方是否喜欢你，友好就是这样体现的，也是这样产生的。

即使对方不喜欢你的手，也要在下一个舞曲中设法离去。而实际上由于不断有人加入进来，固定的舞伴多要被冲散，由此也给了你更多的机会，这只手刚拉过，那只手又来了。那是厚实的手，是细小的手，是粗壮的手，是柔软的手。

手，是人们用以交流的最好的伙伴。

手的知性很好，它能传导很多信息，包括爱的信息。所以有的手就再也不分开，不管什么人加入。

最后两只手会带着两个人欢快地走或跑着离开舞群，无边的旷野海一样等待着他们。

很多的爱情在这样的场合产生。这样的场合令人沉迷，令人陶醉，令人忘乎所以，而最终延续了草原的帐篷和炊烟。

四

山在近处像一道屏障，将夜遮挡得更显晦暗。草在风中悠扬，没有拴绳子的马在四处游荡。篝火小了，又大了。

山溪还像白天一样地流着，不知要流到哪里去，偶尔让哪块石头绊一下，会发出一阵响声，就像哪个女子被男人偷偷使了一个坏的嗔怪。但这都不足以影响到高原的大气。

此刻你能够感觉出它的辽阔无边，甚至比白天更能够感觉出它的辽阔无边。

你从草带来的风声，从风带来的湿润，从目力所及天地带来的无限的黑暗，从歌舞中间猛然停歇带来的沉静，你就像站在海的身边一样。

不，此刻你却不是站在草原的身边，你是在草原的里边。假如你明天不回去，后天不回去，大后天你还不回去，你在这里遇到一个喜爱的人，随他或她穿起牧民的衣衫，骑上剽悍的马，任由去何方，你就成了草原的一分子。

离开锅庄舞的现场，帐篷在昏暗的夜色中安歇，四野里呈现出静谧与祥和的氛围。

远处的山坡上，怎么还传来了谁的歌声。

看不到唱歌的人，不知道他是独个或还有他人，是躺在帐篷里还是一片草上，那声音忽远忽近地传来。声音不高，但悠长而浑厚，让人陶醉其中。

歌声像灌进了山谷，风趱来的声音里，听到了最后几句：

青藏高原呦，
我那美丽的家。
牛羊成群呦，
还有热情奔放的格桑花，
随风摇曳呦，
是帐篷前那美丽的卓玛……

可可西里之魂

一

我们在默默地等待着一个时辰，或者说等待着一个机会，一个能够看到那些高原精灵的机会。

在很长一段时间内，这种机会被疯狂的枪声剥夺了。那个时候，世界上很多的人还不知道藏羚羊的名字，更不可能见识过它那灵动的英姿，也不知道可可西里。可以说，藏羚羊与可可西里，和一个人的名字同时光耀于昆仑山下。

有人将藏羚羊看成是可可西里原始部落的成员，它们的转场就像牧人部落的迁徙。

藏羚羊有自己的族群，每一个族群都有自己固定的牧场。每到夏天，它们都要一群群地在莽莽高原之上，逐水草而漂泊迁徙。年复一年，只要没有走向死亡，它们都是走在自己熟悉的路上。

到了秋冬季节，它们又会从各自的牧场赶回来，赶到可可西里腹地的太阳湖边去产羔。那是一个千年不变的约定，太阳湖的约定。每一只走出去的藏羚羊，都会按照这个约定回来。

但是也有一些藏羚羊，走出去了，就永远地回不来了。它们将生命留在了长途迁徙的路上。我曾见到孤独的藏羚羊，远远地站在一座山头，或者一片铁丝网前，定定地不知所措。有的长时间徘徊，仍然不知所措。

二

　　看到藏羚羊就会想起他的名字：索南达杰。

　　索南达杰出现的时候，可可西里藏羚羊的数目已经不到两万只。它们曾经是可可西里自由欢快的精灵，世上独一无二的精灵。自从它们被那些利己主义者盯上，茫茫4.5万平方公里的无人区，便没有了这些精灵的立足之地。它们在一次次捕杀、一声声枪声中倒下。孩子失去了妈妈，妈妈失去了孩子。在远古就确立的生存空间，已经由不得它们。当见到一个个凶神恶煞般狰狞而得意的面孔时，它们无助地战栗、流泪，无助地倒下、死去。

　　再不加以保护，可可西里将变得一片冷寂，可可西里的精灵将成为传说。索南达杰提出这一问题的时候，可可西里还不是什么保护区，索南达杰成了这里第一个保护机构的负责人。这个负责人是要担风险的，是要迎风险的，因为，他阻挡了无数财路，他直接阻挡了射向藏羚羊的枪口。那么，那些枪口一致对准了他。索南达杰说过一句话：如果一定要有人为藏羚羊去死，那就让我去吧。

　　索南达杰真的为藏羚羊献出了生命。索南达杰的名字同藏羚羊连在了一起，同可可西里连在了一起。可可西里，你这蕴藏无限宝藏的土地，真的是要营造一个"出师未捷身先死，长使英雄泪满襟"的震撼人心的场景。

我听说，在为索南达杰送行的那些天里，全治多的数百僧侣自发赶到治多县城，点燃了千盏佛灯，连续七天七夜为索南达杰诵经超度。这种情形，感染了每一位草原人，也一定感染了那些藏羚羊，它们天性有知，也会站在太阳湖边默默垂泪。因为索南达杰的死，让更多的人知道了藏羚羊这种生物，知道了可可西里这个名字。

每一个关注藏羚羊的人，都会知道索南达杰，还有扎巴多杰。索南达杰去世后，索南达杰的妹夫扎巴多杰接替了索南达杰的工作，而且扎巴多杰也献出了自己的生命。他同他的大舅哥的鲜血流在了一起。正是因为他们，换来了保护区的设立，先是省级，后是国家级，藏羚羊受到了前所未有的保护。藏羚羊种群的数目，渐渐上升为十位数。可可西里知道他们，藏羚羊知道他们，良善的人们也知道他们。

三

关于藏羚羊与扎巴多杰的故事，古岳的文章早已给我留下深刻的印象。古岳的文字中有这样的记载：

有一天，扎巴多杰在巡山的途中，大老远发现了一只出生不久的小藏羚羊，它的母亲倒在血泊中，身上的羊皮像是刚刚剥掉，上面的鲜血依然鲜红。小羊羔依偎在母亲身边，还一声声呼唤着母亲。扎巴多杰抱起小藏羚羊时，一串泪水滴落在小藏羚羊身上。他将它放进自己的怀里，用藏袍宽大的衣襟裹起来。在之后的那些日子里，他一直照顾这个失去母亲的孩子，几个月后，又专程前往可可西里，将那只小藏羚羊放还给大自然。

还有一次，扎巴多杰看到一只更可怜的小藏羚羊，它还在母亲的肚子里，还没来得及出生，它的母亲已被枪杀。同样是被剥了皮的母亲，不同的是这个母亲的肚皮被划开了。未及降临的小藏羚羊提前探出头来，呼吸着凛冽的空气，它不知道世上发生的事情。

扎巴多杰发现这只小藏羚羊时，它还一息尚存。但是，已经无力回天。他们不忍目睹小藏羚羊最后的模样，只好挥泪而去。

这是古岳采访扎巴多杰获得的第一手材料，可见是真实的，更是感人的。扎巴多杰由于深陷其中而长期受到善良的折磨。就那些逐利而疯狂到极点的恶人来说，他个人的善良太渺小，因感渺小而陷入了孤独。

古岳还叙述了另一个听人讲的事情，他说那个人曾看到过一只焦黑的藏羚羊，它被盗猎者捕获之后，全身的毛皮被活剥了下来。它还活着，血淋淋的身躯被阳光和风雪吹打成了焦黑色。在荒原上，它挣扎着向前，每一步都发出凄惨的哀叫。

那个人还讲到目睹盗猎者活剥藏羚羊皮的情景。盗猎者将捕获的藏羚羊摁倒在地，用锋利的刀刃在藏羚羊四条小腿和脖子上划一个圆圈状的口子，再从四条腿的内侧和肚皮上划开一条条线，将那些伤口连在一起，而后从脖子的刀口将羊皮翻开，用力去拽，等拽到一定时候，就猛地放开摁在地上的羚羊，藏羚羊腾空跃起的一刹，整张羚羊皮就在盗猎者滴血的手上摇荡。被剥掉了羊皮的藏羚羊鲜血淋漓地奔跑在寒冷的荒野上……

读到这些文字，我久久地激愤，陷入一种不安之态，血淋淋的印象实在太深刻，以致只要提到可可西里，眼前就会闪现深入心底的镜头。

这次经过可可西里，正好赶上藏羚羊迁徙，繁忙的运输线顿时沉默下来，两边的车队戛然而止，留出那片地域，等待着一个时间。那片地域中有一座桥孔，连通着车道的两边。

不大一会儿，藏羚羊的身影出现了，它们先是有些犹豫，但是领头的还是迈出了坚毅的四蹄，继而撒欢地奔跑起来。其他的藏羚羊紧跟其后，同样撒欢地奔跑。

我想，它们不会像人类一样鞠躬敬礼，如果会，它们是会那样做的。高原的生灵，只能以撒欢地奔跑，来表示自己的感谢之意。而人类能做的，也只有这样了。这样，比之先前的围追堵截，疯狂地捕猎宰杀要好得多。

这是藏羚羊的呼叫与眼泪换来的，实际上也是人类自己的呼叫和眼泪换来的。当人类不知道对异类的关注、理解与爱惜，也不会对同类关注、理解与爱惜的时候，将不知其可。互相的提醒，互相的示范，才使得良善返回到良善之上。

我默默地注视着藏羚羊，心与它们一同撒欢奔跑。

雪域生灵

一

荒原上行走，会经常发现狼的影子。我肯定是认不出它们的，但是欧沙他们会告诉你，不远的地方，站立在那里看着你的，是一只狼。

这让人立时感到哪里有些冷。狼在每个人的记忆里，都会是灰色的，而且是凶狠的，只在动物园里见识过，它们被圈养和驯服得本分多了。哪里想到会在野外环境里见到真容。

这是一只比狗要大些的狼，它两耳直立，收着尾巴，头部和背部竖起长长的毛尖，它的灰黄色的皮毛很好，说明它有着很好的食物来源，胃口也不错。

它这是要到哪里去？这趟旅行，我们几乎很少见到活物，那么它也一定是饿了，走出来好远，在寻找猎物。没有想到遇到了我们。

它是怀着什么样的心情站在了那里，是惧怕，是镇定，或还有别的心思？不得而知。但是它原地不动站定的姿势，还是让人为之点赞的。那么，它会不会扑过来？

我们远远地看着，有人顺手捡起了脚下的一块石头，实际上我们脚下并没有多少石头，这里是半戈壁状态，到处都是坚硬的细碎的石头渣滓。野狼真的扑过来，能够用于与之搏斗的武器有限。关键时刻，只有以最快的速度拉开车门钻进去。那么，那些动作慢的人呢？就得有人挺身而出。

我们的旅途遇到了一点麻烦，前面有座桥，不知道什么时候修的，修了以后没有怎么管理，实际上这条路基本上处于半瘫痪状态。小路是引到了桥上，但是路与桥之间如何就有了一个台阶？台阶很高，不知是因为路的陷落，还是桥的升高，反正连大马力的越野车也不敢硬闯，一旦上歪，就有掉下去的危险。大家下来，几个人用铁锹施工。就两把铁锹，全用在了正地方。后面等待的人，就发现了这只狼。

这只狼仍然站在那里，一动不动，它的坚定让人有些心虚。不知道它哪来的底气。

可可西里的野狼　文扎　摄

当我们的车子开动，有人说，实际上，是狼在心虚，你不走，它也不敢走，它怕你突然袭击它。动物遇到危险，最好的保护就是面对，只有面对，才能让对方不了解对手到底有几斤几两，而一旦撒腿跑掉，就给了对方一个信心。跑掉的一定是心虚的、弱势的，那就必然要乘胜追击，之后造成的局面就是，前面的越跑越虚，后面的越追越勇。

哦，这么说，狼这种在荒原上千锤百炼的生灵，一定是深谙此道。狼是善于奔跑的兽类，而且耐力强，常会采用穷追的方式，将猎物累趴下，而取得胜利。幸亏我们没有离开车子，也没有谁慌乱地掉头跑去。

这是第一次遇到单个的狼，后来想到，它一定是离群或者失恋了。因为我听说狼和人类一样热爱家庭，喜欢成群结队地生活在一起，相互帮助，共担风险，共享快乐。因为那片荒原实在是辽阔得很，远远的目光所及之地，看不到第二只它的同类，也看不到其他的生物。

这只狼如果不是离群或遇到什么事情，它本不该这样走上孤旅歧途。我们对峙的地方，它是没有退路的，它的身后是一座陡峭的山，如果它的对面是以前的猎手，那它的命运可能已发生了改变。

草原的牧民大多单身独个，遇到狼怎么办？有人说了，牧民一般都带着藏獒或牧犬，狼一般是不接近的，因为它知道，一旦行事，可能会发生不可预料的情况，与其如此，还不如去找好欺负的野鹿、野羚、鼠兔之类稳妥。

回过头，就感觉那只狼的可怜了。漠漠荒野，一只离群的狼，什么事情都要自己面对，找寻食物也不是那么容易，何况还有人拉扯的铁丝网。现在想，那铁丝网或是防野兽的，以致这些野兽越来越无助。

二

还在一架山梁上看到过一群狼。有人说，狼一般都是以群体活动，多数为七只，所以叫七匹狼。

那是我们发现野山羊的时候。那是一群野山羊，它们正在山梁上盘桓，或上或下，跟着头羊不知所措。

不久就看到了狼，狼在围堵它们。狼并不往前凑，只是在它们的右前方堵住它们的去路，而左边是高峰。眼看着这群野山羊要遭遇不测，这对我们来说，也是无能为力的。

一是离得太远，它们都在海拔 6000 米以上的山梁，而且还是雪山。二是我们肯定也不是群狼的对手，即使驱散了它们，也不能把那群羊救回家，还是要被狼群盯上。

有人的口中发出了长啸，那是带着高原气势的啸音，但是无济于事。天渐渐阴了，看来又要下一场雪了，而我们正在找路，我们去往澜沧江源头的道路发生了塌陷，只好迂回。迂回到这个地方，几乎没有路。翻过前面那座山岭后会是什么样子？

天快黑了，我们只好开动了车子。看来，不久就会发生一场弱肉强食的围剿。自然界也有很多残忍和不平。

还有一次，行走中，看到远处有一只不大的动物，跑跑停停。文扎说是一只狐狸。我将镜头拉近，镜头里竟然出现了从没有见过的面目，真的，在动物园里也没有见过这么美丽的生灵。

它走走停停，扭头看你的时候，有一种魅惑的目光。撅着小嘴，塌着细腰，翘着尾巴，如果将摄入的镜头调转一下，让它变成立式，莫不就像个人形？

在一个无法预知的环境，这只野狐正经历着风雪的洗礼，它显得有些落寞，又有些孤傲，也许是为了自身，也许是为了幼崽，而承风受寒，说不定还将承受暗夜。

在动物种类中，野狐并不属于生猛强悍的一类，它的能量，比一只黄羊强不了多少。那么，遇到强敌时，它会有多少童话中所说的计谋摆脱困境？我们不得而知。

三

当雪野中出现兔鼠的时候，我以为是眼睛的问题，用手揉揉眼再看，还是看到漫天白色中，绒绒绿草间，有什么东西在弹动。不是风吹动着什么，不是，也没有大的风，那一定是什么活物了。是什么呢？我身边没有其他人，一时不能解惑，只能走上前去看，慢慢地，还真的看到了，是一只只跳动的小老鼠！

不，比小老鼠大，是小兔子，可如此高寒地区，什么兔子能在此生存？我拿起相机，用长焦对准一只看去。镜头里，我终于看清它的模样，那似乎是像兔子又像老鼠的动物。后来我知道了，它们叫鼠兔。

在我们经历旅途的艰难，无奈而扎下帐篷的这片荒原，鼠兔一定没有怎么见过人，但是它们的防范意识很强，或者说胆小。

我慢慢接近一只鼠兔，它正在吃着雪中的青草，看到一个庞然大物走来，它仰起头将两条前腿提起，随时准备撤退奔逃，而它的小眼睛不停地眨动，似乎在研究我的动意。我停住了，站在那里表示友好，并且轻轻按动相机快门，将这一幕保存下来。可能是看我没有伤害它的意思，就放下前腿，继续吃起来。不过，它会不断地仰一下头，看看我的举动。

我当然是想离它再近一些，我悄悄地挪动着步子，相机的取景框里，小鼠兔的特写越来越大，而且我能够看清它长长的胡须，还有黄茸茸的皮毛。当它仰头看我的时候，它的两颗门牙正由于嘴唇的蠕动而凸露出来，很是娇憨，一根青草在嘴角一点点地被小白牙嚼进肚里，而后就再将头低下去。在我又往前挪动一点儿后，我已经感到满意，镜头里的鼠兔十分清晰了。

正当我享受自己的成果时，我发现不知从哪里跳出来另一只鼠兔，说了一句什么似的，就将那只吃草的小鼠兔给带跑了，而且跑得十分迅疾，它们不是跑出了什么距离，而是跑出了我的惊奇。

我走过去仔细地观察，发现就在鼠兔刚才待的地方，有一个鼠洞，鼠兔之所以不大害怕我，可能是它有最后的防御体系。就是有这个防御体系，也会被同类所提示，千万不可大意，遇到这种不明生物，还是走为上。可爱的小鼠兔，就这样从我的镜头里消失了。再去想如此接近它们，反而成了异想天开的事情。

我找到一个洞口，其实完全不用找，脚下到处都是，在高高低低的土疙瘩之间，有的在两块疙瘩的凹处，有的在一块疙瘩的上部，还有的在疙瘩的旁边，那简直就是"地道战"的微缩版。

不仔细看，真不能认定那就是洞口，因为多被绿草遮掩。

这些小生灵，为了生存，看来也是在实践中找出了自己的防范门道。它们一定不是为了防范人类，而是防范它们的天敌。

我蹲在一个洞口前，是的，我是悄悄地蹲在了旁边，亲眼见到一只鼠兔钻了进去。鼠兔钻到洞里以后，还会将头露出来，频繁地左顾右盼，以确定是否可以安全出来。那么，进去的这只鼠兔一定也会如此操作。可是我等了半天，也没有见到那毛茸茸的影子。

慢慢明白，真的是狡兔三窟，同中原隔了这么远，这种灵物竟然是一样的。因为我发现在又一个洞口冒上来半个兔头，小家伙最终从远离我的那个洞钻了出去，啃下一片草叶，又闪电似的消失在洞里。

我试着做了一下动作，无非是猛然跳起来，用脚狠狠地踏一下雪原。这时再看，遍及雪野的鼠兔们，四下里一片混乱，瞬时消失得无影无踪。说是混乱，也许是我的感觉，实际上，说不定人家各有各的逃跑路线和躲避方式。适者生存，在这种恶劣的自然环境和生态环境下能够存活，而且还存活得如此顽强，真的是有它们的道理。

　　我后来知道叫作鼠兔的小动物，是高原牧场常见的哺乳动物，平均每两个月产一窝仔。海拔越高，鼠兔毛皮质量越高。因在地下挖洞破坏草原及食去家畜所需的草类而被视为鼠害。鼠兔是草原的第一杀手，一只兔鼠可以破坏 0.5 平方米至 0.7 平方米的草原。它不仅挖洞，而且还将挖出的土堆积在洞口，这使得草无法生长。一片土地缺乏了植被的保护，经过暴雨的冲刷，就会沟槽纵横，水土流失，也就加重了草场的沙化和退化。

　　那么，鼠兔的天敌是什么？是鹰。鹰一类的猛禽保持到一定数量，鼠兔的数目会被限制在较小范围，不会对草场形成严重的危害，所以对鹰的保护十分重要。

　　我们露宿的这个地方，直到离开，也没有发现一只盘旋的鹰。这或许是这一带鼠兔多的缘故。

四

我们行走的路上，经常能见到各种草原山鹰，它们蹲在那里看不出个头，但是猛然间飞起来，就像一只风筝，十分威风。

在一场大雪中，苍鹰一次次将降落的雪线划断，划出一道道黑色音符。它们在寻找什么，或什么也不寻找，只是喜欢这样，喜欢这降雪的世界。山峰是白的，山谷是白的，河流是白的，像苫了一块白布单子，整个地白在了一起。

又一次注视鹰，是在玉树，它在高高的天上飞。不，不是飞，是翔，滑翔的翔，驭着风，无目的地。一只只鹰飞翔在空中，不知它们是在干什么，练习飞还是闲得无事到天上转圈子，反正是那种无所事事的样子。

那种悠扬自得的盘旋，那种在自家似的自在，你就觉出，鹰对于天空的深情。它生来就是为了天空的，生来就是俯视雪域的。高原练就了它的一双铁翅，也练就了它的一双慧眼。只有在辽阔的高原，你才会感到鹰的翅膀的无比辽阔。

在各拉丹冬，我竟然看到两只鹰从冰峰前飞过来，好像那里是它们的领地，翅膀就是为寒冷而生。它们就像两坨冰凌，从冰川那里射出。这真是匪夷所思的事情。

可是真的有两只鹰从冰川那里飞出来。

五

在澜沧江源头，一群藏野驴出现在我的视野中。以后的几天里，藏野驴的形象还会经常出现。它们总是一群群地跑过，一般都是七八匹。这次看见的有十匹之多。

藏野驴的形象比想象的要好，也可以说比中原所见的驴要好。它们有着健壮的体魄，皮毛光滑，跑起来不算很快，但是浑身散发着一股强劲的英气。一身的白，却用棕红色勾勒出好看的线条，像穿着一件时髦的制服。

是的，它们有点像草原的绅士，走起来四平八稳，跑起来也不失身份，见到生人也是不慌不忙地走开。当它们以群体的形式出现，简直就是参加活动的仪仗队。

我在这里听到了一件事，索加乡当曲村的牧民尕玛放牧时，发现一匹藏野驴在冰窟中挣扎，它的脖子因挣扎而被磨破，斑斑血迹撒在冰面上。尕玛一个人拉不动，便用对讲机呼叫周边牧民。几个牧民将藏野驴救上来时，它的四肢都已冻僵。牧民取来毛毯盖在藏野驴身上帮它取暖，尕玛又把它拉到家中细心照看。三天后，藏野驴辞别了好心的牧民，奔跑在哲塘错卡草原上。

六

成片成片的牦牛，散落在广袤的草原上，它们或群或散，远远望去，就像草原上美丽的雀斑。

闹不清它们该什么时候回家。它们必定有一个领导，我曾见过一头牦牛在前边带着，其余的跟在后面，一直往前走，他们会走向哪里，不知道。一座又一座大山在它们的周围，草原就是它们的家园。

在草原上，看到的最多的动物就是藏牦牛，藏牦牛同牧民有着密切的关系。在整个高原史上，牦牛的驯化与放养，成为游牧民族生活的一部分，亦成为青藏文明的一部分。

直到今天，人们在青藏高原看到的牧民生活，都与牦牛息息相关。他们发明的牛毛帐篷，是抵御冰雪严寒的最好居所，牦牛的乳汁及其制品、牦牛的肉食，成为牧民主要的食品。多少年来，牦牛都是"高原之舟"，有了牦牛，牧民们可以迁徙到很远，并且把生意做到很远。牦牛无毒无味的粪便，是牧民永远可持续利用的燃料。

我在牧民的碉房前，看到一整面的墙壁粘晒着牦牛粪。牧民都说，牦牛粪比煤好，煤还要花钱，还会产生二氧化碳，不利于在封闭的帐篷里使用。

现在一头牦牛的价值在万元以上，它真的就如水和空气，是藏族人的一种生命渊源。即使是严寒季节，他们也要到很远的草场放牧。

昆仑之王——野牦牛　文扎　摄

遇到冰雪灾害，他们会在狂风暴雪中将牦牛聚拢在帐篷前。藏族人帐篷内烧着牛粪，不时出去照看，恨不得将那些满身都是雪坨坨的生灵拉进帐篷。

也会不断地见到野牦牛，它们比牦牛更加自由和奔放，甚至会同牦牛生出小牦牛，而牧民也不排斥，认为它们的后代更健壮，有利于物种的繁盛。

同样披着厚大氅并且能够与牦牛同享快乐的，还有白云般的高原羊。黑色的牦牛有些像绅士，而羊则像白衣少女。

这些生灵有时候还有些顽皮，过路的时候，它们显得毫不在乎，让你的车子等好长时间，才不慌不忙地走下路面，从草原的这边翻到那边去。

在海拔 5000 米的巴颜喀拉山和唐古拉山，依然散布着这些黑的或白色的牛羊。海拔的高度并没有影响它们的生存，反倒是我们人类感到气短，感到心慌。人这种动物看似强大，其实很渺小，讲究吃穿，还要讲究生活质量。

冰山的丛林

一

如果不是现代的飞行器，让我从空中清晰地俯瞰到青藏高原，我是如何都无法凭想象完成对这一片雪域冰峰的描述。它实在是太辽阔了，辽阔到了无边无际；它实在是太神奇了，神奇到无尽神秘。

飞机以每小时 800 公里的速度在穿行，但是你总觉得它并没有怎么改变它的位置。

为了确定我的毫无道理的怀疑，我将眼睛置于窗子上，久久地注视着一个点，我真的发现，那个点会好长时间都在视野里。

二

景象太威严，到处都是冰山的丛林，那丛林简直就是一大片的原始森林。

阳光将它的辉光覆盖上去，竟然觉得那辉光射出来，已经变得冷峻无比，同这片区域融为了一体。照在上面，无非是表示自己的关照。尽管那关照显得毫无意义。

冰山尖利的"牙齿"刺破一块块云彩。实际上，云在这里已不能

刚加却巴冰川　文扎　摄

称为云彩，它没有了色彩，只有灰冷的色调，一块块、一片片地飘浮在这些"牙齿"间。

指不定哪一块飘浮得过低，就会瞬间被刺破或者撕烂。撕烂的云便成为一堆乱絮，挂在那里，缠在那里，然后变成顽固不化的冰坨。

这些冰坨当然不是由此产生，它们或来自更高更厚的云团。

那些云团携带着对这片区域的使命，常常会将山脉两边的冷空气搅和在一起。它们一定有一种神奇的搅拌功能，那种神奇会出现在当地藏族人的神话中。

我尚不能解析。但我知道，正是由于这些云团，使得大片的山海成为向往中的最为壮观的冰雪世界。

多少人为了看到这个世界而不远万里地赶来。但是他们赶来，也只是看到一两座雪山，并不能全部达到愿望。

飞机上的人在激动，我能够感觉到他们为何激动。因为他们中曾经有无数次在此间飞行，却少有今天的幸运。

何况这条航线开通的时间并没有几年。那么，我们就是幸运者中的一员。

三

这一片山体，也没有想到会有一天，有人能从空中发现它们的秘密，看到连它们自己都不可知的整体。

不，我们依然看不到那种真正意义上的整体。飞机只是按照一定的航线飞行，而这条航线，也是最安全的航线。最不利于飞行的地方，是不会经过的。也就由此想到，我们也只是擦过它们的肩头而已。

你看，远处那高高挺起的巨峰，是那么陡峭、尖利，它就像一位统治这个世界的首领，俯视着它的臣民。

它那么威武甚至傲慢，对于一架比一片雪粒大不了多少的飞机不屑一顾，尽管它同样闪着银辉的亮光。

这个时候，我发现飞机在转弯，它那巨大的翅膀一只斜了上去，一只指向了下方。

啊，它正在绕着巨峰飞行，我不知道它是出于什么目的，但是更加让我看清了这座庞然大物。它周身都是冰雪，只有最上边露出锋利的山体。冰雪就像它的大氅，将它衬围得更加不可一世。

可以想象，那雪是不会化的，终生也不会化。实际上那就是人们说的远古冰川。但是这冰川再远古，也终是不能遮盖向上突起的山体。那山体有一股不服遮盖的气势，即使在一片冰雪世界里，也遗世独立。

我看到长长的大氅的下摆，那是冰川流去的地方，我知道，在它的下面，就是一条河的源头，淙淙不断的源头。

在这些冰川下，该会有多少条细流？肯定有很多很多。那些细流终究要汇在一起，汇成大江大河，汇成黄河、长江。

我当然很想看到黄河、长江，但是我知道是看不到的，这里只是它们的最初阶段，每一条细流都是最初的阶段，它们还没有发育，或者正在发育，它们要有一个成长期。我们要在稍远一点的地方等着它们。

　　我这次来，就是要寻找那条最远的最长的细流，那或许就在我看到的山林跟前。

　　这么说，我会走到这里。

　　我为我的想法激动不已。

　　猛然间醒悟过来，我所看到的，可能就是昆仑和巴颜喀拉。

江河寻源

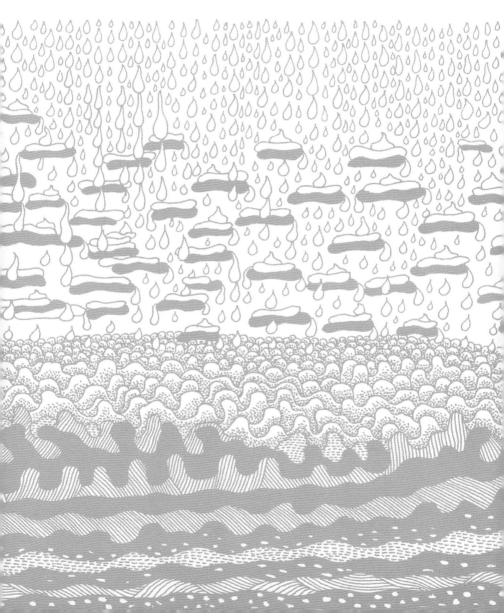

江河仰望

那一天
我摇动所有的经筒
不为超度，只为触摸你的指尖
那一年
我磕长头拥抱尘埃
不为觐见，只为贴着你的温暖
那一世
我翻遍十万大山
不为修来世，只为途中与你相见
　　　　　　——仓央嘉措

一

五月，布谷鸟的声音在窗外徘徊，走到田野，那种鸟特别多，"布谷、布谷"，叫得人心里痒痒的。

麦子渐渐成熟。

中原的麦子熟得早，人们已经在备割了，磨好了镰刀，预约好了收割机，麦场已经洒水碾实，粮圈已经腾出，就等着再一阵风吹。

就在这个时候，一个电话铃响起，征询我去不去三江源，也就是澜沧江、黄河、长江源头。三江源所属地青海玉树我曾经到过，也体验过长江、黄河初始阶段并不宽大的河流，但是离真正的源头还有一段距离。

在我的感觉里，那是一片神域，是长期未经开发之地，文化、风光更原始，人更淳朴。玉树州杂多县西部是长江南源当曲的发源地，治多县可可西里是长江北源楚玛尔河的发源地，长江三源在玉树汇合称作通天河，流出玉树巴塘河口后改称金沙江。黄河发源于玉树州曲麻莱县麻多乡。澜沧江发源于玉树州杂多县的吉富山。玉树、治多、玛多、杂多、称多、囊谦、曲麻莱、可可西里、各拉丹冬、约古宗列……一个个神秘的地名不断地吸引着我。现在，邀请来了，尽管来得有些迟。

我不假思索地答应了。

这是 2017 年的 5 月。出征时间是 6 月 6 日，地点是玉树。

二

接下来的一段时间，会突然有人说，去那些源头你的心脏受得了吗？血压高吗？最近检查身体了吗？那可是世界屋脊之地。

一连串的问话让我心生疑虑。是呀，去西藏的时候是在三年前，去玉树应该在十年前。我虽然到过云南卡格博雪峰的对面，穿过海拔4000 多米的雪山垭口，也过了巴颜喀拉山山口，但是三江源头的海拔大都在五六千米，而且是无人区，确实不应该掉以轻心。

我慎重起来，去医院做检查，抽血、量血压。医生问缘由，我说想去三江源头。医生又看看我，说那还是要慎重。

血压还不错，低压 78，高压 118。第二天再去量，低压 82，高压 122。虽然高上去一点，仍在正常范围。

医生笑了：好啦，没事儿，出行中自己注点儿意。接着开了一些备用的药。

这边正准备着，那边来信息，有医生跟着。更是好消息。接下来的通知，是准备好户外的衣服，也就是防寒衣、棉帽子、手套等。

我家前面一条街都是军用品商店，那里肯定有棉帽子、棉手套之类。我有些疑惑，会用到这些东西？去西藏也没有准备这些东西。但

太阳湖　文扎　摄

是微信群里说必须准备，而且还必须是厚衣服，能御寒的，晚上会有零下十几摄氏度。

没有想到的是，问了几家军品商店，都奇怪地看我，说天越来越热，谁还卖这些东西，都封在仓库了，一件两件的，不好找。

好歹找到一家，说好了价钱，掏了押金，人家才打电话。等了个把小时，厚厚的手套和棉帽子送过来，手套上还带着绳子，还有方便打枪的手指套，正好用于摄影。很满意。

通知又来了，江源地区雨雪很多，还要准备雨具。

一边大张旗鼓地准备，一边不断有人替我打退堂鼓，说你要干吗呀，什么年纪啦，还到处跑，有那个必要吗？

什么是必要？人的一生要迎接不同的挑战，才有活力，才有乐趣。这些天，我已经详细地查了资料，青藏高原在远古时曾是极为辽阔的海洋，与北非、南欧、西亚和东南亚的诸海域是连通的，称为"特提斯海"。1000万年前的上新世，喜马拉雅造山运动导致了青藏高原的强烈隆起，形成自北而南呈东西走向的"山的海洋"。在这些耸立的大山之中，广布着一条条常年不化的冰川，那些冰川，即为大江大河的故乡。

我的眼前已经展现出一道壮丽的景象：远处的雪山向这里仰望，四围的冰川向这里集结，还有大团的云朵向这里飞奔。这就是三江源圣地。

我说我这就是再向人生来一次挑战，向自己的身体来一次挑战，也是向自己的好奇心来一次挑战。不说了，我已经决定了。

6月2日突然接到父亲的电话，说他感觉心脏有点不舒服，这段时间一直发生早搏。我赶快开车过去带他去医院，心里想，如果父亲有什么，真就去不了了。到医院挂急诊看心脏彩超、量血压、做心电图，一系列检查之后，确定问题不大，才放下心来。再观察一天，明天也就是3日，如果没有大的问题，4日就可以奔机场，晚上到西宁，5日从西宁赴玉树，6日正好赶上出发。

4日，微信群里还在嘱咐要带加厚的衣服，青海4日气温只有14℃。与内地相比，真的是大相径庭，内地都穿短裤了。群里又说，最好带上厚厚的睡袋，因为要在三江源头宿营。这是个多么虚幻的前景，难道走到源头已经天黑了，只能在野外宿营？

脑海中就出现了一片冰雪世界，溪流旁一顶孤寒的帐篷。睡在冰天雪地是个什么滋味？有人就提要求了，说不好找睡袋，要求邀请方准备。对方愉快地答应了。

有人说，去那里不能感冒，不能咳嗽，不能发烧，不能有剧烈头痛、心痛，一旦出现这些毛病，就有可能得了肺气肿，甚至出现脑水肿、脑梗或心梗，生命就会陷入危险。这些是劝告，也是警告，让人觉得危机四伏，不定什么时候一声咳嗽，或者一次剧烈心跳，就会让你起怀疑。这中间就有人在放弃，又有新的成员补充进来。

但是，三江源我还是要来，我必须要来。三江源是我的一个梦，是我的一个结，三江源连着我的生命。真正好的东西不是让人舒服的，而是让人难于舒服的。舒服或在事情过后，而之前可是无以穷尽的折腾与折磨。

海明威说，一个人，他可以被消灭，但是他不可以被打败。站在高海拔的三江源地，我不知道我的血压会不会有问题，心脏会不会出问题，但是我知道，我一定不会被打败。三江源之旅，或许是我人生的最后一次，很难再来。那个时候的徐霞客，都快接近这片雪域胜景了，那个时候真的很难分辨出源头的位置。还有十分喜欢水的郦道元，如果条件允许，你能阻挡住他的脚步？

父亲这两天一直跟我拉家常，担心我去那么远的地方有风险。父亲跟我说，你必须保证每天给我打一个电话报平安。我说没有问题，那么多人呢，再说当地还有医生跟着。父亲还是不放心，但是看我决心已定，也只能放行。实际上到那里才知道，根本没有信号，无法打电话。

三

按照事先安排的路线，我先飞到西安，然后从西安换乘，再飞往西宁。在西宁住一晚上，第二天乘飞机飞往玉树，在玉树大家汇合，再往三条江的源头走。

今天是 6 月 4 日。定的表是 6 点叫早，结果 5 点就醒了。整理好东西，不到 6 点，我已经在一个早餐馆坐下喝粥了，然后往机场赶。上了车才知道，飞机起飞时间是下午 1 点。

这是我这么多年长途旅行中最慌乱的一次。没有计划，只有紧张，因为飞到西安，还要从西安机场乘换飞机到西宁。中间有无数个连接，这种连接让人有一种紧迫感。

机场安检，被拦下要求开箱检查。我有些奇妙地打开箱子，里面装的东西倒是让安检的女孩奇妙了，大夏天的，里面装的全是冬日用品，而且还不是一般的用品。肯定是盘问了，如实回答，女孩看看我，看看物品，再看看我，我知道，她是怀疑我的猎奇心。

下午到了西安机场，外面下着雨，感觉湿漉漉的。天气突然变冷，我已经套上一条裤子，加了外套。在 9 号登机口等了半天，突然又通知换到了 7 号，如打仗一般。

终于起飞了。渐渐看见了雪山，一连串的雪山，雪山上面跑着白云，像覆盖着层层的棉花。

云散去的时候，发现雪山下面，是层层的梯田。梯田不是绿的，一圈圈地绕着那些山，也是很养眼。应该是到了青海的上空。

飞机开始下降，越来越清晰地看到山野。白云已经没有那么厚重，白云下面的山变成了土色。越来越低了，我已经穿上厚厚的衣服。

他们说一下飞机就会感到寒冷。

　　四

　　今天是 6 月 5 日，昨晚下飞机赶到西宁市里，住了一宿，又早早地从市里往西宁曹家堡机场赶。为的是拿到靠窗口的位置，手机上显示预留的位置都不行。

　　办理登机牌，服务员却说靠窗口的位置已经没有了，这让我大失所望，来得这么早，怎么会没有了？服务人员看我背着大相机感慨的样子，说前面是给安检员留的，可以考虑给我办一个三排窗口。这下子高兴了，我不忘带一个大相机，是因为对这次旅行充满期待。

　　航班是下午 2 点 10 分飞往玉树。办完手续就等着，却等来飞机晚

江源大地　王剑冰　摄

点的消息。

晚点一拖再拖，由于天气原因，起飞时间待定。可这边天气好好的，往天上看，天上一片蓝天，往地上看，地上一片清爽。玉树那边发来的信息，天气也是好好的。

没有奈何的等待。广播响起，仍是起飞时间待定。

这个航空公司是东方航空公司，只是说天气原因，没有给出任何解释。人们聚集在登机柜台前，其中几个带着孩子，说回去孩子要参加高考，他们着急死了。

就这么延误着，下午5点多的时候，延误的飞机终于被取消。我们又重新提了行李，坐了机场大巴赶回市里，耗费了一整天时间。

6月6日，早晨8点半，再次往机场赶。

那个办理登记牌的人员竟然还认识我，看着我笑了笑，仍然把第三排靠窗的登机牌递给我。

然后在2号检票口等待。登机时间到了，飞机还没有来，看来又要晚点。晚点预告却没有播出。

原定12点20分登机，后来登机，时间已经是下午1点了。无论如何，登机了。

飞机在一片大山中飞行，让你觉得这山无边无际，怎么会有一个机场在前面等着？无边无际的大山，无边无际地全都覆盖了白白的雪。还有厚厚的云气，飞机在云气中穿行，又被云气所吞没。

很少能看到河流，即便是有河流，也是窄窄的一条小缝。在这无边无际的大山中，竟然都属于玉树地区？玉树那么大的一片版图，全是峰峦叠嶂。

好容易看见一片不大的开阔地，难道飞机要降落在这片地方？已经广播，飞机再有 20 分钟降落。

已经看见横向的一道白线，似乎是跑道。飞机调转方向，向着那道白线飞去。能够看到低矮处的水库，还有施工的车辆。

飞机正在下降。天气晴好，看来降落没有问题。就在此时，机翼上打开的降落装置，又收了回去。然后飞机开始上扬，向左拐弯，又飞向了来时的方向。

我确实感觉到了这一点。我告诉身边的同伴，我说飞机往回飞了。飞了很长时间，起身去卫生间。此前卫生间因为降落已经停用，现在应该可以用。在卫生间里，听到了机场天气异常，飞机要在天上盘旋 20 分钟。明明看见晴朗的天空，难道是另一个机场？

再次看见那条跑道。绕了一大圈，又飞回来了。

这次飞机对着跑道勇敢地飞了下去。看见了牦牛，散落的一片片的牦牛就在机场两边，悠闲地吃草。两边有窄窄的开阔地，牦牛不知道飞来的大家伙是什么，它们也不在乎它是什么，只管悠闲地吃草。

"砰"的一声，落地了。一颗悬着的心落下来。有人说以前有过落不下来飞回去的事。

文扎他们已经等了很久。雪白的哈达，一条条献上，让人感到亲切无比。

昨天他们已经跑来一次，和我们等了同样的时间，后来失望而归。今天我们的飞机还没起飞，他们就来了，可见他们的心情，同我们一样，甚至比我们还急。

五

来到玉树，见到了几位从北京来的朋友，大家都很高兴，晚上吃饭，说着在高原的注意事项，有的表现出不在乎的样子，对三江寻源跃跃欲试。那么好了，队伍越大，就越显得壮，可以互相影响，互相照顾，也就越有安全感。

我们入住的是玉树最好的宾馆，一进去就感觉出藏族特色，感到江源的庄严气氛。房间还准备了两个氧气袋，说可以好好地吸一吸氧，以适应环境和补充能量，也是防止身体出现情况。还有医生，到每个房间给每个人进行了一次体检。医生很负责地量体温、量血压，还给了"红景天"等药物，让喝下去，提高免疫力和抵抗力。

玉树方面做得真是周到，这样走下去，信心满满。

第二天要在玉树休整一天。西宁的海拔是 2000 多米，玉树海拔是3000 多米，而后就是 4000 多米乃至 6000 米了，适应一下，再往前走。

当拉岭山口　王剑冰　供图

　　凌晨2点我醒了一次，5点又醒了。睡不着就干自己的事，收拾好了东西等着天亮，天实在亮不起来，就躺下看书，直把太阳看出来。

　　平时我睡觉是很好的，也许是头一天晚上一群朋友讲，海拔高的地方千万别感冒，一感冒就坏事。头疼也不是好兆头，谁谁在海拔4000米得了脑出血，谁谁从4000米下来得了肺气肿。说是让我们有点儿心理准备，实际上是让我们有点儿心里紧张。找到"红景天"，打开喝了一支。

　　玉树的太阳很早就出来，阳光很好地照在崇山峻岭上。山就在眼前，河流的光波泛着金色。有人身穿红袍在街上走。对当地人来说，这个时候起来有些早。整条大街极静，静得我走出去又走回来。

这一天举行了出征仪式，玉树的有关方面都出席了。仪式上见到豪雄的康巴汉子，他们展示了矫健的雄鹰般的舞姿。

考察的领队是玉树的文化学者文扎，也就是头天晚上去机场接我们的大胡子。后来我知道队伍中有两位大胡子，一位就是文扎，一位是欧沙。文扎在讲话中，详细地阐述了此次三江源考察的计划与筹备过程，表明了玉树州对此次考察的重视及专项支持，也详细阐述了三江源的重要性以及考察和保护的重要性。

我代表出征人士表态发言。我说，我已经来过青海，也到过玉树，但是对这里的向往和迷恋依然如故。玉树是仙界，是神域。玉树是诗人，是哲人。玉树讲的都是大道理。玉树的河是母亲河的少女阶段或者说幼女阶段，它冰清玉洁、纯净天然、自由舒缓，没有那么多的约束和承载。

我说，我多少次走过长江，走过澜沧江，我生活在黄河岸边，我知道，那些澎湃，那些漫漶都与玉树有关。有诗人说，"大江东去，浪淘尽，千古风流人物。"有诗人说，"黄河之水天上来，奔流到海不复回。"有哲人说，"不积跬步，无以至千里，不积小流，无以成江海。"或也同玉树有关。我们这一行人这次来就是寻找或者说联结这种关系、加固这种关系、体味这种关系。

我说，对于雪山下的源头，我们始终都有一种崇敬心理。我最近有着严重的颈椎病，那是我一直低头的缘故，我觉得我到了玉树，我的颈椎病会好一些，因为这里处处是让我们仰望的。作为考察队代表，我表个态，我们一定要友好相助，不畏艰难，保重身体，平安归来。

六

但是在这一天就有人有了反应，而且是发烧，其实是昨天晚上就开始的，医生给予了治疗，第二天早上还是没有减轻，起不来床，胸闷。

有人说，如果发生严重高原反应会有呕吐，意识模糊，不及时送到有条件的高压氧舱，会随时死亡。我们出发时，这位朋友被直接送去了机场。同时走的还有中央台的一个导演，他多次赴西藏采访拍片，却在这里出现了严重的高原反应。昨天吃饭的时候，他还大谈多次行走高原的经历。

有一位媒体的老兄，第二天还问我怎么样，有没有感觉。我们都被这种下马威给闹得有些心虚，总是不停地号脉、量体温，偷偷深呼吸。听他问，我说还行，我怕受到干扰。他说他好像有些感觉，我问他怎么回事，他说头有些发紧，而且胸闷。他这么一说，我也有感觉了。路上我们换着坐在文扎的副驾驶位置。也就坚持了两天，到第三天的半路上，这位朋友还是被送走了。

这个团队，当时由于走了两位，现在是五辆车，文扎一辆，杨勇一辆，索尼一辆，欧沙一辆，再就是州文联主席彭措达哇（大家都叫他彭达）一辆。文扎驾驶的是刚买的新车，而且是他自己的新车。文扎要检验一下这辆丰田的越野性能。

五辆车里都坐满了人，如浩浩荡荡的一支队伍。杨勇因为到过多次，要在杂多与大家分手。一路上大家互相照应，前后保障，还跟着医生，每辆车都备有氧气袋，医生每停下来，就问情况，发药品。

欧沙的皮卡车上装满汽油、帐篷、睡袋、氧气瓶、炊具、食品等一应物资。

出行这么多年，我觉得这一次的准备和保障最到位，让人心里最踏实。

仙境中的第一湾

一

我们从结古出发，向西行进，路上经过隆宝滩自然湿地，那是大片的湖水与沼泽组成的绿意盎然的国家级保护区。各种鸟类，就像幼儿园里的孩子，在叽喳闹嚷。

再往前仍然是一派草原盛景。即使是偶尔下起了细雨，也让人感到十分的舒服，忘记这里已经是海拔 3000 多米，很快就将进入海拔 4000 米甚至更高的地域。

是的，你看，草原愈来愈远去了，视线出现了起伏，道路出现了褶皱。

再往前，车子开始爬坡。空气由清新变得冷凝。开着的车窗渐渐摇了上去。文扎说，我们是在循着长江上游的通天河追根溯源，会经历高原一年四季的特殊气候。

上坡，上坡。翻山，翻山。雪飘了下来，雨刷器开始了"摇头晃脑"，一会儿文扎就把那"摇头晃脑"搞成了最大频率。能听见车子的"小喘息"，"喘息"在加快，一会儿就大喘气了。刚才车里还有人说话，这个时候都消了音。

车子再一阵喘，爬上了海拔 4900 米的叶青雪山，山上以及周围的山都是雪，白皑皑的雪，只有一条小路窄窄地盘来盘去，雪夹着雨狂扫过来，就像一簇簇带着冷火的箭镞，窗玻璃发出扑扑的响声。我真怕这雪中夹带了冰雹，那样车窗子更要经受考验了。

我们神情紧张地都把眼睛盯在了小道上。这条道绝不是通车大道，它毫无规范，拐弯处也显得陡峭，又不敢频踩刹车，实在是难为了文扎。他是刚入手的新车，性能还没有完全掌握，一路上不停地摸索着。但是文扎总是显出不露声色地沉稳。

车子终于一点点向下"盘"去，有些地方就是滑动了，也只能听天由命。雪将少有人走的山路罩了一层又一层，在这个冰雪世界，它或许不大愿意让谁来打搅。

依然有苍鹰，苍鹰一次次将降落的雪线划断，划出一道道黑色的音符。它们在寻找什么，或者什么也不寻找，只是喜欢这样，喜欢这降雪的世界。

在这里是看不到地平线的，甚至找不到什么参照物，因为一切皆白，山峰是白的，山谷是白的，河流是白的，像苫了一块白布单子，整个地白在了一起。若没有这苍鹰盘旋，你简直就认为是在一个平面或立体中。

文扎到底是雪域中的鹰，他坚定并且执拗地在一片苍茫中，找到那条隐含而可怕的小路，一点点地向下"盘"去。

终于"盘"到了谷底，而后再往另一座山上"盘"，最后渐渐下山了，雪也随着海拔的降低而不得已远去。6月的雪，只是在高海拔的区域逡巡，那是它的领地。回首望去，恐惧依然。

转出这片山体的时候，看到了一片辽阔的空域，那是大片的草原，草原上一条蜿蜒的没有尽头的小路。小路如一条拉链，将一块绿色的大幕拉开了。

难道又回到了春天？我们兴奋起来，要下车拍照。

文扎笑着还是往前开，好像前面有什么在等着。车子猛然刹住，后面的车子同样停住了。

这时我们看到了贡萨寺旧址。它依山傍水，斑驳落寞地挂在南山坡上。它已经荒废了。荒废得像一幅油画。

由此有人惊叫起来，因为它同草原形成了十分强烈的对比。

我们知道文扎为什么要将车子停在这里了。贡萨寺旧址被誉为三江源头的"古格废墟"，寂静、残破的墙垣和一格格的房舍，诉说它曾经的辉煌。文扎说，远在公元12世纪，也就是800年前，拨戎达玛旺秀的心传弟子秋杰次成帮巴，在当地巴热部落头人羊圈里创建了贡萨寺。那是一大片建筑群，重重叠叠面对着一片大草原。那是多么心旷神怡的一座梵宇。到了公元15世纪，五世达赖阿旺罗桑嘉措经过此地，将寺院改为格鲁派寺院。

文扎说，贡萨寺已老得不成样子了，老成了一片废墟。后来人们还是怀念着贡萨寺，他们带着敬仰，将新的贡萨寺建在了距治多县城

万里长江第一寺——贡萨寺 文扎 摄

13 公里的阿尼尕保山南坡下，背靠大鹏一般的诺布玉则山，远处看去，那山形简直就是一座风水极好的椅子背，面朝的东南方是一片更为广阔的墨绿草原。

从文扎的介绍中，我们知道了贡萨寺在草原人心目中的位置。后来我们去了新寺院，比老寺院规模更加宏大，建筑面积达到了 900 多平方米，寺内存有《甘珠尔》《丹珠尔》等大量的佛经，以及明代的文物，还有珍贵的《中观应成论》，是国内仅存的黑毡纸金墨佛经。更加让人惊心的，是寺内宗喀巴铜制镀金佛像，那是世界上最高的室内铜质镀金佛像，也是目前格鲁派寺院内所供奉的最大的宗喀巴大师室内铜像。2008 年竣工后，它被载入了上海大世界吉尼斯之最。

站在新贡萨寺的最高处，我的目光毫无遮拦地放牧出去，随着那一束阳光，将那大片草原横扫了一遍。很快就扫到了草原中的一汪水，在我的目光中闪了几闪，终于蓝在了蓝天下。

二

不远处有一条河静静地流淌着，后来知道那就是通天河。

远远的河边，有一户藏家，我径直地走过去。碉房前正在玩耍的一个男孩和一个女孩，看到我也跑过来。他们跑得很快，我们很快就会合了。他们的身后，还有一个更小的孩子在往这里跑来。

我们互相看着，互相问着。互相都不大能听得懂对方的语言，但还是能够交流。我由此知道他们是兄妹，后边的是弟弟，这里只有他们一家。他们的父母靠着这一片草原生活，靠着那一条河生活。

他们问我是从哪里来，我说是治多，他们感觉治多很远。他们指着我的相机问我是不是也是从治多买的，我笑着说是。他们感到很满足。然后就是照相。那个小孩子也赶到了。他们不停地在镜头前摆着不同的样子，然后要看照片，看了就笑，笑得很满足。

我发现，镜头里的男孩、女孩都很好看，长大了一定都属于格萨尔和珠牡的形象。守着这一片空旷，他们是快乐的，也是寂寞的，他们的全部就是这空旷。他们不知道北京，不知道西宁，甚至不知道玉树，只知道治多，治多县在他们心里，是一个天堂。他们的父亲也过来了，那个瘦瘦的汉子也只是笑着，扶着他们的孩子笑着。我说他们穿得太少，要冻感冒的，他仍然笑着。他对他的孩子很自信。

接着我们去拜访了距贡萨寺旧址不远的夏日寺，夏日寺周围是一片原始松林，同贡萨寺旧址一样，坐在高大的南山怀抱里。这个时候竟然听见了鸟的叫唤，那般清脆，久违的清脆，让人想到中原的麦收。是的，这个时候应该是中原最忙碌的。此时此地却像在仙境，鸟儿越叫，越显得静寂。

原来是喜鹊。叫声传上去，一直越过了山峰，云在峰中缠绕着，却又将喜鹊的飞翔透视在上面。穿着紫红袍子的僧人三三两两地在白塔前后走过，像一幅画，映照在阳光中。河流恰在山前的暗处涌过。好一座夏日寺。好一座山。好一道水。

三

我们这是要去哪里？车子走了几次错路，都找不到要去的路。

好容易看到几个牧民，文扎上前打问，才确定了方向。这个时候杨勇的皮卡一声呼唤冲到了前面，而大胡子欧沙的皮卡车已经从另一条小路晃晃荡荡地走远，他或许知道另一条道路。

翻过一个又一个陡坡，就像是在折叠一个几何图形。拐弯处车子都经过了打滑、沉陷的艰难，最后爬上了一座山峰。

翻过这座山峰，已经没有什么明显的路径。一条小路是唯一的选择。顺着这条小路绕过去，再爬上一座山峰，终于停了下来。各自找位置刹牢车子。然后徒步，再往上爬去。上面是什么呢？

在窄窄的山脊上，弓着腰在用力，没有路，脚在随意选择，踩着前面人的脚印，有些山石上没有脚印，只能自己判断该如何下脚。

有人掉队了，站在那里只顾着喘气，这里的海拔，少说也在4500米以上。果然，有人一边喘着一边看手机给出的数据：海拔4590米！阿琼像个野小子，瘦弱的身躯，竟然早早爬到了前面。欧沙车里的人从另一个方向攀了上来，他一定按照自己的判断，把车子停到了这座山的对面。

只顾着脚下，爬上去猛然抬头的时候，看到了一个盆地，盆地实在是太辽阔，它能装得下千军万马。一个国王的马队和羊群赶在这里，也不会有拥挤的感觉。

盆地里满眼是绿色的草，泛着青黄。这些草正在改变着颜色吗？不是，是云中的阳光在忽隐忽现地扫描，扫到的地方，就泛黄地亮闪。

文扎还在领着往上攀，上面一定有什么在等待着，不只是这个庞大的盆地草原吧？

攀爬了都有一个多小时了。

攀到最上面的时候，感觉地形十分怪异，猛然回头，一声惊呼从每个人的口中喷出。原来，在绝壁的下面，是一个 U 型的河流，这是通天河第一湾，也就是万里长江第一湾。这个湾弯得那么地奇巧，周围有三大神山高高环拥。它顺着一座山谷急匆匆而来，到了这里猛然被一座绝壁挡道，发一声吼，再撞不出去，只有折回。又一个大回环，绕向了远方。

从高处看这个"第一湾"，那真是高拔奇迈，荡气回肠，直让人叹为观止。奔流的江水到这里不得不放慢速度，远远看去，就像一条丝绒哈达环绕着青色的大山。景色那般撩人，让你感慨，可不是仙境中的神奇景观吗？

深深的峡谷之上的山峰，没有任何遮拦。这里还没有开辟旅游线

通天河湾　洛桑当求　摄

路，来的人少之又少。所以也没有谁设立警示标志，建立防护围挡。如果不注意，就会滑下万丈深渊。现在，这些人什么也不顾了，他们要找到最好的角度，他们要在这里兴高采烈，面对着一条大河和一块盆地欢呼。

我知道文扎他们的用意，他们是想让我们把治多的美多看一下。他们不动声色的行为，表达着对长江之源这块土地的热爱之情。文扎他们在对着这条母亲河膜拜。文扎说，通天河流域的"源文化"是一条宗教信仰的走廊。文扎把通天河沿途的文化做了精彩纷呈的解说，他的解说充满了激情。于是，这长江第一湾，也带有了激情的色彩。

四

路还是湿漉漉的，山峰到处是湿漉漉的，刚下过一场雨，不，或许是雪。这里经常是雨雪霏霏的气候。

好在没有云雾，如果是云雾缭绕，那或许什么都看不见了。

长江源区治多

一

从通天河到治多，走得也是比较艰难，走着走着天就黑了。从玉树市区到治多县驻地加吉博洛镇，有将近 200 公里，也是要走四五个小时。因为地势逐渐往上攀升，多是在山中绕弯。文扎先带着我们去看了通天河第一湾，更是绕了一个大弯。治多同玉树之间的海拔落差差不多有 1000 米，玉树的海拔是 3500 米的话，治多就是 4500 米。

文扎说，当地人有个玩笑的说法：治多有两个季节，一个是冬季，一个是大约在冬季。我们听了都笑了。空间距离的高远，文化上的陌生，使我们对这片广阔的游牧疆域，充满了期待。

路上或是雨或是雪，或是雨夹雪，反正在这个万里长江第一县，时刻提醒你，关于水的源泉的问题。文扎说"治多"的藏语意思就是"长江源区"。藏语中，长江被称为治曲。"治"是"母牛"的意思，"曲"是"河流"的意思，这里流传的说法是，很久以前，大地干旱，长江从天上的一头母牛鼻子中喷涌而出，解救了人间的苦难，因此长江被称为治曲，即"母牛河"。治多人之所以把流过治多的这一段长江称为通天河，就是认为这水是从天而降的。

由于没有路标，翻了无数的山，过了无数的岗，即使是在自己的

通天河三道湾　洛桑当求　摄

家乡，文扎他们有时也会走错，不停地纠正方向，不停地过河越涧。那些路，有些是因为太老，老得不大认识了；有的是太新，新得还没有相识。不管怎么说，都让人感到这治多的难找，难到。治多藏在万山之中，万源之上，是要让你感觉它的尊严、它的威严。还别说，心内真的对那个地方感到神圣多了。

　　大山之中的盘旋，绝对不会像中原一样，远远地就能看到一片灯光闪烁，知道那是一座城镇，在这里，就是有一抹光亮，也是让人兴奋的。汪洋中的一条船，何时才能靠岸？大家都有些疲惫不堪，有些希望渺茫地昏昏欲睡了。

二

　　终于看到了一星光亮，而后是一星星的光亮。

　　文扎说那就是治多。治多，真是茫茫大海中的一个岛。疲惫的身体随即精神起来，坐直了往前看。快到跟前了，看出是路灯，这路灯，出来这么远迎接我们，让人立刻就温暖起来。

　　车子就像进入了航道，沿着路灯前行，实际上走了好远。走过一条奔涌的河，河的名字很美，叫聂恰河。文扎说聂恰河有六大源头，是查曲河、拉日河、多彩河、恩钦河、道第河和麦考河。听着像读诗。每一个源头都有诗的意味。

　　我打开车窗，看着那条嘎嘉洛地区的母亲河，想象着六条河流从雪山涌来向它聚集，是多么壮观的景象。聂恰河，明天一定好好地看看它。

　　渐渐进入治多的中心地带。那地带却也是十分拥挤，排满了高高低低的房屋，已经不是半路上见到的帐篷。

　　文扎一直在和索尼通电话，确认是哪一家宾馆。

　　最后车子拐进了一个胡同样的地方，文扎说现在是虫草下来的季节，各处牧民和客商云集于此，售卖、采购热闹异常，而且这几天要举办各种活动，大大小小的宾馆就住满了。本来要安排在县里最好的宾馆，但是所有好点儿的宾馆，早在多少天前就已订完。索尼半路提前来了，好不容易找到了一家。

在我看来，现在住在哪里都不是大问题，关键是赶紧躺下来，从早晨到现在，在车里晃荡了一天，十分疲累了。

安排了房间，各自进屋已经是晚上10点。10点半的时候，被叫到"清雅老炒人家"去吃饭，还是走过那条黑黑的巷道，那时什么都不知道，只知道海拔很高，要小心行事，不要太激动，行动要迟缓，那就慢慢地走吧。巷道里有水洼，一脚下去就是一脚泥汤。

来到主街，不远就到了。问一下都是要的一碗"老炒炮仗"，不多问，也要了一碗。无非是羊肉拉面之类，吃得蛮香。大家边吃边说笑着，欧沙他们还喝起了酒，而且要的面都加了很多辣子。他们高兴地碰着杯，同店主说着话，看来一点都不累，显然走这样的路已经习惯了。

宾馆住下，好久睡不着，撩起窗帘往外看，因为是在楼上，很清晰地看到了明月。本以为一个冰天雪地的世界，月亮早已遁形，却仍然出现在辽阔之中，出现在雪山之上。只是这一切更加衬托了她的皎洁与柔静。

天快亮的时候又醒了，怎么也睡不着，是高海拔的原因吗？

三

　　早晨拉开窗帘一看，周围一片雪山环绕，让人想到那句"环滁皆山也"。这里环的，都是雪山。那些雪山奇异地耸峙，拥有着座座冰川，为治多围成辉煌的背景。

　　在高原地带，很少有一块地势开阔的地方，哪里有了，哪里就被利用起来。比较开阔的，必然做了大的治所，比如州县，小的呢，就做了乡镇。

　　治多县也是如此，这里是造物主给的一块十分不错的地方，但是它夹在群山之间，地势高耸，海拔从布喀达坂峰巅的 6860 米到县境东部通天河沿岸的 3850 米，高差差不多 3000 米。昆仑山脉绵亘境北，乌兰乌拉山横贯境南，还有一个可可西里山，横穿中西部。它一地就比欧洲一个国家还要大。在它的地域里，充满了神秘和未知。

　　不说别的，一个可可西里，就够有说辞。唐古拉山乡以北的广阔地域，就是著名的可可西里。它是世界自然遗产，而且是世界上原始生态环境保存最为完整的地区之一，也是全国面积最大、海拔最高、野生动植物资源最为丰富的自然遗产地。索南达杰就是在保护可可西里藏羚羊的时候殉职的。

　　这样一说，就会感觉到这个自古以来的高原和边陲重镇，是多么辽阔而广大，浑厚而苍茫。

一大清早，旅店门口围了一群人，我在二楼窗前看不大清是什么原因。下去才发现是在卖虫草。有人围着，有人卖，判断虫草的好坏，讨价还价的，还挺热闹。

文扎带着我们去吃县里最有特色的早餐。开车走了不近的路程，才在聂恰河边找到一家。里面已经熙攘一片，当然全都是藏族人，氤氲的热腾腾的气息，使得已经感到很冷的身体顿时暖和起来。

我提前出来，终于在白天看到了聂恰河的真面目，它从雪山那边一路流来，带着一河的清灵，带着治多的早晨，使得这座城市也变得清灵起来。河边走来身着彩色藏服的女人，她们肩着背篓，背篓里是虫草吗?

刚才路过一个虫草交易市场，看到尚未有人的一排排的摊位，就知道一会儿会有多热闹。可惜我们马上就要出发去杂多，体会不到聂恰河畔的迷人场景了。

四

再来治多，是参加"源文化"研讨会，这个"源文化"，包括自然之源和人文之源。

长江源区是《格萨尔》史诗传扬的地方，青藏农业地区虽然也流行《格萨尔》史诗的说唱，但大都是以书本的形式，牧业区则是以说唱的形式流传。

《格萨尔》是举世无双的英雄史诗，是人与自然和谐相处的礼赞，是人们心中不灭的火光。治多人自称是嘎嘉洛氏族的后裔，《格萨尔》史诗的说唱在这里极为兴盛。在治多的草原上，到处都能听到演唱英雄史诗的歌声，这是青藏高原藏族游牧文化的经典。

让人惊喜的是，治多还是"嘎嘉洛文化"的诞生地，是格萨尔王王妃——森姜珠牡的故乡。珠牡，是草原美丽女子的代名，是善良、聪慧、俊美的化身。

三江源有着无数源远流长的藏民族灿烂文化，而仅仅治多一地，就有着诸多璀璨夺目的艺术瑰宝。

我们在治多看古老的庙宇和寺院，感受藏文化的瑰丽，尤其感受到以通天河为纽带的宗教文化的辉芒。在去贡萨寺的路上，我们远远地看到珠牡家族的宫殿"嘉洛红宫"的遗址。在珠牡洗发池的地方，文扎指着嘉吉山脉中间，说那个山谷叫陇沃青沟，沟口传说是嘉洛家的马圈，也叫"珠牡马圈"。在白海螺湖，文扎说它是珠牡的寄魂湖，是珠牡三只仙鹤栖息的地方，属于嘉洛草原十全福地之一，也是嘎嘉洛家族的发祥地。在文扎的话语中，此湖直通龙宫，莲花生大师曾经通过白海螺湖向人间引来价值连城的嘉洛七宝，嘎嘉洛的祖先曾从白海螺湖走向了雪域财富的神坛。

现在的湖中，珠牡的头像露着慈祥的笑，雪山一般圣洁。

嘎嘉洛巨型黑帐篷　文扎　摄

　　珠牡洗发池在一面高高的山岗上，是一泓清纯的热泉。我们来到热泉之上，观看正在举行的盛大仪式。松枝点燃在煨桑台，缭绕的白烟飘向天际，低沉的长号响起，一百位披着红色袈裟的僧侣一起诵经，一百位身着艳丽长裙的藏女围着湖水敬献哈达，那是怎样的神圣与隆重。

　　我们看新建的图书馆，藏汉文的图书和绘画布满了各个楼层，年轻的图书馆员是新毕业的藏族学生，她们热情地引导着、讲解着，并且自豪着、快乐着。年轻的血液让人感觉文化的活力和源泉。她们索引资料时，还看到了我的书。我为此高兴，这可是可可西里所在地，是万里长江第一县。

　　我们看新建的大剧院，并且欣赏藏族歌舞团的演出，那是一流水准的演出。演出内容就是格萨尔王与珠牡大婚的场面，史诗般的场景以歌舞的形式展现出来。第一次看到这么精彩的歌舞，而这个阵容强大的歌舞团竟然出自治多县。

我们参加嘎嘉洛"源文化"节，珠牡的巨型雕像就坐落在中心广场。声势浩大的开幕式开始了。寺院的僧侣在为珠牡的白玉石雕像祈祷祝福，并举行沐浴仪式。藏族人身穿盛装，扶老携幼，云集于此，使这种场面更显隆重与庄严。人们看关于嘎嘉洛文化和珠牡的大型歌舞，听格萨尔艺人英雄史诗的说唱，那深沉悠扬的游吟韵律，传扬到白云飘荡的天空，将开幕式引向高潮。

我们在黑帐篷里就餐，偌大的黑帐篷远远看去就像一座山峰。这座山峰如果同嘉洛红宫相比，它就是一座"黑色宫殿"。

宫殿里竟然能坐下那么多的人，一排又一排座席，人们喝着酥油茶，吃着大块的牦牛肉，有人敬献洁白的哈达，唱起了祝酒歌，酒是草原上最美的青稞酒。微醺中，有人唱起了格萨尔的颂歌。

晚上我们就在黑帐篷里宿营，一座黑帐篷能躺下那么多人，认识的不认识的男男女女躺成一片，半夜里会有各种各样的鼾声和呓语。

实际上，很多人是睡不着的，很晚很晚都不会回到这黑帐篷里。我出去的时候，看到草地、河边和林子里，都是三三两两或坐或卧的影子。

周边就是曲司迪吾雪山，明亮的月，挂在黑帐篷顶上，给这片大地点灯。

探寻长江南源当曲

一

在杂多举行过座谈会之后，考察团踏上了探寻长江南源当曲的源头之旅。才旦周书记安排吉多乡乡长尼玛及三位工作人员陪同我们。

道路不宽，但还算平坦。

路上遇不到什么车辆。途中路过一座扎拉达山，车队停了下来。

山峰紧靠路边，仰头看去，断崖峭壁，高插云端。尼玛说，传说中格萨尔王曾将神箭射入山石。他指着一个地方，说眼力好的人可以看见留在外边的箭羽。这个时候，有人说看到了，有人说看不到。反正大家都信。因为这个传说已经流传了很多年。

在吉曲河畔，车队又停下了，尼玛让大家看一片神奇的草场。那草葱翠挺拔，招摇过膝，远看如大块的翡翠。尼玛说这草一年四季都是这样颜色，传说是格萨尔王妃珠牡种的羊饲草，而此地也正是《格萨尔》史诗中的绵羊基地。众人直呼神奇。

在一片草场上散落着牛羊，看不见那些牛羊的主人。主人或许就在哪个水边的帐篷里，守着他们选择的孤独。

有时见过单个的人放着一群牛羊，只有一座小小的帐篷，在远处等着他的夜晚。

还见过带着女人的牧人，那女人带着扎着小辫的女孩。女人守在帐篷周围，做着这样那样的事情，使得牧人有一种像牛羊一样的幸福感。在夜山一样笼罩四野，牧人会赶着牛羊回来。太阳重新滑进帐篷某个缝隙，他又会带着他的伙伴没入原野。日复一日，年复一年，伙伴在不断地变换，而生活还是原来的样子。

这样说来，有一种人是人的另一种状态，他们自由着、单纯着、满足着、快乐着。

下起了雨，路变得不大好走起来。

文扎打开了雨刷器。透过车窗看到前面的路，到处都有积水，好像这一带一直没有晴过。车子躲着积水走，躲不过的，就冲压过去。

车队的速度缓慢下来。走着走着，看到雨飞扬起来，原来已经变成了雪花。

渐渐地，路面白了。路更不好走了，有时路上的坑洼太大，车子只能拐下道路，顺着流水走一段。流水中大都是沙石底子。

前面又是一段难走的路，没有办法，车子下到了冰河中。

这里的河水早已结冰。我们裹着厚厚的装备从车上下来照相。大家的兴致还是很高的。这个时候，中原人已经热得穿短衫短裤了。

我拉着文扎一同起跳，让索尼蹲着照相，这样可以照出更高的感觉。早忘记了高原反应，上到车上有人提醒才想起来。

中午，考察团的车子再一次停下。不远处有一户牧民。

颇章达泽山　文扎　摄

首先看到的是两个孩子，姐姐大约五六岁，弟弟也就两三岁。这两个孩子正在接水。他们在一个山泉前，用勺子往五公斤容量的塑料桶里灌水。两个孩子穿的都不多，不住地看我们。

大家说这两个孩子真好看，姐姐还穿着藏式的小裙子。有人上来给他们照相，连欧沙都加入进来。这两个孩子被众人要求着：别动别动，好，就这样。就这样，好，可以舀水了。对，往桶里舀水。

而后姐姐提着装满的桶艰难地往上走，那只桶甚至有些拖地。弟弟跟在后面，姐姐不时地回头看看弟弟。我起先以为姐弟两个在玩水，后来才知道是帮着大人在干活。因为两个大人此刻正在屋棚里忙活。

大家被尼玛乡长邀请进屋。屋子里暖暖的，生着大炉子，上面烧着奶茶。

一会儿主人便提着烟火熏黑的奶壶挨个儿倒茶。索尼他们拿来了团队自己准备的干粮，大家就着主人家的热茶简单地吃着午餐。这个时候姐弟俩从另一间屋子门口露出头来，看着桌上的食物。

有人要拿给他们一块。姐弟俩被他们的父亲给说的又将手缩了回去。但是我们坚持让他们接住，他们才吃起来。那个小姐姐提过来的水，被母亲倒在空了的茶壶里。

这是江源路上少见的一户人家，让人想到，无论谁从这里路过，都会到这户人家里歇歇脚，喝口热茶，甚至还会借宿一晚。而他们，就是这样，笑着给你倒上奶茶，并不说多少话语。两个孩子，也就常常冒着滑倒的危险，迎着寒风到 50 米远的地方去提水。

走的时候，乡长尼玛指着靠近路边的地方说，据说原来这里有一块很有型的石头，有时会觉得挡道，就有人把石头抬到高处。可是第二天，这石头就像长了脚，又跑到路边碍事。连这家主人都说，半夜是留着长辫子红头发的人把石头搬到了原位。不知道为什么认定那个位置好。人们甚是奇怪，就带着铁链子，把这石头拴在那里。这不，刚才听这家主人说，拴着的石头不见了，应该是刚被人盗走。

有的说，可能是玩石的盗走了。也有的说，可能是搬走镇宅去了。看来乡长十分在意这块石头，说明这石头被人们传得很广。要知道，这里可是人迹稀少的高原。那么，这块大石的遗失，会对这户人家有影响吗？不得而知。

二

众人告别热情的主人，继续行进。

雪却是慢慢停了。好在并没有怎么盘山，一路还算顺利。文扎说，长江南源有三座神山，像宝光一样散射出三条河流。一条是长江的南源当曲，一条是澜沧江的支流阿曲，还有一条是昂曲的源头吉曲。

从车窗里可以看到丰沃的山野。谁叫了一声，说快看，野马。果然，不远处，四匹矫健的野马悠然地跑过。

谁又说，那是什么，是野鹿吗？说话的工夫，看不到了。

文扎说，这一带的野生动物很多，说不定还能见到雪豹和棕熊。

下午4点，开始进入源区。道路显得更窄，能够感觉是在上坡。

在这片广袤的高原，高峰是相对来说的，稍微有些变化，就能感觉出来。到了当曲源头的山脚，车子又往上走了一段，就再也无路可走，只好停在了半腰。

有人用手机测了一下，停车处海拔4900米。

而后徒步往上攀，实际上还没怎么攀，就已经气喘吁吁了。

一道不宽却清澈的水流，从那里极快地流下来。远处看，那水是黑色的，实际是被绿色的野草烘托的。水流就像一支画笔，曲曲弯弯将草地分开，也将那些块状的沼泽分开。

是的，再往上就是大片的沼泽地，据称是世界上最大的泥炭沼泽地。哪怕世界上最先进的越野车，到了这里也会望而却步。

在当曲源区，远处耸立的就是唐古拉山。在蒙古语里，这座山意为"雄鹰飞不过去的高山"，但在这里看唐古拉山，也就是比地平线稍高一点的小山。要知道这里的海拔已经是5000米了。

作为长江的南源，当曲流域是高寒沼泽湿地的集中分布区，也是长江源地区湿地面积发育最大的区域。平均海拔在4600米，最高发育到了海拔5600米，这个数字，是青藏高原湿地的上限。

当曲之名，来自藏语"沼泽河"的音译。多年冻土的广泛发育和分布，是当曲流域高寒沼泽形成的重要因素之一。由于这里自然条件恶劣，网状水系复杂，流经数百平方公里的地域，基本为无人区，处于原始状态。

连片的沼泽，简直无法下脚，一个个突出水面的坚硬土块，并不是规则的，左一个右一个，让人觉得这是世界上最好看的不规则图形。电脑都无法制作得如此奇妙。

一凼凼水洼，透着千百年的清纯。这么多年，没有什么打搅它们。它们就像捧着一颗清心，冲着蓝天。

天什么时候晴了，并且有了阳光。连片的沼泽和泉眼，在阳光照射下，波光粼粼，忽绿忽蓝。

在水凼间行走，一会儿就眼花缭乱。如果按照惯性踩踏，保不准哪一脚就踩进水里，那水可是哇凉哇凉的。这样走不是走，跳不是跳，宽一脚，窄一脚，一会儿就疲惫不堪，眼目生疼。

简直是考验你的视力、你的实力、你的耐力、你的能力。如此下去，什么时候是个头？没有头，无边无际。

大家像撒了鸭子，歪歪扭扭，晃晃悠悠地走地雷阵。谁也没有速度。不见进度，唯有难度。

本来以为走到前面那个制高点就到了。到了那里发现制高点又前移到了前面很远的地方。那只是一条暂时的地平线。

不甘心，再次攀去。攀到了那里，还是一样，还是另一个制高点在很远的地方等着你。

没有一个人不在这个时候失望地停下来，思考着天圆地方的问题，思考着大境界与小境界的问题。

终于看到了一块矗立于沼泽之中的长江南源科考纪念碑。立碑处实际上没有水源，周围看看，仍然是一片山体。立碑处也不是最高的山脚处，那就是山野中稍高一点的地方。

石碑所标示的源头海拔是 5039 米。远处耸立的唐古拉山，为当曲这片高寒的沼泽湿地带来了源源不断的冰水，那么，形成下面细流的水源，就是这一片沼泽。这样想来，这水源的确定，也是人为，不是上天旨意，不由造物主决定。如果再往上走，可能还会看到这样的沼泽和细小的水流。那样较真的话，这块碑石就很难找到一个下脚处了。

这同想象中的一个最顶尖级的所在，或者一条最细最细的水源

长江南源当曲　文扎　摄

处，是不一样的，没有一个绝对，只有相对。而这个相对，也是大致。说不定什么时候，又发生了改变。科学无止境，一切仍在探索中。

只能这样认为或理解。

这块光秃秃的石碑，是怎么弄上来的？汽车是拉不上来，坑坑洼洼的沼泽，寸步难行。人抬上来？也不可能，走还大喘气呢。只有牦牛或者马驮。一定是雇了当地的牧民，从下边的车旁起运。

三

我们知道，长江有三个源头，南源为当曲，北源为楚玛尔河，正源为沱沱河。近年来，在长江三源中，当曲是长江三源中水量最大的河流，该流域也是长江源降水最多的区域。所以，关于当曲应作为长江正源的呼声一直没有停止。2008 年 9 月，青海省组织以著名河流探寻者刘少创为领队的三江源科考队，通过当时全球最先进的测绘仪器，测得沱沱河的最长支流长度为 348.63 公里，当曲为 360.34 公里，当曲比沱沱河长出 11.71 公里。因此认为应该更改原有认定。

但是科学界并不完全认同这一观点。包括前面与我们一同探寻的杨勇，都觉得一条大河的源头问题非常复杂，特别是牵涉到十几亿中国人感情的长江。因此，至今遵循的仍然是以前教科书上的结论。科学，还需要等待时间。

大家停驻在"长江源"的石碑前，旁边有"国家地理标志"地标。文扎在这里用藏语吟诵了献给江源的颂辞。他的颂词我听不懂，但我知道那是深情的诉说。作为这次考察团的领队，他总是显得执着而认真，深沉而含蓄。

看着他的表情，让我想起他说的话，因而也就深切理解他为什么如此正式与庄重。他说：这次考察的命题广，涉及的范畴大，打破了地理限制。"源"文化关涉到的是整个人类文化的源头，我们要用细致谨慎的态度对待这次考察活动，面对如此大的课题，像面对一片汪洋大海，我们就如一叶小舟，要横渡穿梭，探索一个个的未知答案，梳理众说纷纭的复杂纠缠，从地理上、视觉上、心理上来一次印象"源"文化。

有人还在赶过来，每个人都显得激动，或者因高寒缺氧，大张着嘴，呼出一口口热气。

有人捧起水在喝，有人用水洗脸，有人在照相，照相时还欢呼跳跃。

一切都做完了，各自散开，开始往回走。有的却流连忘返，或站或蹲，或找个地方歪斜下来，也不怕潮湿。刚才谁过沼泽湿了鞋子，这会儿还是顾不得去管。

我看见粉红的格桑花，在坚硬的绿草间微笑。有一种黄色的花，高高地越过蔓草的头顶，但不是成朵的开放，而是抱成一团，远看是一朵花，近看像一团叶子。而它是有叶子的，那叶子是绿色的，簇拥在它的下面，将它高高地烘托出来。还有好大一片紫色，如紫的焰，放射在天地间。走到跟前才知道是花，那种并不大的小花，可能在山顶草原显现不出个体形象，那么，就聚拢在一起，开成一种氛围，一个场面，一朵更大的花。

当然，另有一种深紫的花，开在扑散开来的叶子中央，显得尤其尊贵，似是坐在一大片柔软的绒毯间。在绒毯的外围，是层层叠叠簇拥的绿草。只两朵这样的花，就铺排出好大一个场面，就像帝王与他的皇后，俯视着它的臣民。

大片的无名绿草，一根根针刺一样，一片片竹尖一样，还有肥厚如兔耳，却是少有的毛茸茸。

这里的草拒绝纤柔，一棵棵都突出高原性格——耿直、泼辣、不屈。长就长个样子，开就开个别致。

太寂静，没有一点喧嚣，没有方向指南，没有人间烟火。

在这里似乎又回到原始时代，吃就手撕手抓，喝就喝随便哪里流出的水。可以歪歪斜斜、四仰八叉地躺倒；可以敞开胸怀地呼喊；可以尽情地奔跑，愿意跑多远就跑多远；可以放声地大笑，放声地大哭，把一生的郁闷都倾泻。

没有灰尘可以到达这里，没有污染在这里挥发。这里可以盛下所有，包括你的泪眼。

四

　　直到太阳将落，大家才意犹未尽地往山下走去。

　　车子离开以后，莽莽山野又将陷入永久的寂寞。但是莽莽山野的生命，却仍然自由自在地生长和开放。

　　又看见那一道水流。刚才我进入沼泽后，将它忘记了，只顾着寻找立有石碑的源头。现在想起来，它不定是在哪里，将一部分沼泽的水源汇聚，只是汇聚了一小部分，就向下流淌。它似乎是沿着我们进入沼泽的边缘地带曲折行走，一边走，一边召唤。

　　现在，它已经"召唤"得相当有规模。它就在我们的右边。一会儿出现，一会儿隐没。我们的车子要顺着路走，那路还是一会儿上一会儿下地盘来盘去。走出好远，谁喊了一声，看呀——

　　就看到远处一道金光，长长地闪烁在天边。随着车子的临近，金光在变化，一会儿金黄，一会儿浅黄，一会儿又泛出了炫红。初开始以为是云团，再近了，却发现是一条水，啊，不就是隐没不见的那道流水？

通天河七渡口　文扎　摄

再往前开，简直惊呆了。在我们的前方还有右侧，出现了幻觉一般的宏阔的水流。水流不是一道，而是千万道。

这片土地如此慷慨，让它们尽情地舒展、恣肆、漫漶成了一泓海波。这海样的波，丝绸一般细腻柔滑，闪现着五彩霞光。是的，刚才还是金色、红色，现在说不清是什么颜色，甚至还出现了青色、银色，最后又变成了蓝色。这是我见到的最美丽的锦缎，简直不敢相信，这颜色是由河流变幻而成的。

由于地理和沙石的原因，河流构成了千万道波光，而且波光是不一样的。如果歪着头看，或者将它们竖起来看，会看到千万种旗袍包裹的身段。是了，是一场风华绝代的旗袍秀。一定不是秀给我们，它们是在自娱自乐。在没有人经过的日子，每天都是如此张扬，如此浪漫，如此炫丽。

太阳为它们打着追光灯，一直打到能量耗尽。

我们的团队，不知有多少人按动了快门，大家惊呼着，最后满足地上车离去。

随着车子的前行，晦暗的光线下，终于发现，那水，渐渐地归为了一条大河。

那就是当曲。

我现在知道，当曲在囊极巴陇与沱沱河汇合，成了通天河。通天河流出玉树巴塘河口之后，被称为金沙江。

唐蕃古道上的查旦乡

一

考察完了长江南源，在赶去查旦乡的路上，我们的车队经受了一次挫折。这是想不到的挫折。

本来，查旦乡的乡长带着车子在半路迎上了我们，吉多乡乡长尼玛停下车，同查旦乡乡长握手见面，然后和我们告别。

在高原，一个乡到一个乡的距离，比中原的一座城市到另一座城市还远。多亏了尼玛，有了他的带路，我们考察长江南源还是比较顺利的，而且在杂多县委书记的安排下，查多乡的乡长又过来迎接。接上我们，去查旦乡住一晚，然后出发去考察澜沧江源头。

尼玛带着他的人回去后，我们跟着查旦乡的车子往回返。查旦乡乡长很热情，说一切都准备好了。

在车上，文扎就介绍了查旦乡，传说查旦乡有十八座神山，神山之王是仲巴部落的阿尼本吉神山，当地居住的藏族群众称为"阿尼哲加"，而"哲"就是长江之意。查旦乡有数千个大大小小的湖泊，就像天上的星星撒满大地。我们在途中，将会经过唐蕃古道，古代的大商人诺布桑布经商会经常路过这里。

几辆车子在夜路上行进。

乡长走的无非就是来的路，再走一次应该是轻车熟路，但是到了半路，车队却停下了。我们是四辆车，乡长一辆车，五辆车停在了荒野小路上。这条小路，实际上早就是官道，人们来来往往，说不清多少年了。

有人下去打问，说是前面的路有一截经过一条小河，乡长来时就走的这里，没想到这条河涨水了，乡长的车子开进去，陷在里面，左冲右突就是出不去。这边彭达正用车往回拽。

这个时候，天早黑了，四野一片漆黑。似乎在下雨。是的，雨将道路变得泥泞起来。主要是天黑，又疲累，没有注意到何时下的。雨不算大，河里涨水，一定跟上游有关。

已过去好久了，前面还是没有挪动的意思。又过了一会儿，多杰过来说，不行，根本拉不上来，车子越陷越深，有人跑着去乡里叫挖掘机了。

那么，这就表明，还要等两个小时了。查旦乡在哪里都不知道，漫漫荒野不见一个灯影，只好耐心等待。

渐渐地，有人已经睡着，有人在叫饿，找东西吃。雨还在下，这更增添了某种愁绪。当然，还没有什么恐惧感，毕竟是一支队伍，也就蜷缩在车上，闭着眼睛，挤着发愣。这个时候，眼睛睁着与闭着的效果是一样的，都是一片昏蒙。只有细微的雨，表明着这个世界的运行。

好容易有了一抹微弱的灯光，很慢很慢地到了眼前。听声音，从河的对岸来，一定是挖掘机。

有希望了。

但是这个希望就是将乡长的车子拖出来，拖出来又怎么样？难道我们的车子也要一辆辆地下到水里，再一辆辆拖出来？那样，可就成了泡水车子。我有些疑惑。

果然，一会儿决定来了，乡长的车子还在那里拖，其他的车子由乡里的人带着绕路。

乡里的人坐上了我们的第一辆车，掉头回返。

二

回返的路那么长，直直地往回开了不知多久，才拐上另一条路。看来这条路离查旦乡不近。

果然，横向里的路拐来拐去地，穿梭在漆黑的夜雨中。

此时是光怕再遇到一条河流。山水难测，夜晚的山水更加难测。刚才还在车里睡觉的，一个个恨不得睁大眼睛，紧盯着前面的路。

说是路，其实不过是车子碾过的两道痕迹。车窗上，似乎已经不是雨，而是雪花。这在雪域高原，不是稀罕事。

天上没有一颗星，满世界只有两道车灯，原野中显得并不明亮。我相信，这个时候的两道暗光，就是狼看到，也会心生疑惑和恐慌。

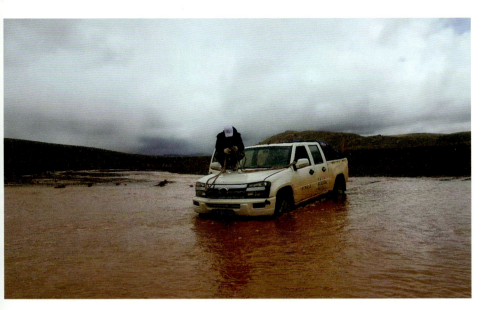

车辆遇险　王剑冰　摄

　　车子终于爬上一个高处，上去后听到哗哗的水声。对的，是上到高处了，我们的车子此刻不应该在水里。那么，哗哗的水声是从下面传来的。

　　原来是一座老桥，没有栏杆，也不宽大。

　　上桥有人指挥，前面的一辆上去，后面的不能跟着，怕桥承受不了。等前面一辆缓缓过去，第二辆才能再上。这道水就是刚才的那道水吧？这一圈绕的，真够远的。但是，如果知道会是刚才那样的结果，多绕这两个多小时的大圈，也是值得。

　　好不容易到了查旦乡政府所在地，看时间，差不多到了半夜。

　　说是个乡，却什么也看不见，车子停在一排房子前。

　　浑身已经散架，高原反应此时又找上头来，也许刚才只顾紧张，没有注意。这个时候你就看吧，一时间倒下一片，在乡政府的长凳子上。

有人喊，马上吃饭，吃了再睡。有人开始接饭碗，有人则没有起身。

然后是安排住宿，小屋子先照顾女生和年岁大的。凳子排成大通铺。

潮湿的被子沉甸甸地盖在身上，一会儿身上也有了湿漉漉的感觉，不盖又冷。医生一个个来看，给了氧气袋，量了血压，吃了药，管它潮不潮、湿不湿，钻进去睡。

头有些发紧，心跳的声音似乎能听得到。将氧气袋接到鼻子上，呼长气，什么也别想，想也没用。这样，一会儿就什么也不知道了。

后来得知，有人竟然头冒虚汗，硬撑到天亮；有人一直在发烧中呓语，让人不知道如何帮忙。终于熬到了天亮，天一亮就有人找文扎，要求马上回返，先到杂多县，然后再赶回玉树机场，回北京。我想，"北京"这个概念，在此时一定很拉心。

文扎只好又找乡长。乡长的车子虽然昨晚已经拖回来了，但一早就在修，一直没有修好。我们的欧沙也加入进去。一般来说，欧沙的加入是带有很大希望的，这个长期在雪域高原闯荡的雄鹰，没有他在乎的。

这个时候再看查旦乡，真的就只有几排简单的房子。最前面临路的一排，坍塌了不少，早已无法住人。不知是属于乡政府的，还是属于当地牧民的。

几乎见不到什么人，周围也没有多少人家，更没有想象的那种帐篷。这里仍然是以游牧为主，牧民们或许都去放牧或挖虫草了。

倒是有不少野狗，围在我们四周，既无恶意也不友好地看着我们这些外来人，而且总是跟着我们，几乎每个人身边都有几条。

别以为这狗不咬人，这狗还真咬人。欧沙就挨了一口，被咬在了腿上。撩起裤子，一道血口子。欧沙说没事，但队医还是坚持让他吃了药。

我们吃完早餐，终于发现那辆车子移动了地方，移到了外面的路上。看来被欧沙他们鼓捣好了。上车出发，开出去也就百米远近，那辆车子还是趴窝了。欧沙再次赶过去，半小时后告知，目前已经没有起死回生的可能。

乡长是要带我们去看看唐蕃古道上的查吾拉山口，然后再将要往回返的送到杂多县。现在只好把车放在那里。

三

海拔约 5000 米的查吾拉山，在荒野中昂然挺立。

查吾拉是"褐色的垭口"之意。垭口处堆满了嘛呢堆，拉满了经幡。

此山是一座分水岭，山的西侧，就是西藏地界，因而也是江源进藏的必经之路。在过去，古道上不断有马帮和牦牛驮队。

文成公主和金城公主就是穿过勒巴沟，从巴塘绕到杂多，再经过此山进入西藏。

文扎说，查吾拉山不仅是茶马古道和唐蕃古道的必经之道，也是查旦乡十八座神山中最有名的一座。文扎给我们讲了一个故事，说的是商人诺布桑布很会做生意，而做生意也有失败的时候。一天这个落魄的商人又经过查吾拉山口，一边是茫茫草原，一边是进入拉萨的大道。他需要做一个决定了。他注视着一只爬在草上的小虫子，想，如果这虫子能爬到草尖，我就站起来，继续往西藏。如果虫子爬到一半掉下去，说明我此生再无运气，我就回到草原。结果虫子爬过了草尖。诺布桑布得到天启，在此祭山，重新踏上了商路，此后生意兴隆，成为藏族最有名的商人。

文扎说，后来，人们把这座山看作是唐古拉山的看门人，是聚宝发财、家族振兴的圣地。玉树二十五族的牧人们，都会来到这遥远的山口，悬挂经幡，以表达对神山的敬仰，对圣城拉萨的向往。

查吾拉山口，亿万经幡和着雪飞舞。经幡下站立，天地浩渺。

茯茶包垒砌的祭台，浓浓的烟雾在飘升。面对奇伟的查吾拉山口，你会想到一个个牧人的虔诚，他眼中所见，是希望，是梦想，是整个世界。

大雪一片迷茫。

文扎他们在当地雇了一个藏族人的车子，那辆车会直接将回京的人送往玉树机场。这两位一直在吸氧，但是无济于事。总之，错过了

当拉岭　文扎　摄

一个好时机。

　　分手的地方在一个硕大的经幡前，风将所有能吹起的都吹了起来，实际上除了雪还是雪，在这一片净土，没有什么杂物。

　　大家握手告别，颇有些战场惜别的味道。而后一路是继续前行，一路回杂多，再回玉树，还有一路是乡长他们，回到乡里，想法去修那辆趴窝的越野能力强劲的丰田车。

第一次野外扎营

一

在查旦乡的查吾拉山口一行人分手以后，我们四辆车冒着雨雪踏上了探寻澜沧江南源扎西曲瓦的路。

说是路，其实在这样的高原，就是很窄的土石道，有的能够辨识，有的地方只能靠感觉。一路上几乎遇不到车子。也就是说，这路形同虚设，只是有特别事情的人才会使用。

那么，路况可想而知，有的路成了弹坑路，一个又一个坑洼连在一起，出了这个再进那个，人在车里根本坐不稳，一直摇摇晃晃的。

本来想着天黑之前到达扎青乡休息，但是一路上总是不顺，道路泥泞不堪，不是上坡就是下坡。车子上坡打滑，下坡也打滑，一辆车子过去，将路面弄得不成样子，第二辆再走，就摇摆不定。

何况四辆车子，尤其是上坡处，往往是半山腰，上去就是转弯，转完后还是上坡，而后又是下坡。上坡、下坡都很陡，有时下去后还可能遇到一道河。渡过河后的路呢？那路可能就在河中，河底大都是鹅卵石，将一段河流当成路还是可以的。但是如果水大，不能再走，就只有走一条新路，这新路就得摸索了。

这样的路可想而知。从下午一点遇到上坡开始，除了州文联主席彭措达哇的大马力丰田车还可以，其他的都会不断地趴窝、下滑，一次次出现险况。这个时候，还需要那辆丰田车再回来拉拽。人不能坐在车里，只能冒着雨雪站在路边，有的还上前去帮一把。别看那一把，有时还真顶事，眼看着拉拽的和被拉拽的都火力全开，屁股后面冒出阵阵狼烟，几个小伙的一声吼叫，就解决了问题。

这样一辆辆地如此操作，走不多远，又是一辆辆地如此操作，也就没了脾气，眼睁睁地看着时间溜跑不再陪你。

欧沙总是探路先锋，可以了，再回来叫；不可以，也要回头再找路。手机不起作用，连我们带的对讲机都不再好用。

索尼是第二位探路人，欧沙朝这边去，索尼朝那边去，都是山地，不知道翻越过去是什么。

眼看着日头落下去了，眼看着天擦黑了，眼看着扎青乡遥不可及了，文扎和彭达俩人一商量，只好让欧沙和索尼去找地方安营扎寨。

他俩开着车子，在上不着村下不着店的荒山野岭间迂回，一会儿过来叫了。

二

这是澜沧江上游阿曲和吉曲两条河流的交汇处，当时顺着一条河开车进去，没有想到另一个方向还有一条河。第二天才看明白。

黄河源头　王剑冰　摄

周围是很高的山峰，看来这里比较挡风。欧沙他们已经对地面稍微地进行了清理，无非是打扫了一下雨雪留下的痕迹。

而这时候雨雪停了。下午下的多半是雨，雨很给面子，看到这群人奔波了差不多一天，已经疲惫不堪。

考察团的准备还是很充分，欧沙的皮卡车上什么都有，两顶帐篷、卧具、炊具、锅碗瓢盆、食品、蔬菜和水果及各种生活用品。

大家一齐动手，该干什么干什么，天黑之前帐篷搭了起来。有人去打水，欧沙在帐篷边支起一个喷火的汽油灶，呼呼地响。野外用它还真行，风都吹不灭。水打来了，架上壶烧水。有了热水可以先暖暖肠胃。

太阳能的灯亮了，也就比电灯稍弱一点。其他人还在一件件地卸车上的行李，无非是铺的、盖的，塞进两个帐篷内，大家可以坐下了。索尼则当了大厨，多杰打下手，阿琼带着嘎玛文青、白玛拉增几个小将帮着淘米洗菜。第一次过起了野外生活，还真有些新鲜感，一路折腾的疲累早忘了。

水开了，每个人倒上一杯，脸前腾腾地冒着热气。水开了，不是 100℃，有 80℃就不错，这里是高原。一个小时后吃的饭也是这样，软软的不是真熟，永远也煮不熟。这已经很不错了。索尼他们辛苦了。

大家排着队吃起了自助餐。索尼站在那里看着，听到众人的夸赞，嘿嘿地笑。饭就是米饭，还有面饼，菜则有五大盆，有羊肉、土豆肉片、番茄辣椒，还挺丰盛，而且还有水果。简直不敢相信在如此简陋的条件下，还能吃上可口的饭菜。大家一个个挤在垫子上，吃得热火朝天，深刻地体会到了大集体的温暖。

吃饱了再喝茶，有酥油茶，有红茶。多杰和随行医生才仁索南不断地到河边取水，欧沙看着汽油灶，不停地烧着，水气蒸腾了满满一帐篷。吃了饭赶紧安排休息，恢复体能。几天的走行，加上高山缺氧，每个人都多多少少地有些不适。

清洗餐具，撤去餐桌炉灶，帐篷里用隔潮垫铺成大通铺。每个人领一个带拉锁的睡袋，人钻进去，可以拉上拉锁休息。上面再盖上被子，完全不会冷。

三

每个人都感到了新鲜，这种新鲜感取代了艰苦感。我被安排在帐篷的最里面。最里面紧靠着帐篷一角，我不知道外面会有什么，会不会有野狼、雪豹什么的。

随行医生才仁索南履行着他的职责，为大家量血压，询问身体状况，发放抗高原反应的口服液，而后就躺在我的身边。这个时候，我已经睡着了。半夜的时候，我发现有人给我盖被子，看看我睡得如何，有没有发生高原反应。我虽然没有完全醒着，但还是知道的。早晨一看，是才仁索南医生。这细微的安排与照顾，让我很暖心。

高原的野外宿营，对于我是第一次，这天是 6 月 10 日，我记下了。这是我们此行的第一次野外宿营，在条件如此艰苦的地方。欧沙他们选取的地点，已经相对比较平整，但是躺在里面，仍然感到身下的起伏不平，觉得是在一个个小火山口上。第二天我才明白是什么情况。

这是一个什么地方？周围全是起伏的山峰，下面是斜坡，斜坡下面，是奔腾不已的河流。两顶帐篷就在这样的荒原上，庇护着一帮子热情的探险者。

躺在那里，能够听到外面的风声，半夜里甚至听到了沙粒扑打帐篷的声音，伸出手去摸自己的左边，身下的褥子潮乎乎的。实际上身上的睡袋也是潮乎乎的，只是因为穿着厚厚的衣服，感觉不到而已。

野炊 文扎 摄

醒了想上厕所，没有胆量出去，出去还要迈过五六个人，弄不好也会踩到人家。

这里要交代一下，我们这顶帐篷里是这样睡的，两排人头对头，一排五个。另一顶帐篷要少一些，主要是文扎、欧沙和几个女将。

安排住宿的时候，有几个人兴高采烈地起哄，猜想着是和哪几位挤在一起。不知道文扎为什么不让女同胞睡在我们的帐篷，为什么不是一顶帐篷里分两个，那样不是更显温暖？有什么事情男同胞也会更好地照顾她们。而让女同胞都睡在文扎和欧沙的帐篷，他们担的责任就更大些。

后来得知，这是索尼刻意安排的，十位男性睡在一顶帐篷里，一位男性睡在车里。另一顶帐篷，只留下文扎和欧沙睡在门口，守护四位女性。这两位大胡子，连鬼见了都愁。

三

天终于亮了，童话似的，觉得这里的天不会亮，竟然也亮了。

早上爬起来，刚一钻出帐篷就呆住了，怎么满世界一片洁白。白得几乎分不出天和地。

再定睛看，发现确实是将对面不远的雪山当成了天，那雪山昨晚只是上半段白，现在和大地白在了一起，将整个世界放大了。

再放眼望去，就看到了天底下一围子的雪山，在天色完全开了的时候，才能看到雪山与天空和大地的分界。其实，哪里有什么大地，全是起起伏伏的山原，没有一处平展。

就在这时，眼前的地方，竟然出没着数不清的小活物！那是什么？身边没有他人，上前追着它们看。它们肯定没怎么见过人，哪会有这种庞然大物来过这里？

它们好奇地看着你，又不想被你袭击，你快要走近，突然就钻进身下的洞穴。于是发现了数不清的地洞，我数了一下，在我的脚下，1平方米内就有20来个。我堵住一个仔细观察，想着会有个脑袋露出来，但是不久我就知道，那些洞是相通的。这种小动物如此设计建造自己的洞穴，大概不是为了防人，而是为了防比人更可怕的天敌。

在我拿出相机拍照时，我发现它们有着兔子或者老鼠似的脑袋和嘴唇，体型与小兔极为相似，长约10厘米到20厘米，只是耳朵不长。大都是黄褐色或浅灰色，每一个都肥嘟嘟的，极为敏捷，远看一片，全在雪野里撒欢，一走近，便都这里下去、那里冒出，跟你捉迷藏。

想到昨晚我的身子底下不平整的原因，就是无数个鼠洞以及挖洞的土所造成，那么我们占用了它们的洞口，它们也不会发愁，还会通过深长的地道从其他洞口出来。这些小活物，如果不是对草原有影响，还是很可爱的。

在我着迷鼠兔的时候，我看到远远的两个人提着一个桶走来，近了才看清是一男一女，是我们队伍中的嘎玛文青和白玛拉增。他们走到河水的上游，打来了洗漱和做早餐的水。这是让人感动的行为。在这个早晨，像一首诗。

四

这个时候，又开始下雪了，落雪的声音很响，雪粒很大，扑扑簌簌落得到处都是。

在我待的地方放眼望去，一个人影都没有。只有雪峰，雪峰下能见到气息升腾，那是一条河。后来得知此地叫扎嘎昂森多，也就是两河交汇点。北面流来的河水清澈，称扎嘎布（阿曲），南面流来的河水浑浊，叫扎那布（吉曲），两河没有汇合时，被眼前的这座大山阻隔，山叫阿尼吾嘎，被当地人尊为神山，因山腰有巨石，形如一位白须老人。昨晚下了雪，大山更像一尊皓首白发的仙人。两河在山下合二为一，这就是杂曲，也就是澜沧江。

刚才两个藏族年轻人就是走到前面的阿曲去取水，因为那条水洁净。那是一个悠远的近乎神秘的地方，看不大清楚，一片蒙蒙雾气，雾气有些白，不知是天光的缘故，还是雪原的缘故。总之，一个人不敢到那里去。因为这里不是平原上的旷野，这里是高深莫测的无人区。

这个时候我发现地上有草，不，确切地说是一种叶状植物，在这无尽的荒原雪野，坚强地发散着自己的绿。我回去问了别人，他们说这种植物叫苔藓梅。

回来的时候，大家都早早洗了脸，阿琼和白玛拉增开始打酥油茶。多亏了草原的女子，很多活都让她们承担了。

在大家起来之前，索尼和欧沙已早早起来，在帐篷外面点着汽油灶准备早餐。

早饭后收拾行装，拆除帐篷，焚烧并掩埋生活垃圾，车里有垃圾袋，不为环境留下一丁点儿污染。大家细致地做着，每个人都很认真。

雪又下起来了。冒着纷纷扬扬的雪花，我们重新开拔，踏上探寻澜沧江南源扎西曲瓦的路。

难寻的澜沧江源

一

在澜沧江上游的阿曲与吉曲的交汇处拔营出发，冒着阴雨，我们再次踏上探寻澜沧江杂曲南源的路，这个南源称为扎西曲瓦。

昨天跑得有些不顺，不得已半途扎营，经过一夜修整，大家还是精神抖擞，信心满满。

车队从那个山窝窝处拐出来，拐上了昨天走的"正路"。远远地回望，还挺有意思。

路上仍旧不见车子不见人，即使有人行走，也不会想到一支队伍在一个地方隐藏一夜。如果是战争时期，可能就是这样，高原太大，哪里都是藏身处。浪漫的小情侣们，如果来在这样的地方走一遭，会增加无尽的浪漫。

路当然还是同昨天一样，只不过早上好走些，坚硬的泥泞还未松软。车队尽量加快速度。

前面领头的还是欧沙。这个高原的汉子，什么时候都有一股子不服输或者不撞南墙不回头的倔强。他的年数不短的皮卡车，也真是为他出力不少。在我们的队伍里，这辆车就属于最轻型的机动车，如果是我，绝不敢开着来这样的地方闯荡。可块头大大的欧沙完全不当回事，或者说心里完全有数，坐上去就是一脚油门。车子就像个机灵的小鬼，撒起欢来窜得比谁都猛。

前面进入了深山区，昨天夜里下的雪，还是白茫茫一片。看不清哪里是路，哪里是沟。一个小时后，路开始变得湿软，前面的车子碾压过去，会将带着雪的泥点子甩给后面的车子，遇到上坡也不能跟得太近，那样会影响冲力。这样，车队就一辆一辆地拉开了距离。

拉开距离是危险的，前面的车子爬上那道坡到山那边去了，后面的车子跟不上，想着抄近道追，反正到处都是路。一辆车子稍微改道，后面的就会失去方向感，或许就会遇到滑坡、雪坑而趴窝。这边的两辆车子在救援，那边的车子还在盲目地跑，跑到一个高处往下看，才发现根本看不到车子跟上来。等也等不到，只好再调头往回找。

这样的事情出现不止一次。

路上会发现岩羊，在高高的山峰上找吃的。文扎说，如果出现雪豹，这些岩羊就有麻烦了。雪豹与岩羊都是这个时候出来觅食。有人拍到一个视频，一只雪豹可能是饿极了，为了捕获一只岩羊，借着雪和岩石的掩护，一点点匍匐向前，渐渐接近了岩羊。岩羊是十分灵巧的动物，之所以称之为岩羊，就是它们有着很好的攀岩能力。当雪豹发起攻击的一刹那，岩羊也跳起来在悬崖上飞跑。雪豹的一扑，几乎同岩羊的一跳同时发生，雪豹和岩羊就都从山崖上滚落。那可是万丈峭壁，就像崩塌的石头，雪豹和岩羊高高地落下，落到石崖上弹起再

澜沧江源黑白二水交汇处　文扎　摄

跑起来，是不可想象的，那是山野之道。当然，如果回来，还是要走这里。只是文扎说我们不再回来，去了北源之后，就奔可可西里的索加乡，然后去长江正源各拉丹冬。

这个岔路口，还真是澜沧江文化源头扎西曲瓦和地理源头吉富山的必经之地，但即使这样的关键所在，也没有一个路标。完全不是为了旅游考虑。

后来知道我们的选择是正确的。好在正确，否则再次跑错，那个圈子可是大了去了。翻山越岭，越河过涧，好一圈转出去，再转回来，差不多一天过去，而车子和人，必然累得趴窝。

这就是高原，高原没有商量，没有告知，只有原始。保留原始状态，也许更显自然。如果到处都是路标，回头想起来，或也索然无味。

不要以为往下便是一路坦途，不过就是一个方向而已。道路依然如前，在漫山荒原中摸索。好在雨雪停了，雨刷器不再摇摆，让心情不再跟着晃荡。

中间又有几次上上下下的冲锋陷阵，也有几次哪辆车子陷落泥淖，被其他车子拖出来。而天给了面子，出现了滚动的云朵，让荒原有了动感，也有了参照物。

寂寥的荒原上，本来一棵树都没有，天空也是被铅灰色灌得满满，并且低沉，那些雪几乎没有走什么路，就落在了地上。现在云朵升高，并且翻动起来，你可以看着前面的一只野物，朝前奔去，感觉速度和距离，也可以瞄着远处的一湾湖水，看它发生怎样的变化。

好了，心中的空间越来越宽阔，尽管仍有曲折，有时还会下车推一推，但天空带来的影响胜过了大地带来的影响。

再往前行，有人就开始惊叫起来了，竟然有一丝的阳光，从云窝里喷射出来，是的，是喷射出来，你看，更多的丝光从云窝里射出，能够感觉出太阳的努力与云朵的顽固。我们的车子似乎成了太阳的信心，它要像车子穿破荒野一样，穿破云雾的封锁。

跃上一座山峰的时候，我们终于与阳光交融在一起。

久违了，像一个世纪没见，如何就那般让人激动。人是不能离开阳光的。在失去阳光的两日里，只顾着与雨雪抗争，与大地抗争，与不顺的旅途抗争，几乎将给我们带来好运的太阳忘了。或者说已经不再奢求阳光的照射，不出意外就不错。

这时再看无边无际的荒原，是那么浩渺旷远，阳光仍然不是全部打上去，而是这里那里地闪现。闪现的地方明亮而透彻，雪野如锡箔铺展，阴暗的地方也好看，显现着一种暗蓝的色调。两种色调互相衬托，又互相转换，构成天地间无与伦比的奇观。

恰在这时，画面中出现了牦牛。

随着车子的前移，那些牦牛越来越鲜明地映在了画布上。是的，画布的色彩在改变，已经出现了大幅的绿色，这是化雪的结果，绿色的出现，使得画面更加的生动，而这些牦牛，是生动的生动。

有牦牛，便有帐篷。一两顶零落的帐篷如升出地面的蘑菇，升出鼓鼓的生气。看那缭绕的炊烟，炊烟下的狗，就让人想到有一个女主人在里面，打着酥油，享受着快乐的时光。

多杰去问路了，回来后车子开动，后来又有几次问路，不是前行就是掉头，但是大家的心情快乐多了。

路上还遇到一位骑着摩托车的牧民，他的身后竟然带着两个小女孩，欧沙在听他指点着路径。其他人却被两个小女孩所吸引，她们都穿着藏式长衫，很薄，也很旧。高原的风吹皱了孩子的脸和脸上两块高原红。阿琼上前问着孩子的名字和年龄，回来告诉我们说大的已经8岁了，小的也5岁了，而且他们不是女孩，是男孩。

阿琼从车里取出一些零食，塞给两个孩子，孩子却不敢接。阿琼她们几乎是含泪塞给了他们。汉子骑摩托车带着孩子走了，看着他们的身影，不免唏嘘。他们穿得太少，摩托车带起的风，会更冷。漫漫长路，他们要去哪里？

三

下午四点左右，车子在一道水流里行走了好一段路程，能够感到石子发出的呻吟，水花在轮子两边飞溅。文扎说此时不能停下，一停下就会陷落，救援也很麻烦。

我们不得已才走水路，上边的路断了。大方向是对的，已经问过牧民，牧民说过去前面的山头就是。车子也似是知道了希望，虎虎地带着一股子猛气。

　　终于看到了一座经幡，经幡扎在高高的山头上。

　　车子猛一加油，爬上了路基，快速地朝那里奔去。文扎说那就是呼唤周德的地方。呼唤周德，好有意思的一个地名，让我们呼唤好久。

　　车子在山口"一"字停下，很快就有人朝着山头攀去。这个时候看那五彩经幡，觉得高耸无比，似是擎到了天上。

　　要上去需要不断地盘旋，下面的海拔已经不低，上边的数字会更高。上吗？上！

　　没有人不上的，那就豁出去，走了这么多冤枉路，受了这么多苦，不就是要来这里的吗？

　　真可以说，每一步都是拼了老命，每迈一步，都需要大喘一下。没有台阶，不会有谁为你修一条正路，你就摸索着爬吧。顺着前面的脚印，或者自己选一条路都行，反正是往上爬。

　　这山形很不错，圆圆的，孤孤的，高高地矗立在那里。

　　上去了往下看，那才是一望无际。风如此地大，呼呼啦啦地响出声来。

　　头顶的经幡，千万道色彩在飞扬。

　　上来的人们在号叫，发出各种各样的呼啸，索尼、多杰和欧沙呼

邦涌湿地　文扎　摄

啸得脸都走了形。那是风的助力。

　　高原反应随之而来，有人坐下，有人扶住经幡的绳索。安静下来后，找那道水流，不是澜沧江源头吗？我围着山顶转着，没有看到，连半山腰上也没有水流冒出的迹象。

　　那么是在山脚下，人们爬上来，只为了一种心理感觉。你看，有人在经幡处祈祷了，有人将哈达系在上边，有人一边说着一边让风马飘散。

　　下来才知道，澜沧江的源头，还需要从这个山跟前进去，在很远的里面。这座山，无非是一个标志。

这下子，等于抽了筋骨，刚才的力气全用完了。要是知道，起码省点力气，不需要万分激动地爬那么一回。

就有人要留下不再行动。有人则再次撒开步子，是多杰他们那些年轻人。

我也跟上了，跑了这么远，不去怎甘心。我背着一个大相机，这相机越背越沉。索尼要替我背着，我说不用，我怕随时要用。

我们是进入了两座山的峡谷。这才看到，峡谷中流出来一股细细的水流。顺着水流找去，就一定能找到它的源头，要知道，那源头可是澜沧江。

四

终于走到了水流的上游。

渐渐地，那股水流分散开来，变成了无数细流，你无法判断哪一条细流来自更远。只好顺着一条找去，找到前面，这一条细流，又变成了几道，又是不知道怎么走。

走在最前面的是索尼和欧沙他们，他们真有体力。他们也是在绕着圈子，不知道到底哪一处能给个交代。

这种地方，真正是无人区。这么长时间，没有见到一个同胞，如果见到，大家会欢呼雀跃。哪怕是见了一头野牦牛，也会如此。

视线太单调，视线里除了山原，什么也没有。如果不是这些细小流水，更加单调。

一大片区域，同长江南源一样。已经转了一个多小时，仍无法找到一个确切位置。文扎听牧民说，原来有一块碑，后来不知道怎么没有了。也就想到，即使科考队来，也是如此。耗不起时间，也耗不起体能，只能大区域地认定。长江源头不是这样吗？黄河源头所立石碑，也不是确切地点。

其实，澜沧江的南源和北源就隔着一座山，都是吉富山麓的水流，但是分别到达这两处，又会是无限艰难。好在是无数的水流，最终变成了两股，两股终又合成一股，成为波澜壮阔的大江。

有人找到了一堆石块，这些石块显然不是这里的，是从哪里携带而来，堆积在这里，组成一个标志。有人看到了一些藏文，说是源头的意思。这片地方也确实有点特别，好像划取了一个小的范围。石块感觉很老了，有的生了厚厚的包浆和苔藓，似乎不是今人所为。于是神情严肃起来。文扎在这里进行了颂诗般的祷告。大家将石块又进行了整理，而后照相。这里的海拔是 5200 米，那么按照科学说法，从这个源头算起，澜沧江的长度是 4900 公里。

内心满足地回返。

沿着一条细水，越往回走，水流越大，水声越响。

为了找到下脚处，不断地在水流间跨来跨去，高高低低，宽宽窄窄，湿湿滑滑，一会儿就汗涔涔的了。在高原穿这么厚的衣服，不动还可以，一旦行动起来，就会觉得厚重。

　　每一个人的前后，都能听到粗重的喘息，没有一个人在这个时候能做到温文尔雅。全将一张嘴打开，呼哧呼哧地运用到极限。樱桃小口到这里，必是光嫌其小，出气呼气都用它。鼻子几乎感觉不到，其实鼻子同样发挥作用。有鼻炎的可能大受影响，见到有人一把鼻涕一把泪，不断地用手帮忙。

　　刚才进来的路，没有感觉到长，怎么会这么长，这么长也走进来了。不可思议。

　　简直累得不想走了，但是不想走又能怎样？你不能躺下，不能等着别人背你，各人顾各人都顾不了，看看那一个个壮汉，也是如此，恨不能将一身肉甩掉一半。

　　终于见到了山口！

　　救星一般的山口外面，是救星一般的车子，车子上有水，有食物，关键是可以坐一坐。每一座散了架的躯体，就那么晃晃歪歪地朝着各自的车子晃去。

　　我得记住这个地方，这个地方就是扎曲的北源——呼唤周德。

　　呼唤周德，让我再呼唤你一遍。

辽阔的澜沧江源　文扎　摄

阳光再次照亮荒原

一

从扎曲的北源呼唤周德返回后，车队直接向治多县的索加（可可西里）乡进发，希望能够在夜晚赶到那里修整，而后出发去长江正源各拉丹冬。

为了赶时间，索尼和多杰他们从欧沙的车里取出一些干粮分发到各辆车里，一边赶路一边先垫垫肚子，到了索加乡再吃饭。让人觉得，向往中的可可西里就在眼前。从直线距离来看，索加乡确实不远。

但是计划赶不上变化，你有怎样的向往，那向往就有怎样的诡异。

车子在一片坦途上撒欢，高原日照时间长，天黑起码在晚上八九点，这个时候的太阳还在好高的山顶晃悠，一时半会儿下不来。只是保证永远不能坦途，大自然会随时制造险崛来表示自己的神奇。

翻越几个隆起又塌陷的地块，车速逐渐放缓，上坡下坡的动作加大，并且有了先前的动作，就是一辆车子先行，后面的停下等待，前面的车子冲上去，后面的车子接着再冲。好在一个个艰难都在克服中。

这一段时间，本来是索尼的车子在前面领跑，突然遇到一片积水，这片积水在路上形成了河滩形状，或者说是道路没入了河滩中。

河滩的前方是一个坡道。没有别的路可以绕弯，只得停下待商。

等四辆车子都赶到，还是欧沙的皮卡先过去冲。那架势，有一种义无反顾，有一种我不冲锋谁冲锋、我不陷阵谁陷阵的决绝。结果同想象一般简单，车子陷在里面。欧沙挣扎着左冲右突，每一步都带起一串水花，水花搅着泥泞甩得好远。有几次欧沙都快突出去，却又滑了回来。欧沙说前轮的"加力"不起作用了。这是个坏消息，很多人不知道"加力"是什么，从欧沙的话语中感觉那是车上的一个重要器官，好像人体的肾，起着提劲的作用。

索尼卷着裤腿上去了，他将一条绳子挂在欧沙的车子后面，然后上车，按一下喇叭，两辆车同时倒。车子倒得很猛，顾不得吃相了。

众人全都躲开，轮子后面扬起了带着温度的泥浆水。欧沙的车子一点点动了，一点点又倒回了原位。欧沙下来检查前面的轮子，他从轮轴处拔出一个物件，在水里洗洗、看看，再安上去。

然后车队改道，往回开，重新选择往同一方向去的路线。欧沙仍然打头阵。这个欧沙，战时也是属于敢拼敢打的敢死队。

终于调正了方向，差不多几公里过后，再次上了正路。欧沙身上沾着泥浆，此刻还没干透，像个从战场上下来的勇士。

车队继续出发，看前面一片平坦，这平坦起码出去一二十公里。那样，差不多也该到索加乡了。

渐渐地，前面有什么遮挡了视线，再近些，好像是一些建筑。难道是到了？建筑群不是很大，规模不如中原的一个小村，却是莫云乡乡政府的所在。

怕是走错了路线。这莫云乡只有一条街，实际上就是乡路。让人想起查旦乡。查旦乡还见到几个人，但是进来这莫云乡，觉得是进入一座空城，见不到一个人影。

一会儿有人高兴起来，有一个小卖部开着门。于是有人过去，回来手里多了一两件东西。一会儿又有人说，一个铁门里有一位老汉，好像是哪个单位看门的。有人过去看，并且知道他那里卖汽油。索尼问欧沙车上还有多少，欧沙说可以先不买。

二

车队继续向前。欧沙跑得很快，经过几个岔道，文扎都有犹豫，但是无法同前面的车子通话，只好跟着跑。刚才的莫云乡是否在旅途上，也弄不大准。

差不多过去一个小时，就在大家觉得还顺利的时候，前面的车子停了。一定不是什么好情况，一般来说，除了等待，不会停这么久。

到了跟前，发现路断了，一股流水从断了的地方愉快地流过。欧沙他们正在用铁锹挖土垫路。可惜只有两把铁锹，一路上铁锹成了得力助手。附近没有大石块，只能几个人轮换。

这是一股不大的流水，上游的来水流成了一片，集中到这个低洼处，就将路冲开了一道口子，口子越冲越大，正好一轮子深。彭达的车子或许能过，其他的怕是都得趴窝。

一个小时过去了，垫得也差不多了，虽然没有达到地面高度，但是时间不允许。水被逼得往两边漫去，还是会卷土重来，因为只有这里地势低。

欧沙一点点将车子开下去，半个轮子压在垫的新土上，众人都围过来看着，轮子下面有一层的小石块，那是大家从水流里找来的。欧沙一加油，前轮爬了上去。紧接着是后轮。好，成功了。

后面的车子慢慢地如此操作，等到彭达的车子过来，垫的土连碾带压再加上水流，已经不大起作用了。大马力的丰田车，梗着脖子似的，硬是"梗"了过去。

车队启动，发动机一个个还是劲头十足。

也就是开了不到一公里，又有一条断路挡住了去路。

路仍然是被山水冲坏，而且这股子山水更强，冲开的路面更大。大家还是如刚才那样操作，这次欧沙将他车上的草帘子也垫到了泥土中，那是车上原来自带的用品。

差不多两个小时，才填起来半个路面。众人一齐下手，连推带拽，总算是又闯过了一关。

此时天已擦黑，前面的道路还不知是什么情况。欧沙和彭达一碰

冲过激流　王剑冰　摄

头，且住下吧，漫天找个地方，扎营休息，大家都已经疲惫不堪。

欧沙和索尼先往前去了，要在附近找个扎帐篷的位置。

肯定还是要找较为平坦的地方，而且还要考虑安全，要注意水的流向。在这种地方，一夜间都会有山水冲下来，你不知道从哪里下来，反正就那么横冲直撞，帐篷扎的不是地方，不给你冲走才怪。还要注意风向，不能安在风口，扎的时候风不大，保不准半夜起风。风恨不能携带数百座山口吐出的疯狂，让你遭受灭顶之灾。还有，看看是否要防野物，最好一面有个靠头，比如山坡或者沟槽，这样有一个缓冲，不至于四面受敌。一旦发生敌情，也好有一点倚靠。再有一个最重要的，就是要远离塌方和雪崩。

车队到时，欧沙和索尼他们正在打桩，准备将一顶帐篷支起来，大家忙着过去拉绳子，并将另一顶帐篷支起来，然后将皮卡车厢的东西搬下来。

这个地方，靠着一条水，水流得很急，很好听。这是水边最高的一处位置，而水流的下方，是大片的洼地。可以想见，一旦山水冲袭，帐篷的地方不会受到影响，并且靠着水源，取水方便，因为烧水、做饭，还有洗涮，都需要大量的水。

欧沙、索尼他们，果然考虑周到，是野外生存的高人。

索尼还是掌勺准备晚餐，一干人帮着打下手。吃完饭，大家端着杯子，挤在一顶帐篷里说话、休息。彭达毕竟是文联主席，即兴主持一个小小的晚会，谁想怎么表现都行。

有的唱歌，有的朗诵诗，有的诉说感想，大家逗着、乐着，旅途的疲劳不见了，高原反应也忘记了。

这个不知名的地方，有人测得海拔是 5300 多米。

三

阿琼和索尼在大家吃过晚饭后，连夜准备着第二天路上吃的干粮，他们煮着鸡蛋和肉。鸡蛋还好煮一些，牛羊肉可是要费时间。

他们默默地守着灶火，守着半弯明月，不说话，只是那么守着，直到一锅锅煮好。那可是 17 个人的食品，并且还要多备一些。等一切做好收拾完休息时，大家早已进入梦乡。

第二天，当一辆辆车里的人们大快朵颐的时候，谁也没有听到他们的表功，也没有听到别人的夸奖。

索尼是个很可爱的人，他同文扎一个单位，被文扎邀来这考察团，身兼数职，既当秘书、司机，又当采买、大厨，还当统管、苦力。什么时候都看到他随着欧沙冲在前面，也是一名敢死队的成员。路上遇到问题，他都会随时出现，随时解决。欧沙有什么事情，都会找索尼，大家有什么事情，也会叫索尼。我一来就记住索尼了。

就在那晚，阿琼发烧了，她偷偷找了药吃，不想把自己的不适传染给他人。她知道自己是随团记者，有着半个主人的身份。发烧这事发生在别人身上，会成为十分了不得的大事。还有一点，这一点是大家忽视的，连我都是偶尔发现。就是阿琼每天都要写稿子，记录下考察团一天的探寻经历，一有条件就发回去。这样就比众人多操了一份

在路上 王剑冰 摄

心，也多了一份工作或者压力。

大家吃饭的时候、休息的时候、坐在车上打盹的时候，她可能正在那里写着报道。写报道也是个技术活，要快要准，要有重点，还要有看点。一天下来，够阿琼忙的。也许她一边淘洗着青菜，一边淘洗着文字；一边煮着米饭，一边煮着构思。

早晨，他们仍旧会同欧沙一样悄悄起来，去河边提水，点着汽油灶，为大家准备洗涮的热水和喝的开水，并且煮上早饭。有人是直到饭熟才醒，一个个都疲累之极，也多多少少有些高原反应，谁不愿多躺一会儿？

旅途上相伴，就是一种缘分，没有谁该做谁不该做，但是事情还是得有人做。

每每看着年轻人冒着严寒，从很远的地方提着水走来，嘴上不说什么，心里也是暖暖的。有幸相伴啊。

灶火边的几位，在晨光里不动声色地忙着，炊烟袅袅同云雾混合在一起。我将这一切摄入镜头。多少年过去了，想到荒原里有过的温馨情景，仍有一份感动涌上来。

雨是后半夜下的，恍惚中醒来，身边的帐篷扑扑地响着，防水垫子底下全都是水，不平的地面，泛上潮乎乎的湿气。被子本来就潮湿，这两天欧沙的车子又是淋雨又是过水。

只能由它了，反正还有个睡袋，人穿着衣服，再拱到睡袋里，睡袋上压着潮湿的被子，那种难受的束缚可想而知。我发现藏族同胞多是脱衣而睡，人家那是多么自在。平原生活的人同高原人在这个时候是不能比的。

湿湿答答的帐篷里，听到河水比昨晚流得更响，脚下也有雨水渗进来。这一夜，如果不是太疲乏，是难于入睡的，后来知道还真是有人失眠，说是疲乏过度。

大约五点半的时候，我起来了。这时已经听不到雨的声音。

高屯子比我起得还早，他正在我背后轻轻地打坐念经。昨晚很晚了，他还念了一会儿经。

出去看到雨真的停了，昨晚下的雨还夹杂了雪，或者雨跟雪倒了班，回去修整了。回去修整的还有风，也是劳累了一晚不见多大效果。效果都让雪显现了。钻出来看到的是一片雪白，那种白不是硬性的白，而是柔润的白。

朝四野看去，尽管还看不多远。主要是看看有没有野物，要知道这里是天然的野生动物园，别有个什么守着帐篷守了一夜，就等着有个活物出来。

天上竟然还有星星，显现出熹微的色光。只一小会儿，色光发生了变化。又过了一会儿，那光变得好看了，生出了玫瑰的颜色。

什么野物都没有发现，这一带是戈壁滩，连繁殖率很高的鼠兔也没有看到，一切都是光秃秃、静悄悄的。

云朵升起来，像是从天边接受了染色，一朵朵朝着雪山顶上飘去。它们会将雪山染红吗？

　　我举起相机，按下了早晨的第一次快门。显示屏中看到一幅不错的作品。真的，好的作品，就是要遇到一个好的地方，在好地方遇到一个好的天气。当然，还包括遇到一个好心情，早早地舍弃热被窝。

　　大胡子欧沙提着桶从帐篷里出来，他一直朝着水流的上方走。

　　我尽可能走得远一些，让我们的帐篷和流水都进入画面。

　　回头时，太阳从白色的原野间一跃而出，这应该是海拔最高的原野。太阳同雪原映在一起，竟然泛起了蓝色的光芒。戈壁荒原没有鲜花绿草，也不见放牧的牛羊，只有远处的雪山，与此形成对应，当雪把这里变成另一副模样时，只有阳光一点点地抚摸和欣赏。

救援　王剑冰　摄

我想着那雪山，应该是唐古拉山，只有唐古拉，才能突起于海拔5000多米的荒原之上。也许，从高处看，我们也是处在唐古拉山脉之中，属于山脉中的平缓部分。

大片的流水那么自然散漫地流淌在阳光里，每一滴水都晶莹剔透，穿过不高的路基后，它们显得更加散漫自由。它们属于哪一股水？在这里不敢小看这些水流，每一股说不定都连通着一个伟大的名字。

白色的帐篷前冒起了炊烟，几个女子开始在那里晃动。她们彩色的衣装，同样衬托了这个早上。

雪域遇险

一

昨天经过了几处被水冲断的路段，不得已安营扎寨。吃了早餐，灌满水杯，大家装车拔营。经过一夜修整，加上阳光普照，个个精神焕发。

车队再往前走，渐渐又重复起了昨天的故事。走一段，就会遇到一条山水挡住去路，只能填土垫沟。就这样填填走走，走走填填，费去不少时间。

遇到又一条断路之后，文扎他们决定改换目标。昨天去索加乡是为了住宿修整，现在已经修整过了，就不用再绕弯，可以找一条近路，直接去雁石坪。雁石坪是一个镇，距离长江正源各拉丹冬最近。就是去了索加乡，还是要去雁石坪。这样可以少跑一些路，从各拉丹冬回来，再去索加乡可可西里。

几个人都以为这个计划可行，于是绕路折返，根据目前的方向和以往的记忆，欧沙他们确定了一下路径，车队便出发了。

如何又绕到了莫云乡？

这次倒是没有去那个小卖部，而是找到破铁门里的老汉，索尼让欧沙从车上取下一个油桶，分别给车子加满，又买了一桶。路不好，还是要准备充分。

看到一个卫生院，建得还可以，也是一个人没有。

为什么没有人，人都去了哪里？有人说杂多是虫草之乡，这里的海拔是 4800 米，气候条件恶劣，冷季长达 9 到 10 个月。6 月正是挖虫草的季节，可能都上了"一线"。

刚才问了那位老汉，从莫云乡一直往西，就能走到西藏的那曲地区，而雁石坪镇就在那曲的安多县。车队拐向另一个方向，然后往西奔去。

走的还可以。遇到几处沟壑，都比较小，车子要么硬冲过去，要么从水里绕过去。

从莫云乡出来一个多小时了，总算是坚持了一段路程。

大家正高兴着，前面欧沙的车就停下了。

大家笑着，该拿工具的拿工具，该用手的用手，这里的山水中有的石头还比较大。都有一个想法，也许这就是最后一处，哪有那么多山水，能把路都给冲毁？

又跑了一两公里，又是一处断路。大家也真是不厌其烦，或者说也真是毫无办法，只能不停地填土垫沟，不停地推车越过。

刚填好一处断路，车子往前开了不到半里，远远地来了一辆摩托车。这可是天大的事情，在这里还真见到了人。

车队停下来，那辆摩托车一会儿就到了眼前。没等文扎开口，骑

众人齐心　王剑冰　摄

摩托车的藏族人就问这是要去哪里，文扎告诉他，但藏族人说前面还有几处断路，比这边的还糟糕，恐怕过不去。

文扎他们还在说着，我们听不懂他们的话。一会儿，那位藏族汉子将摩托车放在路边，上了我们的车。

文扎的车子在前面，其他的跟在后面，从路上往左拐下路基，直接就奔着山水来的方向开去。山水很浅，水中都是光洁的石头，我们已经有了水中行车的经历，知道开起来最好别停下，一直朝前冲。这样倒好，修路填土的活实在是费时又费力，把人都憋坏了。

水流在拐着弯，车子也在拐着弯，有时候会离开水流一段路程，而后再进入水中。这样就避开了一座山头，那条路早就看不到了。水流变得宽阔起来，好像前面是一汪海。

车子再次离开水道，爬上一个缓坡，再爬上一个高坎。上去以后，看到了一条蜿蜒在戈壁滩中的道路。整个过程，都是在那位藏族汉子的指引下完成。

到了这里，藏族汉子下去了，下到了一个荒无人迹之地。文扎不断地合掌说着感激的话，又打开车门从我们身后取出了一条哈达，双手捧着给汉子戴在脖子上。汉子也是双手合十地致意。车子往前开了，他就那样站在了旷野里。

我们问那个人怎么办，文扎说还要走回去。走回到摩托车那里？简直难以置信。我们问给了人家多少钱。文扎说，不给钱，怎么要给钱？我们说在内地都要给钱的，不给钱谁干？文扎说，给钱，就把他看低了，他会生气的。

从后窗看着那个往回走的牧民，想着他满面阳光的样子，你会觉得那就是一种义气，或者说意气。这些深山区的藏族人，他们没有什么私欲，只有善良和朴实，义气毕现，意气风发。这就是他带给你的影响和作用——在这片雪域，一个人的作用。

二

我们应该还没有走出莫云乡，在这里，一个乡的面积相当于平原的一个县。往西边走的路上，渐渐出现了草场，同昨天走的戈壁完全不同。草场越来越绿，绿一直围到山边，成了大山好看的围裙。围裙上散落着大片的牦牛和跑来跑去的藏獒。一道浅水，弯弯曲曲构成好看的裙边。

临近中午，晴空越发高远，白云就像肥壮的羊群，从天边拥挤而来，渐渐被挤成马奶子葡萄，一嘟噜一串，透出晶莹的青。

远处的山峰，山顶还是白的，如洁白的帐篷。

阳光如花，在云间打开，原野罩上一层琥珀的辉芒。

道路越来越好，有一种省道的感觉。但是路上还是不见什么车子，偶尔会有一辆藏族人的摩托车迎面而来。

车子左边一汪湖水，湖边两匹马，一大一小，悠闲地吃草，小马不时跑到大马身边，大马慈祥地回头，像一对亲密母子。

竟然看到了帐篷，一顶或者两顶，在眼前闪过。还看到一座能盛下很多人的长方形帐篷，拉扯帐篷的绳子上，挂着彩色的经幡，尤其与众不同。一个小女孩从里面出来，到沟边打水，一个男孩紧跟着出来，他们的服装都很整齐。文扎说像一家人有什么喜庆。

现在，文扎刚打开了音乐旋钮。路好，天气好，人的心情也好。

一个脆亮的嗓音跳了出来，悠悠地灌满整个车厢：

啊，蓝天白云——

我的家，
那里有成片的流水，
有成片的牛羊，
那里有美丽的格桑花。
啊，绿色草原——
我的家，
那里有白色的藏房，
有白色的奶茶，
那里有美丽的卓玛……

路边的山崖上，好像是岩羊或者石羊在攀爬，不仔细看发现不了，只有它们在崖顶透现于白云之下，才能看清它们可爱的身影。

看着的时候，还能望见更高处的雄鹰，一只、两只，在云端盘旋，一会儿被云遮没，一会儿从云间飞出。

过一个山口的时候，发现四五只藏野驴在溪边喝水，看到我们的车子，不慌不忙地跑掉。

文扎说，这一带是野生动物的天堂，而且还有雪豹出入。听广播说一个牧民听到藏獒的狂吼，发现藏獒扑向了南坡草场，他拿出望远镜，看到雪豹咬住了一头小牛，藏獒向雪豹扑去，雪豹放开小牛，却将藏獒咬伤了。

没有见过雪豹的身影，能打得过藏獒，看来这雪豹还挺凶猛。后来知道，雪豹是健康山地生态系统的指示器，是世界上最高海拔生命的显著象征。过去由于人类的捕杀，世界上雪豹数量已经很少了，青海也就是千余只。孤寂的雪豹，已经被列入国际濒危野生动物红皮书。想起雪豹与岩羊共坠悬崖的情景，雪豹不是饿极，不会那么不顾生命。

当然，这个时候是站在了雪豹的角度，而没有站到其他物种的角度。在这个所有生命共生共存的自由之域，只能尊崇优胜劣汰的自然法则。

又到了一个路口，前面的欧沙停下车来，等着后面的车子到齐，以确定路线。

终于等到了一辆摩托车，一男一女两个年轻牧民，将自己裹得严严的，像一对出征武士。文扎上前打问，得到的指点是前面有一条近路，可以到达雁石坪。路附近有座突出来的峭岩，看到了左拐就行。

眼看就要到达通往西藏的路径，大家的心情可想而知，都盯紧前面突出的峭岩和左拐的岔道口。

峭岩倒是有，而且不只一处，但是往左拐的岔道口却没有见到。也许就在前面，文扎加快了速度。

前面有一处大的转弯，弯道往下盘去，一直盘到对面，中间隔着一道山谷。山谷对面竟然出现了黄色碉房，像一个村子。碉房错落在山腰间，这是几天来看到的最动人的情景。

文扎有些怀疑，觉得不像有这么远，如果盘下去，肯定还要盘到对面，对面那里是没有峭岩的，那就只能再往前走。如果是那样，刚才的藏族男女会告诉这处明显目标。文扎问，我们确实没有见到岔路口吧？

都说确实没有见到。

文扎只好再往前开，直到盘下山谷，到了对面的山村。那里有一个路口，一条往左，一条往右，右边明显是进入了东部大山，那么往左吧，左面是往西去的。看看后面的车子，也都是这么跟上来的。

一直开下去，竟然到达了一个终点。终点被一些东西挡住，俨然早已不通。

旁边出来一个牧民，牧民说我们已进入了村子，应该往路的右边去。文扎说出了我们的目标。

牧民似乎知道，比画着说了好半天。文扎后来发动车子往回返，说是走过了。

重新折回去，再盘旋到山谷对面，而后停下，等会齐大家，说那条往西藏去的道路，并没有明显的岔道，只要看到两块大石突起的峭岩，在附近找路右拐即可。

三

终于看到一处这样的峭岩，文扎将车子停下。

大家在附近找路，却是找不到明显的道路痕迹。难道又错了？不远处倒是有两道车痕，只是车痕，不是道路。

文扎说，只能顺着走走看了。大家同意，于是顺着这道痕迹右拐进去。

路面有些湿软，还要下坡。往西藏去的车辆这么少，多少年了都没有碾压出一条道路？文扎还在顺着车痕往前开，最后绕到了一条河边。

等后面的车子到来，文扎和彭达商量，看来是要过河，而且这河还不是一条，前面不远处还有一条。是一条河到这里分流了，还是原本是两条河在此相遇，到前面再分开？不得而知。

欧沙说好像是年扎河和窝曲河，在下游汇集在一起。

欧沙看了看，认定一个水浅的地方，带头先向河中开去。

车轮溅起好大的水花。还好，过去了。接着是索尼、文扎，最后是彭达。这里的海拔是 4580 米。

到了第二条河跟前，欧沙有些拿不准，他左边走走，右边看看，向水中扔了几块石头，感觉不出哪里浅。想找到原来的车辙，却是找不到了。

怎么办？只有下去试试。欧沙再看了看前轮的加力器，他说那个加力器有点毛病，有时不起作用。

人员下来，只带着杂物轻装上阵。欧沙一脚油门下去，一阵猛冲，更大的水花在车前扬起。从后面看，车子就像疯子一样，披头散发地往前拱。然而，还是陷在了水中。水没过了车子半腰，眼看要淹没发动机盖子了。彭达的车子赶紧往回拉，索尼和多杰挂上绳索，一阵怒吼，欧沙的车子一点点倒了回来。

欧沙的鞋子也湿了，脱了鞋袜晾在那里，然后看那个加力器，拧上试试，下车再摘下来，收拾了一下，再试。这下，更是不敢造次。

索尼和多杰穿上全身防护的防水衣，两个人手拉手地朝河里走去。他们想找到一处稍微浅的地方，哪怕浅处只有一车宽。但是两人蹚了好远，身子没过去一半，却没有找到。

已经是下午1点。有的说，这条路过河是肯定的，可能山水下来，河水变深了，再等等，也许山水会小。在高原，这种情况常有，上游的雨停了，就会好起来。

大家一边等，一边吃东西垫肚子，想着到雁石坪镇要好好吃一顿。

等了一会儿不见水小，文扎一个人向下游走去，上游那边是山岗。他走得已经很远，走得也有些悲壮，因为他知道，如果过不了河，就意味着从昨天到今天的努力都将白费。按照计划，从接机开始，已

探路者 王剑冰 摄

经耽误三天了。过河，成为明天能否往下进行的关键。

过了前面的转弯处，他还在向前走。好久，才见到他回返的身影。

文扎回来说，前面有一处地方，可能浅一些。

车子开过去了。转过一个弯，再往前开一段，他将车子猛然拐入了水中。我说，是否我们下来？文扎嘴上说着不用，脚上已将油门踩到底。

一股巨大的冲力向前闯去，好了，过了河水的中间，前轮在边沿滑了一下，文扎一扭方向盘，车子爬了上去。

紧接着是索尼，而后是欧沙，欧沙车上的人已经下来，再是彭达。到了对岸，算是松了一口气。

继而发现，虽然过了河，却找不到草原上的路，看过去只是一片草滩。

文扎发现了一道旧的车辙，就近开了过去。然而，可怕的事情发生了。

文扎突然发现方向盘不是那么好控制，方向盘要按照自己的感觉走。一向沉稳的文扎叫了一声，用全身力气把住方向盘。

四

原来看着是一片草滩，实际上是沼泽地。那些凸起的草下面，都是小水洼。水洼常年浸泡，松软无比。那么，别说停下，走得慢了都有可能陷下去。怎么敢闯这几百年甚至上千年的沼泽，无人区的沼泽！

文扎的车子在一片沼泽中发了狠地狂奔。车子不时地打滑，陷落，冲出来，冲出来又陷落，泥浆和水花溅得到处都是，感觉到底盘的摩擦与保险杠的撞击。整辆车，在泥淖中起伏，成了一条船。人在里面简直抓扶不住，有人惊叫起来。

文扎开始大声地按响了喇叭。他在向其他车辆发出危险信号，不让他们进入。但是为时已晚，其他车子本来还想随着文扎的车，后来就乱马交枪，各自夺路四散而逃。

大家都在担心，可别有哪辆车子陷落于此。但是，还是传来了呼救声。

一辆车子已经陷落，那是欧沙的座驾。幸亏它已经冲出了沼泽地，陷在了边缘的泥淖里。如果陷在沼泽地，境况就危险了。

索尼的车子去拖，没想到拖上来欧沙的，索尼的又陷了进去。

幸亏文扎的车子是新车，性能还可以。他不让车子有半点停留，不是往前，就是向左向右，顺着劲儿加油。这时的车子像一只蚂蚱，胡乱地蹦跳，不停地蹦跳，一点点跳出张着巨口的沼泽地。

多亏还有坚硬的草皮，过后文扎说，如果没有那些草皮，恐怕是非要陷落在里边。现在文扎的车子已经冲出来，停在了一块稍微干硬的地方。

那边七八个人在奋力地推车，索尼在车里加着油门，但是无济于事。文扎的车子马力不够，此时不敢贸然行动。

只有彭达的大马力丰田霸道车。霸道车小心翼翼地退过去救援，拴上绳子猛然加油，一群人在后面使劲，却是发生了意想不到的事情——丰田霸道车也瘫痪在泥里了。

人们又去救丰田霸道车，下了狠劲推出来。再不敢原地停车，一直开出去很远，到了一道岗子上面。

只有靠笨办法了。

人们开始挖地，实际上是在挖泥。挖了再推，还是不行。半个车身都没入了泥窝。

天在这时下起了雨，雨来得真是时候，这不是添乱嘛！

荒原上一片沉寂，沉寂得一只鸟也没有。鸟儿飞到这里，怕也要累死。地上有干粪蛋样的东西，却看不到一只活物。这些天对世界已经陌生，不管在什么地方遇到一只活物，都会一阵惊喜，主动挥手致意。

又是半小时过去了，车子还是没有出来。大半天耗去了，前面的路尚无定数，不知雁石坪镇还有多远。

两把铁锹挖断了一把，只有一把在起作用。有人用手挖着，要将车轮前的泥浆全挖出来。有人去找垫的东西，周围连一块石头都找不到，只能挖草皮。那些草皮的抓地能力超出想象，用尽全力，手挖脚踹半天才弄下一块。

填得差不多了，已经是下午 5 点 40 分了，从下午 2 点到现在，竟然过去了 3 个多小时。

开始发动，众人推的推、拉的拉，车子一声吼叫，总算离开原地。只是一个打滑，右后轮又陷住了。此时的欧沙他们，简直成了一群泥人，汗水顺着脖子淌。这回老天受了感动，将雨停下来。如果还下，不知道后果是什么。

又是 2 个小时过去了，方圆 200 米范围，能拔动的草皮都拔来了，还有人跑到高岗上，艰难地兜来一兜兜沙土。每个人都知道天黑的后果，每个人都像在慢镜头里，饥饿加疲累加高原反应，散架一般。

现在，最后的招数也使出来，这是没有办法的办法：几条宿营的被子，直接塞到车子下边，真可说是破釜沉舟。

十几个人，女同胞都上阵了，一根长绳前面拉，没有绳子的后面推，欧沙半个身子跪在泥里搬轱辘。每个人都拼了命，发出了最后一声喊，那声喊，一片金光。

车子终于驶出了沼泽地。

人们那个高兴劲儿，似乎集体中了大奖。一身的泥全然不在乎。有人一下子坐在了地上。

彭达的车子去找到了一条道，这条道能通到很远。拐回头这边

途中休息　王剑冰　摄

好戏散场，于是彭达前面带路，大家顺着不大明显的小路，往西盘旋而去。

五

越来越像一条道了，渐渐地，前面出现了布带子样的形状。这让人心里有了安慰，条条大道通罗马，只要踏上西藏地界，怎么着也能到达雁石坪。说不定，雁石坪就在不远处等着。

文扎加快了速度。山形有了变化，由舒缓变得突起，突起得有些张扬。不过，这种突起的下面，却有了绿色。雪水顺着突起流了下来，变成了小溪，叮叮淙淙在路边流淌。路边有野牦牛的头骨，再远处，有了身子的骨架。不知道是自然死亡，还是受到伤害而亡。

翻过几个山头，出现了绿色的山野，而且有了碉房，虽然就那么几座，虽然看不到人，但是生活的温暖感觉出来。想想不久前遇到的险境，让人感觉是两个世界。

太阳快要落山时，车队到达一个山口，这里是制高点。站在山口，能够望出去很远，首先就望到了夕阳。

大家走下车来，叫着要到高处照一张相，这是紧张后的轻松，辛苦后的回味，遇险后的幸福。

走过去的有快有慢；有的走了一半，又站下；有的刚从车上下来，又上去。这些人都累过劲了，不少人有了高原反应。

山口下的道路一直通向很远。彭达说，看来快到了，咱们就顺着这条路走，谁先到了雁石坪镇，就找好宾馆，准备吃的。

大家附和着，意气风发地上路。车队拉开了距离，一个个轻松而愉快地跑起来。

夜，也在这个时候到来。晚上9点多了，这里的夜，本来就来得就晚，来了就是一副沉沉欲睡的姿态，整个瘫倒在山野间。

什么也不看了，什么也看不见了。车灯打开，昏黄地照亮前面一点。再往前，照得更近了。彭达的车子有时还能看到踪影，往后看，后面也有灯光跟着。

说是顺着一条路走，实际路上还有岔道。一般来说，车子都是顺着直线走，不会拐向别的方向。文扎稍稍犹豫一下，往前开去。这个时候问谁，谁来了也会是这样判断。

　　文扎再次加快速度，感觉他是想追上前面彭达的车，哪怕看到一点光亮也好。

　　追了好一阵，没有追上。有人说，别是我们走错了，或者他们走错了。文扎不说话，他一定也有这种想法。但是这两种想法合在一起又能如何？

　　车子爬上一个高坡，而后发现进入了一条盘山道。怎么还要翻山越岭？这条路到底有多远？

　　车子不停地转弯，不停地刹车、加油，黑夜中发出怪异的声响。

　　恰在这个时候，文扎说出了一句话，将人惊了个半死。文扎说，车子快没油了。

　　我以为听错了，追问一句，还是快没油了。缺油的信号闪了一阵子了。大家都没有注意，只顾着担心前面。文扎发现后才知道是油表的警示。这辆刚入手的新车，文扎还不大熟悉。那么，从警告显示，过去了多长时间？盘山是很费油的。

　　也就在这个时候，一大块东西扑地一下，糊在了挡风玻璃上，雨刷器立刻自动启动。原来是下雪了，原来是鹅毛大雪粘连在一起，形成一块块雪巴掌，扑扑、啪啪，打在车窗上。屋漏偏逢连阴雨，这场大雪直接构成一个凝重的氛围，也构成一个严酷的现实，更大的寒冷将至，是原地停车，还是继续向前？前面又是什么境况？

无论如何，也得往山下去，一旦停留在这山上，等待的将是什么，谁都清楚。车子一边缓缓移动，大家一边讨论着方案。有人强调，这个时候，千万不要慌，也许车里的油还够下山，也许到山下就有信号了，怎么都要爬过这座山头。

文扎最显沉稳，他把着方向盘，继续往山上盘去，前面一定会有一个山口，到达了山口就会往下走，那个时候，即使没有油了，也有希望一点点盘下去。

巴掌大的雪花还在迎面打来，而且越来越急，好像要打开窗子说说亮话。文扎不管它要说什么，一个劲地踩着油门往上盘。文扎也是没有办法，不踩油门上不去坡。

好像看到了什么，上面有什么在大雪中闪？是经幡，是那些五彩的风马旗在雪中飘舞，好像看到了亲人。经幡是一种神性的存在啊，怎么能不是亲人？在这个恐怖的暗夜高山上，经幡就是生命的指南！

终于上到了大山的垭口，车子上来的一刻，大片的雪花发出了巨大的轰鸣。雪花在这里夹进了冰雹。冰雹万箭齐发，车子犹如诸葛亮的草船。文扎一边操控着车子下山，一边加快了雨刷器的频率。

还有多少油，还有多远能下去？听到了小声的啜泣，黑暗里哪位女士扛不住，终于释放出来。

还是有人冷静，提出检点一下吃的，保证没油停车后增加热量。还有的提出大家关掉手机，只保留一个在开机状态，以防电能同时耗尽。开机的一旦发现信号，再火力全开，打救援电话或等救援的打进来。

真是一次难得的经历，莽莽一片山原雪野，车窗结满了冰凌花，冰雹打窗，大雪扑眼，漫天是路，漫天又不是路。什么时候下来的，都不知道了。

车子终于停住。车灯也关了，不能把电也耗完。

信号忽而会有一点儿，但是拨不出去。看来这里确实离村镇不远了，否则不会有信号，哪怕这信号是微弱的。

还是前后不见光，还是一片荒原。好在冰雹不见了，雪片也小了，但眼前一片漆黑，就像下到一个黑窟窿里，恐惧异常。

车里已经很冷，大家将所有衣物都捂在身上，挤在一起取暖。

六

后来想，主要是害怕走错路，一旦走错，就等不到欧沙他们。汽油、食物等一应物品都在欧沙车上。这才是前半夜，后半夜更冷，后果可想而知。

文扎说，大家一定不会有事的。

有人开始分发巧克力。有人说自己出来，都没有向家人说实话。有人说起了自己的孩子。又有了啜泣声。

多少时日过去，想起那个夜晚都有一种悲壮感。先是一条大河波浪宽，后又是沼泽草地闯难关，再又是海拔 5000 米大雪加冰雹，冰雹再加没油的无助与恐惧。

后来想，我们走的，肯定不是一条正确的路，正确的路或一直等在那里，只是我们不知道。

后来想，没有信号，没有导游，没有导航设备，在这样的荒原上行走是危险的。但是，对于我们来说，更是一次生活积累，也是一次生命体验。

谁突然说有信号了，大家一阵欣喜，纷纷开机，果然有显现，即刻第一时间拨出救援电话。却没有那个"嘟"音，信号是假的。没有人失望，希望因子在每个人身上发酵，一个个还在拨打。

不来一趟，真的体会不到那种现场感；不经历难遇的难，真的不知道什么是难。像有人说的，有时候你不努力一下，不知道什么是绝望。

差不多半小时了，如果没有走错，欧沙他们该到了。

又等了一会儿，还真的看到后面有了一星点儿光亮。

大家从后窗望过去，望着那光点越来越大，温暖顿时回到了身上。不管是不是欧沙他们，总归是能救命的。青藏高原，都有一种友好相助的概念，保不准谁有什么事。

欧沙的车子，还有索尼的车子，他们也是半路没油，加了油，又遇了几次险。还想着我们和彭达早就到了。

这下好了，回到人间一般。加了油，吃了东西，高兴地上路。

上路了，几个人的泪水，还含在眼里。

各拉丹冬

一

我们是昨晚半夜到的雁石坪镇。

雁石坪镇是个两山之间的狭长地带。它的西部是高寒荒漠，东部属高寒草甸。青藏公路在这狭长的山谷间穿过，将两个区域劈分开来。

这是一条重要的生命线，不到半分钟就有一辆车通过。一辆邮政车刚刚过去，是内地少见的超长车。油料运输车，也是超长车。运载货物的卡车基本上都是 22 轮的重卡。一进入这里，就听到山谷间发出阵阵轰鸣。

几天都没有听到这种轰鸣了，一下子觉得亲切，这是回到了嘈杂的现实之中啊，然而也有点儿受不了，适应还需要有一个过程。你就听吧，即使到了后半夜，还是轰鸣不断。好在几天辛苦搞得太疲累，顾不得许多。天蒙蒙亮时醒来一次，窗外的声音，像一群坦克在总攻。

在它的一边还挤着一条铁道。同样是青藏生命线。早晨出来，正好一列绿皮火车在高架桥上穿过，进入的不知是雁石坪站还是唐古拉站，唐古拉山口离这里不远。不远的巴斯康根雪峰，海拔 6022 米。

这个峡谷中还有一条河——布曲，紧靠铁路。有时会离得远些，那是铁路钻进了山洞，布曲只好绕行。

不少车停在小饭店、小旅馆旁边或路边。窄窄的公路两旁都是做生意的，一种是加油加水、补胎打气、汽车修理、汽车配件，一种是小旅店、小饭店。招牌有喜马拉雅超市、日喀则南木林茶馆、藏家宴、兰州牛肉面、民和馍馍等西部特色，还有中原面馆，经营面条、水饺、包子、烩面。

雪不知什么时候落的，满地洁白。

路头上，有"雁石坪镇扶贫异地搬迁房屋交付仪式"标语，附近有新建的上下两层房屋。

一辆撞毁的汽车被放置在路边，警示着高原行车的危险。

可以想见，在繁忙的青藏线上，雁石坪是一个得天独厚的所在。连住宿都是紧张的，即使是事先有人安排，我们十几个人还是被分作两处，一部分住天府宾馆，一部分住甘肃宾馆，实际上都是小旅店。

我住的这个旅店，安排的人说条件不错，能洗澡。能洗澡肯定带卫生间。进来才知道，洗澡的地方是厕所改装的冲洗室，而且还没有电。当然，在青藏高原，尽量不洗的好，本来就有高原反应，热水一冲，容易发生危险。所以能不能洗澡无所谓。

昨晚到时，这里就没电。小饭馆都是自己发电，床上备的有电热毯。电压不稳，冷热也不定。墙上写着免费上网 wifi 已覆盖。倒是让人欣慰，只是还没有试，心急的，先拨出去的都是长途电话。

二

长江源各拉丹冬早已封闭，要有特别通行证。这里属于西藏自治区安多县管辖。

索南更青医生昨天就赶了过来，他是家族中的第十七代藏医。他们家在这一带久负盛名，牧民都知道。他家在治多县索加乡。文扎先后当过索加乡的乡长、书记，那个时候就同他父亲熟悉。我们如果不走错路，去索加乡就能见到他，他也是要随我们一起来的。

后来得知，由于没有去索加乡，而是半路扎营，使得索加乡的人焦急万分，不知道发生了什么事情，手机又不通，于是四处寻找。哪里能够找到？这样治多与杂多两县，就派出紧急救援队，沿着我们的路线连夜寻找，却是没有找到。他们哪里知道我们一路上的艰难。等到半夜联系上，大家都很惊喜，忙着往回报平安。

索南更青医生常在这一带行医，跟各拉丹冬村子的支书关系很好，各拉丹冬的村子就在源区里面。

今天是 14 日。彭达还有事，带着车子和几个人回去了。欧沙的车子因为目标大，放在了旅店门口，只有三辆车子前行。这样的车队，目标也是不小了。支书的车子昨天也已过来，今天要带我们进去。

文扎一路上不说什么话，只是默默地开着车。他或许心里有底，或许也拿不准。因为不是前些年。前些年那片区域还归青海管辖，现在归西藏了，以前熟悉的，都发生了变化。

走着走着，天上飘起了雪花，仔细看挡风玻璃，发现是雨夹雪，下来就粘在了玻璃上。雨刷器不停地扫来扫去。这种天气，真的是添乱。

车子在青藏公路往前驶出十来公里，拐入了一条岔道。这就进入了 6 万多平方公里的唐古拉山乡境内。各拉丹冬雪山，以海拔 6621 米的高度正在远方傲然挺立。

岔道路况不好，似乎没有怎么修筑过，但又觉得，这就该是长江源头的道路。

不久就见远远一道栏杆，栏杆旁一座小屋。

前面带路的各拉丹冬村支书被拦在栏杆前，索南更青医生也在车上。人们屏住呼吸，等待着命运的判决。文扎此刻似乎十分安静，他附在方向盘上，一动不动。我们知道，各拉丹冬村支书和索南更青医生肯定是能过，但是他们后面外省牌照的两辆车子，就很难说。

只是一小会儿，栏杆扬起来，前面的车子开动了，车内的人们一阵惊喜。

三

车子一进入，就是进入了无人区，很大一片区域内，荒无人烟，

各拉丹冬雪峰　文扎　摄

实际上也看不清什么，视线全被纷飞的雨雪遮挡了。

越往里面，越看不清路，我们只是盯着前面的车子走，车子跑得快了，就只能盯着车辙。但是车辙很快就被雨雪覆盖。文扎紧跟慢赶，不敢有丝毫分离。

过了一座小桥，桥下有水，水流不大。这水一定属于江源。桥修得很简单，在远处是看不清楚的。

走了不短的时间，又是一座小桥，桥更低，更简单。这个时候，已经看不清桥下的水。雨雪变得更大起来，雨刷器紧张地摇摆。

车子不停地打滑，没有一次是笔直地前行，全是划船一般，左摆右晃。文扎把紧方向盘，一刻不敢松懈。

更大的雪花粘在玻璃上。更加恶劣的气候来临了，像是车子撞进了棉花房，天地一片乱絮喧腾。实际上天地合成了一片混沌，混沌中弥漫的是冰雪。

猛然有人喊起来，说快看，左前方！

那是什么？是一群牦牛，不错。它们要去哪里？大群的牦牛在风雪中赶路，它们一个个低着头，就像抵着风雪在前行。有的也会发生趔趄，有的隔开一段距离，有的走到了水中，又从水中走出。成百上千头牦牛。黑色的牦牛在行进。

我从来没有这么近距离地见到过如此多的牦牛，它们体形硕大，每一头都如一尊活动的雕塑。突然，看到了这样的情景，一头小牛落在后面，老牛停下来等它。其他的牦牛混杂地走过它的身边，它不为所动，一直等到那头小牛。

这群黑色的"雕塑"不时被大片的白雪所覆盖，车里面听不到声音，但是分明感觉到一种轰然。这简直就是一幅巨大的高原风雪图。图中你分不清雪是主角，还是牦牛是主角，它们都显得清晰又模糊。如果将这幅画挂在哪个殿堂，也会十分震感。

竟然闪出一群野驴，被我们的车子冲散，两下里跑去。说是跑，其实也不快，因为它们并不怕车子，它们在自己的天地间，只是被这场风雪弄得有些不知所措。有几只野驴下到了近旁的坡下，这是一片高低起伏的丘陵地。坡下很滑，那些野驴艰难地在里面挣扎。

再往前，几匹野马，也是在风雪中行进。我不知道这些牦牛、野驴、野马要往哪里去，有的朝东，有的朝西，但是都是集体行为，在这风雪中，没有谁掉队。

还看到三两只狼，在跑来跑去，它们好像没有目标，跑跑停停，再扭过头跑。

狂风中的大雪，渐渐变成了冰雹，啪啪嗒嗒地打在挡风玻璃上，而后从玻璃上弹跳起来，同引擎盖子上的冰雹汇在一起，闹出更大的动静。

各拉丹冬，就是以这种方式迎接我们的到来。而正是这种方式，才透出各拉丹冬的神秘和奇伟。

弃车而行。支书说，以前来的考察队，车子也是停在这里。

上去仍然是一片荒原，看到的雪山还在远处。我们顺着支书的脚印，一点点地朝前走，没有人说话，只有喘息和脚步声。

有人开始掉队，有人停下来搀扶。这个时候，千万不能停下，一停下就一点信心都没了。医生掏出了口服液，谁需要了就喝上一支。

看到一个高坡了，雪山就在高坡处。大家心里鼓劲，坚持着走去。我觉得此时的步履，每一步都迈得十分扎实，像是探视一下大地的硬度。

到了高坡处才知道，这只是一段距离的地平线，实际上前面还是一片山凹。

往下走了，下面是一道长长的斜坡，斜坡过后再走就是乱石路，而后一道流水，不大，感觉很清冷。

终于看到那块矗立在一片水边的长江源碑石。

文扎站在碑石的地方，说上次他来，碑石后面就是冰川。那是 2002 年。

也就是说，那个时候，雄伟壮观的冰川从各拉丹冬雪峰披挂下来，一直延展到这里。那是怎样的一幅画面，大画幅、大角度、宽银幕地展现出冰天雪地的奇景妙幻。

也就是说，当年科学考察队来此立碑，也是挡在了冰川的前面，或者说，他们已经到达了冰川的滴水点。

江源冰川　王剑冰　摄

现在的冰川呢，冰川一点点往后退了，一直退到了各拉丹冬雪峰附近。文扎的身后，竟然是一片高高低低的石滩。多么让人心惊。

冰川不是山体，是一座冰结的水库。那么，这块源头碑石也已过时。

如此想到，世上很多事情，即使是套上了科学的光环，也还是带有不确定性。什么都拼不过时间，保不准什么时候，就在时间面前露馅。

就此，文扎还是在这里接受了随团记者的采访，毕竟这里是曾经的认定处。作为"源"文化的关注者，他表示出自己的担忧。冰川在退化，水量在减少，污染在增多。他的讲说让人感叹，他们一次次到江源来，灵魂已经与源区结为一体，哪里崩塌了半壁冰川，哪里出现了一座井架，哪里多出来一道围栏，都使他们心生忧虑。

而后文扎带头往前走去，他要再次走到冰川跟前，走到现在长江源头的滴水点。走去的地方，就是各拉丹冬雪峰。

五

但是，望山跑死马，那巨大的雪峰，帆一般在前面领航，却是怎么也不好追上。

走过一堆又一堆乱石，穿过白雪达到小腿的河滩，一直不断地在座座冰峰、块块巨石间寻路而行。

一派荒原中，只有脚步沙沙地响和呼吸艰难地喘。

这是意志之后的又一次意志的整合，艰难之后的又一次艰难的再现。源头是那么近又是那么遥远，直走得心都要吐出来。

太阳从云团里窜了出来。幸亏现在有了太阳，如果是上午风雪弥漫的情况，走向各拉丹冬，不知会产生多少倍的艰难。太阳一出来就显得很低很低，直射到这毫无遮拦的一片白茫茫干净大地。各拉丹冬已在前面，阳光将它照得通体透亮。

在这片冰雪世界，迈出的每一步都是心悬一线的体验。能否坚持确实是对个人的一个考验。但是必须坚持，只有坚持，没有退路。方圆多少里杳无人迹，只能随着大部队往前。说是大部队，实际上连小分队都不及，寥寥几个人是茫茫天宇中的生灵。每个人都将重新认识自己，重塑自己。

　　我在这些人中年龄最大，我来得有些晚，应该几十年前来才对，那个时候精神更棒，身体更健康，我一定会朝气蓬勃，斗志昂扬。话又说回来，现在来依然不晚，年龄不是问题，年龄只能是一种心理障碍，一种告知和提醒。我来了，我抱着我的年龄来了，并不是太大的累赘吧，起码不会给同行者添累。

　　想到了"奢侈"二字。奢侈是什么，这个时候觉得，追寻长江源头，也是一种奢侈的念头和行为。每个人都在这个世界里生活，而每个人也都是一个世界，他该怎样让这个世界相信，还有一个世界存在着，坚硬地存在着。柏拉图说，征服自己需要很大的勇气，其胜利也是所有胜利中最光荣的胜利。是的，如果一个人可以战胜自己，那么这个世界对于他来说，没有什么是可怕的。

六

　　我看到一股细流，我知道这股细流连接千万里的伟大长江。

　　这条涓涓细流没有规则，它流动得像一首自由体的诗篇。有的地方延展而去，分出几多岔，然后又在哪里并入。

　　冰川滴下的水滴不时地供养着这水流。当然，一路上还会有更多的冰滴和雪水加入，让水流一点点变深、变宽，直到形成汹涌奔腾的江河。我们的祖先在江河两岸开垦出最早的土地，他们繁衍生息，孕育出人类最早的文明。长江的作用越到中下游越明显，诸多发展兴旺的城市都聚集在长江两岸。由于水流的冲击，每年都生长着平野良田，在长江下游，冲击出的20多万平方公里的广大地域，是人口最密集、经济最发达的地区。

文扎像一个头人，还在往前走。

小分队出现了情况，有人走在了最前面，有人落在了最后面，中间的是稀稀拉拉的散兵游勇。但是无论怎样，都是英雄，都在硬撑着。每个人都不说话，或者无法说话，不少人捂着自己的胸口，一步步地往前走。

我也是，几乎就是数着自己的步子，不敢抬头看前面还有多远。曲曲弯弯的路，被前面的人踩出，原本没有路，踩出的是深深浅浅的脚印。真佩服几个女子，先是在我的后面，后来都到了我的前面。当然，有一个被哪位藏族小伙背起来，背了好远一段。

我已经明显感到心脏的搏动，剧烈地搏动，还有头，被念紧箍咒一般地疼痛，我发现有人走得很慢，不停地捏着太阳穴，还有林黛玉样捂着左胸部的。感觉必是一样，但是不能交流。直走得心都要吐出来。而且真的，时时有要上吐下泻的感觉，身上的零件散架了，有些已经不起作用。

于是慢慢躲到一块大石头后边。反正人员早就溃不成军。背靠着大石坐下也不行，坐下也难受，心难受，头难受，腹部难受，哪里都难受——那种紧箍着挤压着提拉着的难受。我真的上吐下泻了，眼前金星一片。我想张大口呼吸，做不到，气压不允许，给你一丝就是可怜你。低着头、抬着头，都是一片雪白；戴着墨镜的眼睛，恍惚一片。我知道这是极度缺氧的结果，但是年轻的医生跟到前面去了，他肯定没有注意到我会在一块大石头后面。就是呼喊也没有谁能听到，声音会被这片广大和深奥吸纳。

一点法子都没有，离车子很远，离出去很远，离有人烟的地方很远，没有手机信号，没有担架或其他抢救条件，实际上走入了一个令人绝望的境地。

身上陡然热起来，那么热，穿得不能再多，却在这个时候觉得热。越热越燥，抓了一把雪，在这个地方，雪都懒得融化。

慢慢地离开大石头。这块大石头真的很好看，如果放在哪里当个装饰，一定很奇伟。

我来到水边，一只手带回一点水放在嘴里，那个凉。我知道生命还在，刚才那是暂时的恍惚。当然，到这种地步，我还是起来走了，一步步往前走。我没有办法拒绝自己，没有办法逃脱自己。

我总觉得，我们前几天的艰难和困苦、努力与挣扎，都是为了各拉丹冬而铺垫。尽管有的根本搭不上边。真的，那么多的煎熬，来到这里就是最后的满足，最后的愉悦，最后的交代。

七

终于来到了终点，来到了各拉丹冬雪峰前，来探析构筑万里大江的基因密码。

各拉丹冬，藏语就是"又高又尖的山峰"，这座山峰是唐古拉山脉的最高峰，它是冰雪世界的巨人，南北长50公里，东西宽30公里。它是冰雪世界的仙人，在它的周围，众星拱月般围绕着40余座海拔6000米以上的山峰和130余条冰川，冰川覆盖面积近800平方公里。

我们面对着的，就是各拉丹冬的南支姜根迪如冰川。那是冰洁的气质，那是晶莹的容颜，那是满身洁白的披挂，那是气宇轩昂的凛寒。它的面前，始终享有着取之不尽的冰雪盛宴。

据说，它有12.8公里长、1.6公里宽，它的尾部，还有5公里长的冰塔林。造物主将冷凝的冰层聚集在这里，给它以美的塑雕。六七十米高的冰塔林，望去是一片冰清玉洁的水晶世界，姿态惊神，气势震天。

索尼和多杰他们竟然跳入其中。从他们拍到的照片中可以看到玲珑剔透的冰柱、形如彩虹的冰桥、神秘莫测的冰洞，简直是一片银雕玉琢的艺术天地。在这些凝固的水面前，你会感到时间的缓慢，数千万年的缓慢。

各拉丹冬，它既像一个少女的名字，也像一个母亲的名字。这，就是万里长江正源沱沱河的源头。

这是一个圣地，它将神圣地诞生出一条波澜壮阔的河流，一条产生出无数生命无数力量的河流。从各拉丹冬滴下的第一滴水终究要在大海中呈现它的晶莹。没有什么能阻挡住自然的力量。它有的是时间，以亿万年的姿态来雕塑自己的个性，那些水流的迂回和漫延，都是性格的表征。

八

我开始往回返，我想我要先行一步，一会儿大家走时，我怕会落在后面，那将是可怕的事情。我不想有人关注，更不想让人搀扶。

我已经很满足。各拉丹冬，你为我打开了一个世界，让我知道天地的庞大，让我知道人世之外的庞大。让我认识到，我们每个人都是这次的精神源头。我们不仅看到了长江奔流不绝的源泉，也看到了我们自己奔流不绝的源泉。

我竟然发现了绿色的草。较冷的气候，导致地面树木一点都不长，而草也是因气候而经过了严格的挑选。不合格的草来不到这里，即使来到这里也长不出来。草作为一种植物，注定与水相伴，但是与冰水相伴的草必然稀少。

我看着这种草，并不认识它们，但我会记住它们。这里的草是另一种意义的草。

　　来的时候光顾走路了，回来才发现这里、那里有不只一块的好看的巨石，巨石有的很是方正，以一个很难摆的姿势立在那里。有的巨石像座金字塔，兀立在水边。我从那里过水，顺着来时的脚印走。我仍然在一块巨石后面停了一会儿，我觉得舒缓多了。我走得极慢，因为我不着急，我想他们一会儿就能赶上我。

　　却是一直没有见到谁走过来。他们真的是沉迷至极。

　　倒是见到两只鸟儿，从冰川那里射出。我不知道它们在哪里落脚，它们会有什么吃食。这是让人匪夷所思的事情。真的有两只大鸟从我的头顶飞过，那是两只鹰吗？还没有看清，它们就飞远了。

　　在我们来之前和来之后不短的一个时间段，这片雪域少有人到。少有人到并不等于少有关注，更多的当是心向往之。现在长江源区被封起来，不让随便进入。在生态文明的进程中，对如何保护大自然，人们有了重新的认识。

　　还没有见到人回来，我感到了孤独，偌大一个世界，只有我一个人，望不到任何人影。为了排遣寂寞，我开始在乱石滩里捡石头。

　　源头的石头实在是多，我拿起这块，扔下那块。想象不到这些石头怎么会打磨成这般模样，它们经历了怎样的裂变，怎样的燃烧，怎样的翻滚。

　　一块埋在水中的石头，露出半个身子向我招手。它具有长江的特质和性格，上部有火烧云样的暗红，中间有裂变的纹络。

视野里仍然空无一人，也没有一丝声音。这里远离人烟，说不定还有狼或其他兽类。我四处打望，充满了恐惧，难道发生了什么事情？天在慢慢黑下去，一旦黑下去，将会制造出更多的恐惧。

就在我极其后悔与绝望的时候，昏蒙中发现了一个黑点，那是我走来的地方，我仔细地盯着，黑点越来越大，黑点后面还有一个黑点。好了，更多的黑点渐渐出现在右边山坡上。原来他们没有走回头路，发现我不见以后，又让两个人去找。

大家平安地回来了。

我再次向各拉丹冬望去，我只能望到沉昏一片。各拉丹冬，重新陷入一片神秘、一片梦幻之中。

江源冰川　王剑冰　摄

大河之源约古宗列

一

到约古宗列曲的道路，十分遥远而漫长，觉得它就像是在天边的某个地方，必须要经过无数的曲折、无数的苦难才能到达。或者说，你即使经历了无数曲折与苦难，也永远不会到达。

我是在8月又一次接到邀请，去的青海玉树，而后奔的黄河源头。本来6月去考察澜沧江源和长江源时，是要连带黄河源一同考察的，由于那次耽误的时间太多，影响了整个行程计划，只能放弃黄河源。这使我对黄河源头有了一个遗憾。没有想到，玉树的邀请又来了，我能不再来一趟？尽管那次吃了那么多的苦，受了那么多的难，但是我还是留有了一个心结，希望再有这样的一次旅行。因而我由衷地感谢文扎给我创造了这样一次机会，终生难忘的，永生不会遗憾的机会。

我还是先到西宁，然后飞玉树，然后参加治多的"源"文化研讨会，然后行走黄河源，当然，这次还要去称多和囊谦，都是十分好的地方，也是让人景仰的地方。

本来想着，黄河源头要比长江源头和澜沧江源头都要好到一些。我居住在黄河中游，黄河水利委员会就在我居住的城市，我的很多朋友都在那里上班。经常会听到他们去黄河源，而且邀我什么时候有空一同出行。这样我就觉得到黄河源头是个简单的事，什么时候想去了，打起背包就出发。

对于三江源区的邀请，尤其是文扎的邀请，我格外在意，他们对这里的地理人文更加熟悉，是当地颇有建树的学者和专家，同他们在一起，会获得更多的第一手资料。

二

还是文扎驾车，还是他的那辆功勋座驾，还是索尼、多杰、欧沙他们。欧沙还是开着他那辆皮卡，用于装帐篷、卧具、炊具等一应物品。上次不断出问题的加力器，也已修好。

从治多县一路走一路看，到了玛多县已是傍晚。玛多县城的海拔4300多米，同治多县城差不多。以前听人来玛多县城，说受不了这里的高原反应，而这次经历了更高海拔的检验，这种反应反而没有出现。在这里睡得好，吃得也香。

大家一同出来逛，玛多县城不大，就那么几条街。水果店里买水果，蔬菜店里买蔬菜，想到什么采购什么，直到心满意足。第二天便向黄河源头出发。

路上渐渐看到了黄河，很长的一个路段，都有黄河伴随，只不过我们是溯流而上。

道路还是不错的，是那种硬实的石渣路，起码不会发生我们 6 月遇到的情况。但有一点，不要开得太快，尤其不能猛然加速。路上有大马力的车子吼叫着超越我们，巡洋舰一般在路面犁出滚滚狼烟。只是没有多久，就在前面趴窝。到跟前一看，轮胎被碾压得稀烂，路面上的石渣子，专治牛气哄哄。

车子开了三四个小时，左前方出现了一块蓝玻璃样的湖，这就是鄂陵湖。路上的能见度还可以，路面虽然潮湿，但是不影响行走。在源区，这样的天气应该算是不错的。

到达鄂陵湖，雾气重了些，迷迷蒙蒙的，看不清天地。那些雾气从湖上升起来，给鄂陵湖罩上了神秘的色彩。光线时不时地从云层间散射而出，穿过迷蒙的雾气，就像手电筒蒙了一层蓝色布面，到达下面的光，也就是淡蓝的了。

这种淡蓝很配鄂陵湖，因为湖水实在是太清澈，清澈本身就发蓝。这样的色彩进入镜头，简直就像加上了一片难找的滤镜。文扎说，本来人们就是把鄂陵湖称为蓝色长湖，把扎陵湖叫成白色的湖。

朦胧中看见鄂陵湖中有一块凝重的物体，等到光线再次打过来，发现似一座小岛。文扎说那就是"热玛智赤"，是一座很出名的岛，意思是"山羊拉船"。我将其摄入了长焦镜头，一看确实神似。文扎说当年王妃珠牡虔心向佛，便让一只山羊拉船到湖心岛煨桑，于是留下了这个遗迹。

几个人不想上车，一步步沿着湖边走远，直到谁发出叫喊。叫喊在湖上打着水漂，一直漂了很远，人都回来了，似还在漂着。文扎说，前面还有扎陵湖，够你们看的。

再前行就是扎陵湖。鄂陵湖与扎陵湖由一天然堤坝阻隔而又相通，形似蝴蝶。这"蝴蝶"就像一个储水器，将黄河支流的水聚集起来，聚集成耀眼的景观。这景观通过一组数字可以见出：扎陵湖面积是 526 平方公里，蓄水量 46 亿立方米。鄂陵湖的面积是 610 平方公里，蓄水量达 107 亿立方米。

这个时候雾气已经散去，天地一片澄明。

登上一处高台，能看到天水相接的美妙，那是云气蔚然的气象。看着的时候，会把水看成天，把天看成水。远处戴雪帽子的山峰，像优雅的少女在湖边漫步，而山腰的云朵，则是一群绵羊，在撒蹄子奔跑。透明度极好的阳光下，似乎还能望到彩色的经幡。

我查过一个资料，说唐蕃之间重大战争的发生地，就有星宿海地区，这个地区包括扎陵湖和鄂陵湖。这是因为，其与一条古道紧密相连。公元 641 年（唐太宗贞观十五年），大唐文成公主进藏成亲，就是从这里经过的。这条唐蕃古道从日月山、切吉草原一路过来，绕扎陵湖、鄂陵湖，翻巴颜喀拉山，过玉树通天河，再至杂多当曲，越唐古拉山，最后到达拉萨。史书载，松赞干布专程赶往柏海，也就是鄂陵湖、扎陵湖这里盛情迎接，而后在勒巴沟文成公主庙修整一个月。

江源湿地　文扎　摄

我的眼前浮现出一个至今都没有过的盛大场景，那场景，以烟波浩渺、风情奇特的两座大湖为背景，该是怎样地庄严隆重。

远处，谁在湖边扎了漂亮的帐篷，给这湖增添了另一种气息。帐篷里的人是要在这里修行？有的地方有小堆的嘛呢石，像是身着袈裟的僧人在湖边盘坐，念经诵佛。

见识了鄂陵湖，现在又体味了扎陵湖，让人已然忘记湖同黄河的关系，猛然想起这就是黄河初始的一段。

这时候，真想唱那首《黄河源头》的歌：

黄河的源头在哪里？
在牧马汉子的酒壶里。
黄河的源头在哪里？
在擀毡姑娘的歌喉里。
……

三

刚才车子到达一个路口，这个不大像回事的分岔路口，一条是往牛头碑的卡日曲，一条是往约古宗列曲。

文扎停下，等索尼的车子，而后商量，如果先去牛头碑的卡日曲，再去约古宗列，就有些晚了，不知道会发生什么事情，不如先去远些的约古宗列。只要先去了约古宗列，近处就好办了，因为牛头碑已经成了旅游点，即使个人去也不成问题，而约古宗列尚未开发，去的人相当少，旅途远而艰难。

因而，我们走的这一段还算可以的道路，主要是为牛头碑的卡日曲而修，修成了旅游专线。

如此，再往下走，路慢慢会变得难走。对于我们这个经风历险的考察团来说，已经没有什么可在乎。

车子过了几个道口，就进入了特色路，也就是人们说的搓板路。这是由风沙引起，也是由冻土引起，即使不断地修，也还是会被风霜雨雪折腾成搓板路。

这样你就会想到是一种什么样的路了，车子到了上边，不晃零散不算数。时间长了，人都受不了，没有一辆车能跑起来。文雅的文扎也脱口说，哎呀呀，非把车子晃散不可。

他宁可走下面的泥水路，也不愿在这样铁硬铁硬的棱子上晃。而泥水路也不是太多，更多的时候，还得在这搓板路上受罪。

中午的时候，只好在半路找一处有清水的地方埋锅造饭。吃的是在玛多买的青菜，肉是煮的牛羊肉，而后就听青梅让丁和达杰在山下演唱《格萨尔》，歌唱的内容，就是格萨尔在哥拉杂加神山下赛马的情景。原来我们面对的是哥拉杂加神山，这山是昆仑山的余脉，很多民间传说同它有关。他们两位都是文扎专门请来的《格萨尔》说唱艺人，演唱的时候，他们穿上了正式的民族服装，舒展的歌喉有一种庄严神圣的意味。

我们再次出发，以为不远了，开出两个多小时还是毫无踪影。路上遇到牧民问了几次，都说还在前面。

前面是怎样的一个前面？

继续往前开。不停地往前开。中间又几次休息、问路。再次确定方向没有错误，再往前开。

在山头拐弯的时候，猛然看到一只大鸟蹲在路边山石上，那只大鸟对我们这个钢铁打造的庞然大物似见怪不怪，那么近的距离它纹丝不动。

有人说那是一只乌鸦。乌鸦也会生长在高原上？文扎说，藏族人说，遇到乌鸦是好事，乌鸦吐财宝。文扎还说，如果遇到背水的少女，而不是背筐的女人也是好事。正说着，我们远远地竟然看到一个提水的女子，那个扎着头巾的女子正提着水桶走向白色的帐篷。

看到这些，大家都笑了，说跟着文扎有福气。莫不是让我们说顺了嘴，再次转过一座山头，前面的峡谷间出现了一道彩虹。高海拔的地方，不是雨就是雪，时晴时阴，看到好的景致是要抓紧拍照的，过一会儿不是云遮雾绕，就是雨雪霏霏，能见到彩虹，也是福。

四

　　终于看到了更加广阔的荒凉，没有人烟的荒凉。大河源头，或就该在这样的地方。

　　拐过一处低缓的山道，看到一处废弃的建筑，原来是一个源头小学，看来是为周围游牧的牧民而办，可能牧民相距较远，或是上学的孩子不多，还是撤销了，或者安在了别的地方也未可知。现在里面已经长出了荒草，一个篮球架还表示着一种意思。

　　从这里进入约古宗列，走起来还是要有一个过程。

　　文扎说，看到"黄河源头第一家"，就差不多到了。一路上攀上攀下的，怎么也看不到有什么人家，也看不到白帐篷。我有些怀疑是走错了路，荒漠中似乎只有一条不大明显的车辙痕迹，不沿着这道车辙，又能往哪里去？文扎似乎很坚定自己的感觉，驾驶他的爱车没有半点犹疑。

　　他在不停地加油、刹车、转弯、上坡，让一辆新车好一场磨炼。

　　拐了几道弯，上了几道坡，终于有人叫起来，在车子拐上一个陡坡时，看到一个小小的建筑。

　　文扎加大油门冲上去。果然是一户人家，而且是无限的空旷中，独独的一户人家。

　　看不到人，听不见狗吠，就那么一座白色的屋子，坐落在一面山坡上。越来越近了，小路变得泥泞起来，一定是经常的雨雪，使这里一直没有干的时候。车子无处可绕，只好在泥水里冲来冲去。

最后停在了屋子旁边。

没有想到，屋子里竟然有人，而且还不少，听见响动，拥拥挤挤地露出来一群小脑袋，在大人们出来后，才一个个挤了出来。大概有五六个孩子，一个男孩和一个女孩稍大一些，其他的都还小，有的还抱在母亲的怀里。他们看到我们，都显得新奇而且亲切。

索尼他们拿了一些吃的给他们，年纪稍长的女人赶忙到屋里端酥油茶，并且把我们让进屋里。三间大小不一的屋子，里面的陈设简陋无比。

那些孩子，同大人一样，个个脸上都有两块因紫外线留下的痕迹。慢慢熟络了，孩子们开始四下里玩耍，这里跑、那里钻，倒也快乐。让人觉得还是人多些好，否则他们多么寂寞。

一个年轻的女子也在其中，脸上抹着一块块不均匀的白，像面霜，也像酥油。她能听懂我的话，她叫白玛蛾玛。她说她不是这家的人，是曲玛莱的，骑摩托车需一天时间才能到达这里。到这里是帮人赶牛。就是早起帮人把牛放出去，晚上再赶回来，一天100元。她觉得这活挺好，就带着2个孩子来了。她要赶的有130头牛，平时那些牛散在山坡上吃草，不用操什么心。

我第一次知道一个带孩子的女人可以完成这项工作。没事的时候，她就到这家来玩，带着她的孩子。这家人有好几个孩子，她的一儿一女能和他们玩在一起。而在这寂寞的大山深处，几乎没有这样的人家。

索尼、欧沙几个像回到家一样坐在那里，大口地喝着酥油茶，同那位老人聊天。后来知道那位求忠大娘70来岁，主持着十几口子的大家庭，30岁的大儿子格求和27岁的女婿措加，现在是麻多乡黄河源头生态管护员，他们每天都要骑着马在四野巡视。看得出，老人过得很满足。

还有位年轻的女子是老人的女儿，也就是措加的妻子，她的藏袍上挂着小铜铃样的饰物，走起来叮当作响。说起丈夫的工作，她的脸上现出笑容，她每天都会早早为他们两人准备酥油茶和食物。

牧民的屋子里除了铺盖和散落在各处的衣服，几乎再没有什么。他们长期在此的收获和快乐，可能就是那些孩子。

五

约古宗列曲也就是玛曲在巴颜喀拉山北麓，是一个东西长40公里、南北宽60公里的椭圆形盆地，当地藏民根据地形起了一个形象的名字，叫约古宗列，意思就是"炒青稞的锅"。文扎说得更为详细，他说"约"，指这片土地；"古"，相当于汉语连词；"宗列"，是藏族炒青稞用的圆锅，这个锅底是平的。

我看着这口"大锅"，它的周围山岭环绕，山上流下的水在盆地内形成大大小小的水泊，阳光下闪着波光，衬托着波光的是如茵的绿草，那是当地牧民的天然牧场。水从这里，便开始了它千折百回永不停息的旅程。那么这个源头，按照文扎的说法，应该加上一个"涌"字。

我们进来的时候，感觉不到是谁进入了盆地，远远看着一马平川，几乎没有什么路，路痕可能是来黄河源头的车子留下的，但是并不明显，说明来的人不多。一切都还是千万年的原始风貌。

地势起起伏伏，一会儿是丘陵，一会儿是矮崖，一会儿是草甸，车子在其间忽上忽下地颠簸，如浪里的小船。刚刚翻下一道陡坡，前面又出现一座山岭。人在车内，必须要抓紧扶手，才不至于撞到哪里。

走了好一阵子，还是没有找到那个所谓的源头。只觉得过了无数道山岭，下了无数个陡坡。中间停下来看，却看不到刚才经历的曲折，眼前竟然还是一片平坦。

可是走入了梦幻之地。

上车再走，远处看着有一座丘原，过了丘原又有一道山脊，等车子上去，一切都消失了，完全是一片平展。

过了无数次水，水有大有小，有的一加油门可过去；有的看似很浅，车子进去却费力，不停地打滑；有的躲在一道崖下，刚下去就掉入水中，引擎发出很大的声响，最终爬了上来。

如此下去，真怕车子趴窝在那里，那样就不知道有什么样的后果，会不会发生上次去各拉丹冬时在沼泽地遇到的问题。

到达草甸的深处了，草甸里到处是受高寒反复冻融形成的水泊。水泊大的像湖，小的如马蹄坑。在大的湖中穿行，只要挨着边沿就行，在马蹄坑群穿行就难得多。

这口"大锅"里，散布着100多个大的水泊，有的水泊相连，高高低低，水流互动，也就有了大小不一的瀑布，远远望去，层层叠叠，波光粼粼。

欢声里，竟然看到活物在其中，那是高原特有的寒鱼——裸鲤。这种古老的鱼有一指长短，自在地窜来窜去，戏水游玩，全不惧人。

无暇多耽搁，车子还在缓慢地在巨大的"锅底"里颠簸。文扎说，约古宗列里还有野驴、黄羊、红狐等野物，甚至还有狼和熊。

但是我们没有遇到，已经是黄昏时分，在黄河源安营扎寨是一定的了，按照原来的计划，也是这样安排。

那么，晚间会不会有什么野物光顾？一只狼或者一头熊在夜晚的巡视中，发现了一个突兀于视线中的怪物，轻手轻脚地过来，看看到底是什么如此胆大，闯入这个神秘的领地。或许不是一只狼，是一群狼，也或许不是一头熊，是一对熊。那样，我们这几个在黄河源地露宿的"野人"，就陷于莫可知的危险境地了。

帐篷尚未搭起来，我倒先有了些许担忧。

据文扎说，从来没有人在约古宗列留宿过，这是一次冒险。如果是冬季，其实到不了冬季，这里就会被瑞雪覆盖，那些水流和湖泊，也会是银光闪烁，完全是一个冰清玉洁的世界。那时，人是不可能进来了，雪野里只能留下几许狼和熊的脚印。而雄鹰，仍然会盘旋其上，在这幽深的约古宗列留下悠扬的舞姿。

六

在约古宗列盆地的西南隅，也就是巨大的"炒青稞的锅"边缘，我们找到一个脸盆大小的山泉。泉在里面不断地翻涌，像滚开的水。伸手轻轻触摸，却清冽无比。据说这泉是夏不狂溢、冬不干涸，源源不断的甘露流成宽 1 米、深 10 厘米的小溪。

这就是人们所说的玛曲曲果，也就是黄河的正源。文扎说，"玛曲"，藏语就是"孔雀河"，也就是指"黄河"。"曲果"是"小河源头"的意思。那么玛曲曲果，就是黄河的源头。再看这个源头的地理位置，它的两边是箕形的缓坡丘陵，当地人称之为"玛曲曲果日"，"日"就是小山。这箕形的山坡与泉眼形成了双手捧月之势，让人觉出黄河源头的神圣感。

有人看了一下手机测试的海拔，是 4640 米。我们都显得激动，在小溪间过来过去，有人做着双手捧泉的姿势拍照，有人依偎在玛曲曲果边合影。

山泉往上，矗立着一块块大大小小的碑刻。我们在各种碑刻前照相留念。

激动过后，我往上再走，又看到一道水流，从那面陡坡上流下来，而且水流不小。后来，索尼他们寻找的适宜扎帐篷的地方，不知是有意，还是那里确实是适合安营扎寨，搭起的帐篷就紧挨着那股水流。

我顺着水流往上找去，一直找到坡地上一大片的沼泽地。那里布满了坚实的草疙瘩，而草疙瘩之间是水窝窝。在这里既不能迈大步，更不能跑，不定哪一脚踩不好，就会踏进或深或浅的水窝，肯定会崴了脚，那样，会给自己带来无法想象的困难。

水窝的草疙瘩上，竟然生长着一些黄黄白白的小花，我后来问文扎，知道它们是凤毛菊、金莲花、马先蒿、藏蒿草。这些能够抵御寒冷的小生命，不知最早是如何来到这片地域。来了便要适应，否则就不能成活，更不能开放。它们的开放因为我们的来，变得更加美丽。那么平时，真就是"寂寞开无主"了。抬眼间，我才发现，这些小花斑斑点点地装饰了好大一片山坡。这里的海拔，会比刚才更高。

雅拉达泽峰周围的广大地表下，是寒冷的永冻层，我蹲下身仔细看一个个深浅不一的水窝，发现都是细小的泉眼，每一个都在往外渗水，渗得多了，就流了下去，一直汇聚在帐篷跟前的那股水流中。我知道，这条水流会在下面同玛曲曲果的水汇在一起，流入约古宗列的

"锅底"。

我用手捧了一捧水，水清冽刺骨，似是刚刚化开的冰。雅拉达泽是巴颜喀拉山脉怀抱中的一个奇迹，它竟然孕育了一条大河。

沿着这片沼泽再往上走，回头已看不到我们的帐篷，那完全地隐没在了"锅"的半腰。而我，离"锅"的上沿还有着不小的距离。可见这"锅"是多么的巨大。

七

站在这陡坡上，我当时想，水会不会先将这"锅底"蓄满，再流出去？以前可就是我想的那样，约古宗列曲，或就是一个湖，渐渐地水源减少，"锅底"的水逐渐干涸，只留有一道不竭的流水。我们听"黄河源头第一家"的那位求忠老人说过，以前玛曲水大的时候，就从她家门前流过，她家最早就建在水流的上边。那时有人想探寻玛曲曲果，都是游水过去。

从高处看玛曲，倒是应了那个"曲"字，它曲曲弯弯的在约古宗列锅底不断回环，留下一块块水泊和沼泽草滩，那些大大小小的草甸水潭，就像孔雀开屏。

想来当地藏族叫它玛曲，即来源于此。那一定是一个人在最高处看到的惊喜。与青鸟龙洼汇合后的玛曲继续往前，就逐渐形成了宽约

黄河源头雅拉达泽山　王剑冰　摄

10 米，深约 0.5 米的小河，然后进入盆地东北角 16 公里长的芒尕峡谷，再由峡谷冲出约古宗列盆地。这个过程，就像一个婴儿在母亲子宫由胚胎渐成人形，再从母腹中脱胎而出一样。

一路上，它会遇到身披银色铠甲的阿尼玛卿，而顺从阿尼玛卿的安排一路向东流淌。文扎说，阿尼玛卿是黄河流域的最高雪山，蜿蜒起伏千余里，传说阿尼玛卿有 18 个儿女，另外还有 360 族亲，1500 名侍从。

威名显赫的阿尼玛卿掌管着整个青藏高原东部山河的安宁。由于远离河源，就派遣他的第二个儿子雅拉达泽来守护源头。雅拉达泽峰在约古宗列盆地偏西南的地方耸立，远远望去，像一个武士守护着一方圣地，金字塔的形状似高擎的利刃。高原气候多变，时而薄云缭绕，只让刃尖露出，时而浓云笼罩，完全遮住它的面目。周围再没有比它更有气势的山峰，在开阔的盆地内，它一帜独树，凛然于天。

文扎说，在麻多乡东边有"卡里恩尕卓玛"，那是位"银色仙女"，在辽阔高远的黄河源头，可是西金童东玉女，双双守护着母亲的河源。我向远处望去，那里一片云遮雾障，显现出无比的神秘气氛。我再次转回头，望向雅拉达泽峰，已经看不清了。

越是神圣的地方，越是会产生神话传说，这些传说托起了人们对大自然的无限信仰，也寄托了藏民族对黄河源图腾般的无限崇敬。文扎一路上讲说的都是关于山水的故事，他说得很是认真，你听的时候，就会相信都是真的，就会将那座山看成一尊神，会有一种景仰自心底上升。

现在让我们展开来看，看黄河最初的走向与变化：从芒尕峡谷而出约古宗列的玛曲，它的前面就是有名的玛涌滩，这是一段自然漫漶的流水，如出生的婴儿，在随意地哭闹撒欢，展示出世的无拘无束，也如孔雀开屏，一路撒下大片的沼泽草滩和众多的水泊。

玛曲东行20公里，便进入了著名的星宿海，而后蜿蜒东南9公里，接纳左岸支流扎曲，再往下接纳左岸支流玛卡日埃，再往下，就同右岸来的一股支流卡日曲汇合在一起。这个卡日曲，就是原来标注的黄河源头。

从我上面描述的玛曲行走的漫长旅途来看，从约古宗列的来水，确实要比卡日曲远长，也更艰难，地理位置更神圣壮观。

同卡日曲汇合以后，队伍壮大起来，因而不再漫漶徘徊，冲出去一度分岔为七股流水，踉踉跄跄地抢着往前，最终并入三股，进入黄河源头第一大湖扎陵湖和鄂陵湖。一条势不可挡的大河，终于要在此集结整编，履行它"咆哮万里触龙门"的孕泽中华的伟大使命。

八

在描写玛曲这段历程时，我是带有着感情的，我真的想象一位伟大女性的诞生，那是多么艰难而伟大的诞生，一条大河的来源，必然是要有一个不屈不挠的经历，有一个一往无前的信念。

我无法想象，第一个找到这个源头的人，会是怎样的激动。哦，他或他们一定是犹疑不定的，对于一个源头的确定，是一个漫长而艰难的过程。我在确定后的今天找到这里，仅凭个人的向往是不可能的。我为此感谢上苍，感谢冥冥中那些支持我的人。这里没有手机信号，如果有，我一定会情不自禁地打给我的亲人，我要告诉他们，我走到了大河之源。

我还想告知我的母亲。母亲和我居住在黄河岸边，她老人家在世的时候，我不止一次同她去看黄河，母亲也不止一次地用手捧起黄河水。她老人家总是说，这黄河的上游该是什么样子？该不是这么宽，这么黄、这么急吧？你什么时候去看看，回来跟我说说。我后来到过三门峡，到过青羊峡，最后到了青海的玛多，我都告诉了母亲，详细地为她讲说了我所看见的黄河，不一样的黄河。

但是我仍然不知道黄河的源头，而母亲也絮叨过：这么说你已经离源头不远了？还是别去冒险吧，那里一定是个没人的地方。我那时听了这话，心内还感慨，毕竟是母亲啊，担忧儿子的安全。但是母亲的心里，一定会有一个黄河源头的景象，因为我已经为她描画了经过玛多的黄河清灵无比的样子，母亲那时流露出惊喜的表情。

我现在终于站在了黄河源头，我怎么会想起母亲？我怎么能不想起母亲！迎着凛冽的寒风，我早已泪流满面。

文扎说，他来过几次黄河源头，都是来去匆匆，随队考察完即返，否则怕天黑到达不了最近的曲麻莱县城。他说他把在黄河源头露宿一晚，作为一个梦想。没有想到，第一次来的我，竟然要在黄河源宿营。而且我住的帐篷就搭在潺潺的水边，这水就是黄河的源泉，两拃宽的一条弱水。为找这个较为平坦的地方，文扎与索尼他们转了好半天，最后选在这个离水边只有两尺的地方。

晚上，不知怎么了，越离得近，越发睡不着，如果一觉睡去，这可贵的夜晚不就亏了吗？

李白没有到过黄河源头，想着"黄河之水天上来"的浩叹，我可不就是睡在了天上？

　　睡不着，出来帐篷外，心内一声惊呼，天如何这么低？昆仑山与巴颜喀拉山呈现出一围的轮廓，暗蓝的天空平搭在上边，像一个顶棚，星星缀满棚子，这里那里地眨着眼睛。半弯明月提着青灯，放牧着洁白的云团。以前在华山、泰山、峨眉山都曾见过夜晚的天空，并发出过惊叹，可这里却是五六千米的海拔。

　　还是十分寒冷的，赶紧进去，高原反应愈加强烈，头疼得发紧，再紧就要炸了。想看看时间，手机屏幕瞬间出现一层白霜。这一晚，是一种极限体验。想起文扎的话，我们是黄河源头第一顶帐篷。

游牧　文扎　摄

九

第二天早上6点多钟，吃完半生不熟的早饭，大家开始收拾，并且专门将所有垃圾装袋。每个人都做得仔仔细细，不让这里留下一丝污染。

之后，文扎提了一袋子牛粪一直往一里开外的嘛呢石堆走去。那里还有六个圣洁的白塔。他要为一会儿的煨桑作准备，索尼和欧沙也陆续跟过去。一会儿，松树枝叶燃烧起来。

而后，《格萨尔》说唱艺人青梅让丁与达杰身穿红色藏族礼服，手捧洁白的哈达，唱格萨尔王的煨桑敬语，再唱格萨尔王赛马的诗篇。沉郁宽厚的声音，在这约古宗列分外感到一种神圣。我们围成一圈，静静地听着，似乎那不是在演唱，而是在诉说，在表白，又似是约古宗列的发声，是约古宗列的宣言。

我有些明白此次行程，文扎专意要带上两位艺人的目的。文扎对于黄河源，身怀崇敬，他有着善良而伟大的思想，有着广阔而深沉的内心。我很感慨此行有文扎，他让我深切地认识了藏民族对于河源的崇拜以及他们圣洁的灵魂，也深切地感受到一位江源专家治学的认真与学识的深广。

两位艺人轮流唱完，索尼随口一声长啸，带起众多的呼啸，以敬万物苍生。

而后，一行人朝着近处的一座山峰攀去，想着居高临下感受一下约古宗列这巨大的"锅底"。索尼他们几个身强力壮的早已走在前面，由于海拔太高，反应太大，一行人拉开了距离。但是再往上走，还是吃不消了，喘着粗气拐回来，说只能开车。

三辆车子发动，鱼贯而上，半山腰的时候，车子也大喘起来，上不去了，只得迂回走"之"字。几乎没有路，就这么硬闯，斜斜地迂回，终于爬了上去，上去竟然是平缓的。

也就刚刚上到一个高坎，就看到了平缓处藏族竖立的经幡，在这样的地方，竟然又看到了五光十色的经幡。在寒冷的阳光映照下，经幡给人感觉出不一样的色彩。

就在这个时候，索尼开的车子被坚硬的山石划破了轮胎，车子全部停下来。下来一看，这里的山石全部凸起着棱角，即使是人走在上面，也能感觉到那种锋利。

大家小心着，还是坚持着往上攀。缓坡的上面，风更大了，似乎一下子就把人吹透。大家却是不约而同发出了惊叫，天地竟是如此辽阔！

深陷于视野的地方，一片青葱，水洼和湖泊点点闪烁，巨大的"锅底"真正显现出来，约古宗列，原来是这般的美妙无比。群山八面隆起，所有的坡度都给了约古宗列，让黄河的源头充满了聚拢而来的福气。"炒青稞的大锅"，永远翻炒不尽生命的源泉。由此也能感受到，为什么藏族会不辞辛苦，将巨大的经幡矗立在这高高的山顶。

我转过身来，想看看身后，这一看，又有一声惊叹发出，那同样是无比辽阔的起伏的山野。雪山周围，怎么会有这般奇妙的起伏，远远地还有一个澄澈的湖，就像是一面镜子，闪着青蓝色的光。

巴颜喀拉群山无限远近，烘托了这里无与伦比的气象。如果用穹幕摄影机全景拍摄，会展现出多么壮丽的图景！可惜我们无能为力，只能将其深刻在记忆中。

文扎他们将哈达系在了经幡上，那是我们心中美好的祈愿。

山风凛冽，似还有冰水的湿润，一刮到脸上，粘住一般。

我们下山了。索尼、欧沙他们冒着严寒，不停地哈着手，换好了轮胎。他们带有一整套的修车工具，包括快速补胎、快速充气。回去的路上文扎的车子两个轮胎同时压毁，就是用这种工具临时救急的。

车子慢慢启动，小心翼翼地往山下挪去。仍然是走到黄河源头的位置，只有那里能再往下行。

这时是 8 月 15 日上午 11 点。

我有些恋恋不舍，我知道，从此以后，我很难再来到这个地方。我不停地回头，望向那个渐离渐远的约古宗列。

附　记

一

后来在一篇报道中看到了麻多小学。那是我在黄河源头地区看到的最好的建筑，以及最多的人，或者说最多的孩子的地方。

我显得有些激动。我有了身临其境的感觉。在这样的偏远之地，还有这样一些可爱的生灵，他们鲜活地生活着，学习着。我之所以关心这一点，是因为上次去约古宗列曲的路上，看到了一所废弃的学校，我由此担心源区孩子的上学问题。

天空下着大雪，孩子们在升国旗。漫天雪花同国旗一起在眼前飞舞，操场上霎时一片洁白。这些稚嫩的孩子，他们用不标准的汉语唱着《义勇军进行曲》。

老师们站在他们的后面，同样迎着风雪，迎着舞动的国旗。

孩子们平常住校，因为各自都不在一处，很多孩子的家都很远。到了周五，孩子的父亲会来接他们回家。那些父亲不少是牧民兼生态管护员。孩子们会坐着父亲的马或摩托车回家。他们知道自己的父亲是黄河源头管护员，他们为此而自豪。

学校还在扩建，当地政府正在尽可能地把有限的资源，优先用来改善学校的条件。这里的条件是十分艰苦的，而且是想象不到的艰苦。周围没有什么人，也没有什么街道，甚至没有商店。

感慨那些老师，他们能够来到这里执教，是需要一种勇气和信念的。老师并不多，但很年轻。让人觉出一种希望的力量。由于条件艰苦，这里每一位老师的担子都比内地重好几倍，坚守下来，真的是不容易。但是他们还是会说："和孩子们在一起，看到他们成长，很幸福。"

学校建筑阻挡了视线，让人一时忘了这是在遥远的雪域，高原的深处。那些建筑同内地有些相似，但是只是一霎的感觉，一会儿又回到了现实。

在教室里，有了这样的话题：

"你们知道黄河源头在哪里吗?"

"曲麻莱麻多乡!"

"那你们知道黄河流向哪里了吗?"

"大海……"

"你们见过大海吗?"

"见过——"

"在哪里见过?"

"在电视里……"

"在书本上……"

"你们会背诵黄河的诗歌吗?"

"白日依山尽，黄河入海流……"

"黄河之水天上来，奔流到海不复回……"

孩子们大声地朗读着，实际上是嚷着，嚷就是他们的表达。他们想向这些外地人表达出自己的内心。那个内心到底有多大? 没有人知道。但是有一点，每一个孩子都想在将来去看看大海，看看黄河最终的归宿。

我看到了一张照片，那是孩子们放学的照片，一位大姐姐领着两个小弟弟朝着镜头走来，两个弟弟黑黑的小脸上有两个"红太阳"，一看就是高原的孩子。而那位姐姐却没有这样的特征，她光洁的脸上闪着笑意，那完全是内地孩子的笑意，而且笑得十分美丽。这是几年来在教室里的缘故。

这些孩子如果沿着学校铺展的小路一直走下去，就会走到离源头很远的外面去。就像我在称多县见到的那个女孩子，她已经到桂林上大学去了，只有在假期能回家一趟。跟她交流，已经海阔天空，什么都知道，而且去了很多地方。

我绝对相信他们会见到大海的，他们会对着大海再次高声地朗诵："黄河之水天上来……"

二

我还看到了白雪覆盖的约古宗列曲。

大雪真的是将一切都覆盖了，唯有一条细流，它没有覆盖得住。这条细流就是黄河源头流出的玛曲，也就是黄河。

黄河曲曲弯弯的走向，在雪野里看得十分清楚。不像我们上次8月份来时，到处都是微小的细流，到处都是水凼，到处都是泥泞。这下子，除了黄河的水流，其他的一切都不见了，只留下了这道流水，让我们看清楚了黄河最初的样子。

从另一个角度说，也可以看到，黄河源头的确切性。

约古宗列的大雪，是黄河源头的模子，它将一条美丽的清流给翻铸出来。如果换一个姿势，让它悬挂在天地间，就可以看清楚这件伟大的雕塑。

拉司通的月亮

一

车子在通天河边蜿蜒行驶，不知道会走多远才能到达目的地。

奔涌的通天河在这一带山谷中，有时会被挤成窄窄的一道水，峡谷中显得幽深无比，从上面望着被车子碾压下去的石块，真可说是触目惊心。而到了宽阔处，却猛然变得敞亮起来，太阳也从遮挡的大山后面透出头脸，在河谷间舒展自己的特长。河谷间有些地方还长出了植物，让你觉得像是中原的河流。

在通天河边的峭壁间行车，最怕对面来车，老远就鸣笛，找地方避险躲让，两车相会时，都露出友好的微笑。当然，这样的时候不多，因为你很难遇到什么车子。遇到的车子还没有牛羊多，一旦牛羊占据了道路，那就慢慢等着它们过完吧。它们要去有草的地方，或者有家的地方。

想象着一股水流成通天河，在这一段，不知要进行怎样的摸索，怎样的冲撞，才能在千山万壑中找寻到百折不回的奔涌。

我们来的地方是拉布乡。这是一座深山中的藏乡，在玉树市称多县的南面，道路的艰难经历了长时间的体验，而无论是路上还是到了乡里，都看不到多少人。一问，全乡才有 3000 人，还要算上出外上学、打工人员。那么，留在大山中的可想而知。剩下的分布在 538.7平方公里的帮布、德达、达哇、兰达、郭吾、拉司通、吾海 7 个村子，人就比牦牛还稀少了。

大多数的藏族人集中在拉司通村，这里是拉布乡政府所在地。

唐蕃古道上的拉布乡，有着独特的康巴风情，以及古道上的确登噶布、莫洛天险，还有神奇的郭吾古堡。

现在，我们的车子停在了郭吾古堡下面。仰头望去，有着七八百年历史的古堡正俯视着通天河谷。想当年，它俯视的可是一条至关重要的古道，一条由中原过来，进入西藏的必经之路。多少商贾的马帮以及豪强走在这条古道上，当然，还有文成公主和松赞干布的车辇。

现在这里居住的仅有 35 户，但是给人的感觉似乎村里只有一户人家。镶着两颗金牙的女主人站在门口笑着。她家有四个孩子，三个男孩，一个女孩，女孩 9 岁，在乡上住校，也就是在拉司通村子那里。

通天河谷　王剑冰　摄

她家还有一百多头牦牛。这可是值得夸耀的，所以她家的人不必外出。我找她家的男主人，后来发现，这家男主人正拿着手机拍我们，他还有这个爱好。有点儿颓圮的大门口站着一位慈眉善目的婆婆，她不断地伸着手却是在招呼大家往里面去。

各种果品摆在桌子上，甚至还有难得的西瓜。让人感觉，这可是盛情款待。

古堡在唐蕃古道上，是一处倔强的存在。人们慢慢走进去，聆听它的诉说。进去就知道，为什么它名扬数百年。里面有各种防备设施，而且坚固无比，建在古道的关键处，你必须走过这里，而又必须接受这座古堡的存在，那么，只有友好礼遇，别无他法。走过这里的无论是客商还是土匪，都不敢拿古堡说事，而是和气生财。那样，你不仅可以喝到上好的酥油茶，吃到美味的糌粑和牛羊肉，还会在这里做上一晚美梦。因而人们会将这里当成一个向往，艰难中想着还有多远就可到达。

里面的房间出奇得多，大大小小，房间套着房间，密室连着密室，本以为这里已经到头，却还藏着一间暗室。就是放几个进来，也会迷失在里面。实际上，我早已寻不到出去的路径了。

最上面是碉堡似的防护，有小窗、透气孔和枪眼。石头屋子里用立木支撑，立木并不粗，却顶千斤重量，上边有木板拥起。窄窄的楼梯，只可一人上下。那幽深的所在，一两个人绝对不敢停留太久。古堡的周围，还有配套的房子。我们就是先在它前面的房子里接受款待的。

从古堡出来，顺通天河走，一路串起七个古村。

二

通天河畔的拉司通，是一座高原最美的藏族村落，全称为拉司梅朵通，藏语的意思是"仙境花海滩"。是仙境中的花海滩，还是花海滩构成的仙境？你想去吧。

走在拉司通的村巷里，片石砌起来的建筑棱角分明，院落与院落错落有致，村道也是石板铺起来，上面不时会落上雨和雪。路旁是水沟，路两旁是高大的白杨，完全没有了牧区的感觉。

惊叹那些白杨树，在奔腾的通天河畔，竟然生长着郁郁葱葱的杨树林，一棵棵挺立着笔直的身躯，就像英武的康巴汉子，映衬着高拔的山峰，让人遐思万千、叹为观止，当地藏族人称它们为"杨树之母"。它们更多地围绕在拉布寺周围，成为一道亮丽的风景。这是我这么多天发现的新奇景象。一直以为高海拔的玉树地区长不了树，没想到这里的树长得如此好，而且还如此多。让你忘记了自己的所在。这是拉布寺的梵音吗？

屋内是古朴的石墙、雕花的门窗，充满了康巴建筑风格。院落房屋多为凹字型三层建筑，里面整齐而有序地陈列着藏族游牧时代的各种生产生活用具及用品。久美才仁说，这是为了给远方的客人留下一段古老而亲切的记忆。

在这里能看到不少人，而且有了年轻人。久美才仁的女儿不再出去打工，给自家打工都打不过来。现在这漂亮的藏族女孩，正和妈妈生火煮饭，她们要招待今晚的客人。即使是平时，客人从哪来的都有，沿着唐蕃古道走或者沿着通天河走，都会走到这里。这里的姑娘、小伙大都留了下来。晚上的歌舞队伍中，说不定就有他们的影子。

他们跳的舞蹈叫"巴吾巴毛"，是一种风格洒脱的藏族舞蹈，完全释放出康巴人奔放的热情。晚上点起了熊熊篝火，几乎七个村子的人都来了。在黝黑的大山屏障下，在奔腾的通天河边，节日一样的晚会开始了。

男人跳起来就如遮天蔽日的雄鹰，舞得发狂，舞得放浪，你会想到身边的通天河，想到通天河上边的高山，想到铺天盖地的大雪，想到没白没黑的日月。女人们上场了，那是一团团的白云，一袅袅的炊烟；是格桑花的温软，是雪绒花的坚韧。

男男女女一同上场，姑娘们红袖凌波，汉子们脚铃铿锵，简直成了一团火，完全地燃烧在一起；成了高山大河，完全地缠绕在一起。那是宏阔与清雅的构筑，是雄劲与柔美的组合。而后就有了声音，是雄浑的吼，是尖利的喊，是吼声和喊叫混合着的歌唱。你就听吧，粗壮的山风一般的粗喉，一会儿盖住雪水一般的嫩嗓，一会儿雪水般灵动的细嗓，又盖住了山风般的吼唱。

篝火越来越旺，舞步越来越紧，歌声越来越亮，整个世界都被他们舞翻。周围的人忍不住，加入进去，搅和进去，直搅和成一场昏天黑地的"巴吾巴毛"。

看着的时候，你会想到，在这个通天河畔，他们不知道跳了多少年。所有的辛劳，所有的悲伤，所有的期待，所有的快乐，都融合在"巴吾巴毛"中了。

"巴吾巴毛"，你要让这唐蕃古道上的马帮和牦牛驮队都集中到这里，来这里做客，来这里经商，来这里找婆娘。这里就是人们传说中的人间天堂。

三

晚会结束，村民三三两两相携回到各自的家中。那些原来认为空闲的院落，因一把大锁的开启而有了亮光。真的，我最初以为这个村子已经没有什么人了，没有想到，我今晚就被安排进了一户藏族人家中。

房主同他的二女儿刚刚回来，看到我们在辨认房址，随即热情地拿了我们的行李，引导我们上楼。上到楼上，竟然见到好几个天生丽质的藏族女孩。她们热情有加，表示着欢迎的意思。后来弄明白，这是一家人的四个女儿与她们的表姐。女儿的妈妈，一个同样美丽的中年女人，正忙着把奶茶倒入茶碗，满脸善意的笑。

这样一户藏族人家，让人顿感温暖。本来我就希望能在这里住一晚，没有想到还有这等奇遇。一番热情与忙乱，一个清秀的女孩便主动搭话。她高挑的个子，面容白皙，落落大方，同其他女孩略有不同。实际上刚才的几位，也多没有藏家女儿那种太阳的红斑。她的名字叫才仁西，是一位大二学生，在桂林上学，专业是财会。她的大妹在玉树跳舞，二妹刚考上西宁的大学，三妹在称多上初中，刚参加了中考，是15位幸运者之一，拿到了去河北省衡水中学上学的指标。才仁西说也可能会有变化，等待学校的协调，即使不能去，最后也能上玉树的好中学。

这是一个幸福之家，家里没有男儿，女儿们却个个优秀。那么才仁西毕业了会回来吗？她说她到时候看看，如果在外面没有合适的工作，就回西宁或者玉树。

我想起白天见到的一位帅哥多吉，他与其他的穿白大褂的医生站在医疗车前，我是看到车旁的一朵白色的小花骨朵，同他聊起来。他告诉我那是紫酌，秋天会变成红色，药用价值很高。到底是当医生的，尤其是乡镇的医生，对这些藏药多是熟悉的。

多吉兄弟六人，各自成家，大哥、二哥跑大车，三哥当教师，老四在县上工作，老五在寺庙做和尚。只有母亲在家。多吉上的是青海大学藏医学院，毕业三年后到拉布乡卫生院当了医生。我问他，媳妇在哪里上班？他说还没有找对象。这让我很是惊奇。这么帅的小伙子，又是大学生，有正式的工作，怎么会找不到对象？他听了就笑，看看身边的同事。

我想他的意思是拉布乡毕竟有些偏僻，还有，把家安在哪里呢？当然是安在县上最好，但是这里离称多县城 132 公里。别轻看了这 132 公里，即使开车，也要走上大半天，回一次太难。我说，身边没有吗？多吉还是笑笑，摇摇头。嗨，这缘分还真的是得等。你看，才仁西这么好的姑娘，也是很难再回到拉司通，只能是放假回来看看。

才仁西让我进到她的房间，里面是一位普通女孩的闺房，没有特别的藏家装饰，倒是有些书籍，突出了她的爱好。她讲起出去后的经历，讲起漓江的美，讲起回来的不容易。不好买车票，有时候就一段段地买，好不容易到了西宁，还要再坐火车或者汽车，没有特殊缘由，是不可能坐飞机的。到了玉树再折腾过来，这番旅途起码要四五天的时间。以前人们出门，更是不可想象得难。才仁西如果不穿藏服，完全看不出是一位高原中的藏家女孩。我已经不能将她同那些放牧的少女叠在一起了。

四

等一切都静下来，我站在二楼的窗台前，看着一轮明月，别样的清纯透亮。它就在拉司通的斜上方，高高地举着那盏青灯，从雪山借来更多的光芒，尽情地将这片神秘照亮。

先前舞着的时候，我没有发现这轮明月，即使那个时候出来，它也成不了主角，或者说它完全被那些袖子、那些带子、那些嘹亮的吼和尖利的唱给遮蔽了。

月亮也一定覆盖了闻名遐迩的拉布寺。拉布寺同"巴吾巴毛"形成一种互依互存的关系。在过去的那些岁月里，康巴人有了收获，会将心愿送去拉布寺，回来就跳狂野奔放的"巴吾巴毛"。这或已成了拉司通人的宗教。

这个时候，那些冰雪，还有古堡，就全属于这轮圆月了。

隔壁的女孩已经睡了，男女主人也去房间歇息。我还站立在窗前，望着静静的广场，望着静静的月亮。一切都如一个梦境。仔细听的时候，还能听到通天河的喘息声。

从各拉丹冬来的冰水，正愉悦地日夜兼程着。

囊谦的惊艳

一

在囊谦参加一个古老的仪式，复杂的藏族仪式多与寺庙结合在一起，有寺庙里的僧侣唱主角。

众多的牧民围坐在那里。他们都怀着虔诚，当然也怀着好奇，带着家人孩子一同跋山涉水，走很远的路，来在一个场地，尽情地参加这种难得的节日。男男女女有的席地而坐，有的站着。

年轻的女人多是带着孩子来，还有抱着孩子跟男人挤在人群里，男人却是不管那个孩子的，女人抱着看着，不时地给孩子喂奶。也就想到，那些男人平时是要出去辛苦，女人的事情就是照着孩子。有的女人会带着两三个孩子，那就十分劳心了，顾了这个还要顾那个。孩子呢，都是随便地吃着东西。这样看着，就看出了一个完全自然的生活状态。

我从黑帐篷里出来，我喜欢在这个时候去抓拍一些画面。我随意地在人群里走，看到的都是祥和的景象。那一个个家庭，一个个青年，一个个老人，一对对情侣，都是很少大声地说话，更不要说吵闹、叫喊。他们如何都有那么好的修养，穿着那么干净的衣裳，似乎这样的节日同每一位都关系密切。我就这样欣赏着、抓拍着。

也就在这时，我看到了麻古村的村主任阿宝。我们是在来的路上，经过他们的村子时认识他的。他说叫他阿宝好了。好记。他作为那个美丽的村子的村主任，介绍他们开展的旅游项目，那是一片山前水前的具有藏家意味的小木屋，花了55万，建了好几栋。为了他们村里的530个村民，他想把旅游发展起来。

那么，阿宝村子的人也都来了吗？那么远的路程，那些村民是如何赶来的？他就站在他们中间，那些村人挤在一起，此时正在看着表演。阿宝的笑让我想起上午看到的那个村寨。那确实是一个美丽的藏家村寨。

尚未到达那里，大山的气势就让人惊叹起来。大家纷纷停车，站在那里拍照。那是山谷中的奇观，山势是陡然上去的，而后又有一层层的云雾缭绕弥漫。这且不说，再往前走，竟然是在它的怀中盘绕，盘绕中全是奇峰怪岩。再往下，还有一条水，从半山乍然而出，车子又停下了，大家不愿意走得太快，怕错过这好景致。

可是走了没多久，转过去还是要停下，那么心齐地停下，这次站立的位置，就有了失重感，一面悬崖深深地挂下来，又深深地坠下去，坠下去的还有白练一般的瀑布，瀑布带着烟气，如仙人缠了稀薄的纱带。

还往下吗？往下还有，那就是到了谷底，到了所有美好的集中地，你想看千仞绝壁，想看一瀑流水，想看一条河冲天而来，想看到处开着各种浪漫的野花，而野花簇拥着的，竟然有一座古老的小村，人们简直乱了阵脚，有的去了这里，有的待在了那里，有的发现了小村旁几座藏家特色的木头房子，又迷失在里面。

谁就想了，如果能在这样的地方住一晚也值了，起码可以在一早一晚，看一看这如仙界的景色。于是大家就听阿宝村主任讲说他们村子的好，于是大家就纷纷留下他的联系方式。我也加了阿宝的微信。说有机会会带着人来住几天。阿宝很高兴地跟大家加微信。

后来我们确实有过联系，但是想起来，那道路实在是太遥远太艰难。我们在活动场地住下，第二天回返，不知走了多长时间，到了囊谦县城，已经很晚。而且，如果带着人去，一定又要给当地的朋友添麻烦。也就不知道阿宝他们后来的情况。

那天是露宿在囊谦的大山之间了，许多不走的人都扎起了帐篷，一顶挨着一顶，方的圆的，大的小的，黑的白的，很像一个大家庭的聚会。在一条河流的边上，听着河水，蛮有意味。

我们的人分睡在两下，能看出来，大家有熟悉的，有不熟悉的。因为来的有县上各单位的，有报社的，有电台电视台的，还有周围的百姓。大家随便将就一个晚上，也就男男女女地挤在一起。

吃饭也是热闹得很，有好几个吃饭点，你去哪里都行，到那里随便取一个快餐盒子，然后让人盛上喜欢的饭菜，找个地方或蹲或坐，吃饱即可。

第二天我早早醒了，直接来到了河边。看到藏家女人在河边提水、洗涮、洗菜，一定是为大家的早餐忙碌。水是很凉的，这些勤劳的藏家妇女，真的是可亲可敬。她们有的还很年轻，瘦瘦的腰身，一下子就提起来一桶水，一直提到帐篷那里。这么多人，得多么大的用水量？也就不断地见到往来提水的女人。洗菜的也是，一篓子的菜，洗完了又有人来洗。

河水流得很快。人们渐渐起来，河边很快就排满了洗洗涮涮的人。

一道道白色的炊烟升起来，给这深山增加了生气。

二

囊谦的美好，我是时时记着的。无论是我们从治多到囊谦，还是从深山返回囊谦，一路上不断地有惊喜。峰峦叠嶂的惊喜，江河水流的惊喜，辽阔敞亮的惊喜，辉煌庙宇的惊喜。那惊喜不断地让人停车。幸亏我们是文扎开车，大家都是一个目的，如果是旅游团队，不定有多少遗憾。

那美丽的景象，包括大片的无边无际的野花，那可是漫山遍野，差不多一种色调的野花，有时是浅黄色的，有时是粉红色的，我们下来车子，几乎都是跑着冲进去，而后扑倒在花海中。我们不知道都叫作什么花，有时文扎他们也说不好，或是不能将藏语翻译成汉语。

只能认定我们来到了仙界，来到了天然的婚纱摄影基地。谁要是在这样的地方来一次浪漫，那可是人生独一份。你就看吧，一个个男的女的，似乎都减少了二十岁，直至减到童年。

他们摆着各种姿势，让拍出各种"雄酷"和"萝莉"。有的喊着，如果不是怕冷，真想在这里把厚厚的衣服扒了，把众人都逗笑，说那真的会产生闭月羞花的效果。

三

澜沧江就在我住的地方不远。我住的地方是囊谦的一个宾馆，宾馆周围很静，看不到什么人，却能听到什么声音。轻轻地走去，便看到了静静的水流。由此知道这就是澜沧江。

澜沧江从我看到的最初的一条细流，到这里变成了宏阔的一条大河，而这条河尚未流出玉树境内，多么不可想象。刚才的那些声音便是它的涛声。

水流滚动的速度非常快，站在桥上一会儿就会头晕目眩。大水一直向下游滚去，下游是西藏还是云南？按照陆地行走的路线，前面是进入了西藏，河流顺着山绕圈，就不大好说。

嘉洛少女　王剑冰　摄

四

我们从宾馆想去囊谦的街上看看，因为离得太远，不大认识路。好容易走到街里，就想着到中心看看就回头，问了人，说中心在一个广场。

走了半天还是没有找到，可能是迷路了，这时碰到了一个藏族小伙儿，他竟然好心地要带我们去。我们两人说，指一指就行了，他还是给我们带了一段。他叫安南。

在街上随便地走，然后不想走回头路，就一路问着绕着走，问的人，都很热情。

走到公雅寺，进去转了一圈。出来看到一位独自转经的老妇人，走到我们跟前说了好些话，我以为她是遇到什么困难，后来才明白，她是向你祝福，而后笑着转身继续转她的经。

回来的路还真的是不好走，因为我们走到了生活区，也就是背街小巷。我们问了不下十人，都得到了满意的回答。

他们人人都有一个善念，有一个信仰吗？在这里有了一个简单的结论，做一个幸福的人，很容易。

我那天走了一万多步，在这个海拔 3600 米的囊谦。

正因为囊谦的海拔不是很高，所以能看到高原看不到的景色。从囊谦可以一直走到西藏去，这里是青海到西藏的重要通道。

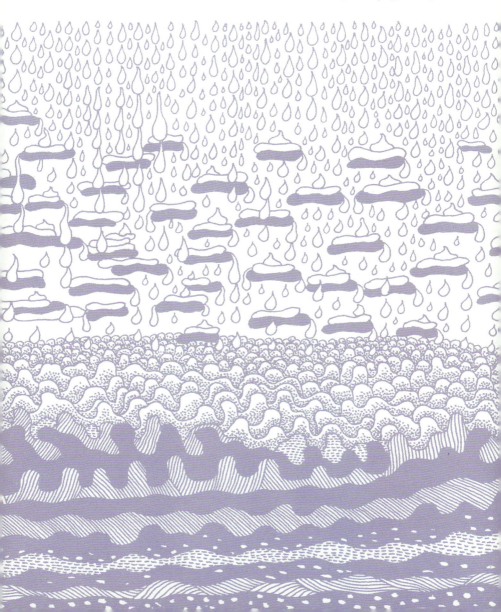

灵魂之光

嘎嘉洛文化之光

一

第一次见到文扎，是在玉树机场，我们的飞机一再晚点，头一天的航班晚点到最后，直至取消，第二天好不容易上了飞机，好不容易起飞，但是到了玉树机场上空，还是降不下来，又往回飞了一阵子，等到条件符合，终于降落下来。可想而知，我们等得焦急，而玉树机场等待我们的人，心里也好受不到哪去。在机场门口，我首先就看到了手捧哈达的一位大胡子老人。他的面目那般和善，满脸的大胡子从耳朵那里垂挂下来，长长的，简直就是多年不见的美髯公，让你想到欧洲文艺复兴时代的人物。而他的身边，还有一位大胡子，也是显得帅气无比。

接受了洁白的哈达，才知道他叫文扎，是玉树州的文联副主席。而这个时候仔细看，才发现他并不老，那是从他的眼睛里看出来的。他的眼睛里有一股神性的光芒，锐利而温暖。那种光芒是属于青年的。但是又有一种坚毅的沉稳与安详，如雪山和牧野，蕴含着无穷的魅力与奥秘。来之前实际上已经知晓了文扎的大名，但是百闻不如一见。这一见印象极其深刻，极其好。那是一种挥之不去的光。在考察三江源的一路上，我始终感到了这种光。这种光是有根源的，它真的不是一时聚集起来。

二

　　实际上，文扎就是三江源寻根"源文化"之旅考察活动的发起人，也是这次江源人文考察团的团长。晚上在太阳湖酒店的宴会上，文扎给各位敬酒，但是话语并不多，敬酒而不劝酒，并且提醒不能喝则不喝，玉树海拔有3000多米，注意高原反应。启动仪式上，文扎致开幕词，这个开幕词致得好，他把江源的人文历史，以及启动三江源寻根源文化的意义都讲到了，指出三江源不单单是大江大河之源，还是人类文化、信仰、生命、哲学的源头，而这次活动，旨在通过专家、学者、作家走出来，探索高原文化，将理论知识同江源文化相融合，提高认识，增长见识，从而加深文学、哲学、信仰以及科学的沟通与交流。文扎寻根江源的开场白，实际上也是自我的表白。对于他热爱的这片土地，"吾将穷尽毕生精力上下求索"。他知道自己的这次行程的担子有多重，将面临很多想象不到的问题和困难，因而感到寻根文化之旅的任重而道远，但是既然我们已经确定了这样的一次行动，那就要坚定地走到底。在玉树新寨嘉那嘛呢石经城广场上，他的长长的白胡子在风中飘摇，我觉得，这胡子同庄严的气氛十分和谐，也表明一种态度。

　　后来得知，文扎是1964年生人，出生在治多县多彩乡达胜村。说到这里的时候，我想起我们走在路上，那是一条十分漫长并且艰难的旅途。多少冰山雪峰，多少草原沼泽，中间下车修整了无数次。在一

珠牡祖山　文扎　摄

处荒芜的地方，文扎竟然指着一片雪域说他就是在那里出生，他的童年和少年时代就在此地度过。而我望过去，那里只是一片雪野，并没有什么村庄，他怎么就是在那里出生呢？他说几年前回到了此地，熟悉的老一辈都离开了人世。

　　文扎成年以后，终于能够进城了，而我们是从治多来的，这一路上折腾的，还是现代化的交通工具，可文扎说他当年进城，是骑在马背上，走了好几天才到达。走出了这片蛮荒之地，他有了自己的道路。

　　曾经在治多县气象站工作过一段时间，后来就考入了青海民族学院少语系，毕业后到州气象局当过一段时间的秘书，又在县中学当过一段时间的老师，而后他开始了人生的另一种体验，那就是实现自己的生命追求。他先后做过索加乡的乡长、书记，那是一个十分偏远的乡镇，距离治多县城264公里，如果在中原，这个数字，差不多跨越了三个城市。而"环保卫士"索南达杰就是索加乡人，并且也担任过索加乡党委书记。

地理环境和生活环境都是十分恶劣的，而恶劣的工作环境，对于文扎的施展与思索是有好处的，因为完全是深入到了游牧民族的第一线，同自己的儿时相一致了。索加乡是珍贵野生动物的天堂，有君曲村藏野驴保护区、莫曲村野牦牛保护区、牙曲村雪豹保护区、当曲村藏羚羊保护区……还有丰富的矿产资源，更有牧民们广阔的牧场。无数的走访、亲历，确立了他的价值取向，他的心更显温善，更显情怀，更具有平民性，也更加知道了民俗民情以及嘎嘉洛文化的深入人心。

调任治多县民族语言文字工作办公室主任兼县志办主任后，文扎开始关注藏学，关注藏族文化和藏族民间文化。随着视野的不断开阔加之汉藏双语的优异禀赋，他很快成了一位著名的藏族文化学者。1998 年，他与著名环保人士扎多等携手创办了青藏高原环长江源生态经济促进会；2000 年攻读民族学研究生学业；2004 年到北京大学中文系做访问学者；先后参加过第五、六届国际格萨尔学术研讨会，首届全国格萨尔艺人演唱暨学术研讨会；整理主编了《秋吉活佛文集》(1-13集)，并把《第十九世秋吉活佛自传》译成了汉文。

我以为，文扎的路走得一直是顺的，也是对的，他从一位施政者逐渐变成了一位文化学者，而前期的所有都是为后来所做的准备与铺垫。文扎是幸运的。

三

文扎是一位有着强烈民族信仰和文化情结的人，一直以来极力推动"文化长江源"这个主题。认为长江源不仅是自然的，同时也是人文的。世居长江源的牧民在千年的历史变迁中，创造了独一无二的游牧文化，积累了许多宝贵的精神财富。长江源区不是无人区，而是充满了传奇色彩的文化富集区。文扎认为，"源文化"就是根文化。长江源的文化呢？就是一种游牧文化，长江源的人与自然和谐相处，在长期的生产生活中，摸索出了大自然的规律，并创造出了一种顺应自然的生活方式。

作为"源文化"提出人，文扎出版有长江源生态文化摄影作品《万里长江第一县》；主编《治多县志》，主持编导了大型电视音乐诗画片《寻根长江源》；收集整理了长达 12 万首诗的《雪域拉伊十二卷》之第一册 (列入第三批国家级 "非遗" 名录丛书)；还收集整理了引领藏獒文化潮流的《雪山藏獒如是说》和集中体现青藏游牧区生态理念的《狩猎肉食宗》等一系列颇具影响力的作品。

在格萨尔学领域，文扎认为 "治多一带是《格萨尔》史诗中嘎嘉洛家族发祥的母地乐土；是产生和流传《嘉洛婚俗》的文化乐园。从格萨尔王和珠牡举行千年盛传的婚礼开始，这里就从未间断过婚俗文化的流传，尤其长江源地区的婚俗几乎就是当年《格萨尔·嘉洛婚礼》的翻版；这里是《格萨尔》艺人人才辈出的神奇土地"，他收集整理了《格萨尔·嘉洛婚礼》《格萨尔·嘉洛金宗》《格萨尔·嘉洛珠牡传》《格萨尔·嘉洛形成史传》《格萨尔·米琼拉伊宗》《格萨尔·中原拉伊宗》等嘎嘉洛文化系列丛书。

文扎是第一个提出"嘎嘉洛文化"这个概念的学者，也是第一个提出打通长江流域"嘎嘉洛文化"长廊的构想的人，他的构想就是以长江源生态流域为主线，以尕朵觉悟雪山及嘉洛"十全福地"为核心，以"嘎嘉洛文化"为主题，连接称多、玉树、曲麻莱、杂多和治多，建立和推动环长江源"嘎嘉洛文化圈"，打通长江源"嘎嘉洛文化"长廊，为《格萨尔》史诗文化的开发研究和兴盛打造广阔的平台。进而相对于果洛的"玛域文化"，提出了以长江源流域的尕朵觉悟雪山为核心、以"嘎嘉洛游牧文化"为主题的"嘎域文化"新概念。这是一个十分宏大的文化构想，是联动整个江源地区的大的行动。由此更加引发外界对这一地区的重视，对于这一地区的影响力起到了十分重要的作用。对于他的这些设想和动议，让人感觉文扎为了江源的文化解读、文化认知、文化发展每时每刻都在思索着，甚至他的每一根胡子都没有闲着，同他的思维联结在一起。

他建议发起的全国嘎嘉洛文化学术研讨会，截至 2017 年，已经举办到第三届、长江源水文化节暨嘎嘉洛文化旅游节举办到第二届。会上，来自全国各地的知名格学专家、诗人、作家、文化学者、环保人士、出版界人士云集江河源头、十全福地、格萨尔王后珠牡故里——

青海省玉树藏族自治州治多县。

在会上，文扎会全面阐释"源文化"的丰富内涵，他认为，源，不仅仅是河流的源，还是生命的源、文化的源、信仰的源。他提出，在这片寒冷的昆仑山和唐古拉山之间的高原，长江、黄河、澜沧江等著名河流都源自这里，是名副其实的中华水塔、亚洲水塔，生态地位命系国脉。大自然面前，究竟该怎么处理发展与环境的关系，是千百万年的大自然，给我们的一个十分重要的命题。

四

来到文扎的家，让人有一种落地的感觉，也就看到了生活中的文扎。这是一个比较大的院落，而藏族特色的屋子里，又给人一种不同的感觉。里面有他的书房，那书房里摆满了他喜欢的书，有藏学的，更多的是各类文学的。这是他的一片净土。平常的时候，他在里面读书、写作。走进世界，认识世界，解析世界。"茫茫宇宙，我的生命选择了这颗蓝色的星球，芸芸众生，我的灵魂投胎到了人类。这一切既是一种偶然，也是必然的注定。我不知道自己是从哪里来的，也不知道为什么会生在这片高天厚土，更不知道将要往生何处。但是我确信自己从进入娘胎的一刹那开始，与这片'极地'的生命、阳光、空气和土地发生了千丝万缕的关系。我的血管里流动的不只是长江和黄河的乳汁，千万年高原生命的进化史连着我的血脉，一个民族的生存与追求的历史充满着我心灵的空间。"

听着文扎的述说，让人想到嘉洛草原的"十全福地"——迎宾山上(藏语叫"曲司迪吾")，经由文扎设计的、根据格萨尔传说仿造出开屏孔雀的华盖，以及他所撰的山下所立石碑的碑文：大江通天，昆仑横空。嘉洛草原，十全福地。千里姻缘，《嘉洛婚礼》，雪域大地，盛传千年。英雄觉日，绝色珠牡，天造地设，千古绝配。神秘史诗，绝世奇文。成家厚土，立业之地，安定三界，坚固后方……

我们能够在文扎著作中见识到其独到的文化感知和深刻的思想认识。当然，他不但在文字中展现自己的研究成果，而且利用一切可能进行实践与实施，致力于游牧文化的挖掘与保护，为家乡公共文化的发展与建设尽一分力量。在玉树发生大地震后，治多县灾后重建了不少标志性建筑，而漂亮宏伟的嘎嘉洛巨型黑帐篷和"千瓣莲花大帐篷"模样的体育馆和影剧院，是经他的提议仿造建成。文扎是一位谦逊的人、实在的人，我们看到的"珠牡"的唐卡画和治多广场上"嘉洛珠牡"的雕像，感觉都很惊奇，却不知是由他组织、策划和设计的；我们聚集在嘎嘉洛家族的"九天窗"式巨型黑帐篷里参加大型的活动，感觉这帐篷好有特点，而我们不知道这也是文扎参与了缝制的策划和设计。

文扎凭借着自己深厚而独到的文化学术的影响，使治多县唱响了"珠牡故里"这块耀眼的文化品牌，也确立了嘎嘉洛"十全福地"的地址，并且形成以《格萨尔》史诗为核心的、自成体系的"嘎嘉洛"文化氛围，按照这种学术体系，确定了它的主题是"文化长江源"，而其核心便是覆盖长江源流域的"嘎域文化"。

文扎的夫人是一位地道的藏族女子，而且是典型的藏族女子，热情、友好、善良，并且端庄。在这里我只能用端庄这个词，再往前数二十年，我可以用美丽来形容。而"美丽"这个词可以放在文扎的女儿身上。我没有见到文扎的女儿，他的女儿在外地上大学，但是从妈妈那高挑的身材，以及秀丽的眉眼，还有文扎美男子的相貌，你就能想象到他们女儿的出色。来的时候，他的夫人已经煮好了酥油茶，以及其他食物，都是用上好的材料、费了不少工夫做成的。

我是和古岳一同被邀请来的，我们与文扎谈得很好，谈的是什么却忘记了，被那种气氛给弄得微醺了，被一杯杯暖暖的酥油茶给弄得微醺了。总之那种感觉很好，就想着，这文扎如果平时不出游、不忙工作的时候，在家里是多么自在。这是一个殿堂了，有书有茶有妻子，还要什么呢？文扎是幸福的，我们为文扎的家感到满足，为看到文扎的家而感到满足，因为我们对他是怀着祝福的。

五

文扎多数时间都是开着他那辆丰田车的，那是他新买的车子，据说是专门从天津买来的，由火车托运回来的。车子还没有挂牌，就被他开出来成了这次考察的公车。由于车辆不够，新丰田车只有出来做贡献。这辆车子还真的做了不少贡献，不仅每天都是弄得满身满脸的泥浆，而且还几次陷进河水中，陷进沼泽里，被拖出来或被推出来。当然，它也去拖别的车子，用尽浑身的气力，那痛苦得跳荡与喘息，每每让文扎心里也跟着跳荡与喘息，但是文扎没有显露出来。新丰田车受到的最大一次伤害，是刮掉了保险杠，以及擦坏了前脸下摆。文扎只是上前去抹了抹，没显出什么，我倒是心疼坏了。这一趟下来，几千公里怕是有了，新车的磨合期和考验期，够他受的。

文扎就这么一路驾驶着他心爱的"坐骑"，拉着我们每天都冲锋陷阵，滚滚向前，迎风冒雪，过河走水，穿越泥泞沼泽、沙石戈壁。轮胎是被扎破的，而且不止一个。这辆新车，文扎说就是为了赶在这次考察前到手的，到手就是为了让它接受如此辛劳、如此考验吗？它可真的是立下了汗马功劳。

文扎开着车子的时候，多数时候是不说话的，说起来就是介绍佛教，介绍藏族地区的人文风俗。比如文扎说，生活在长江源的人认为，长江的水是有神性的，能够去除身上的病痛，高原人因此对长江有着很强烈的保护意识，比如他们从不捕捞长江中的鱼，他们甚至认为，捕捞长江中的鱼，罪孽就会报应到自己身上，所以高原人自古都会自觉地保护长江。我们不能肤浅地把这种文化现象当成是一种迷信，这

颇章达泽山　文扎　摄

　　其实是高原人把大自然拟人化了的一种看法，他们认为人与自然是一种平等的关系，这是高原人在生产生活中自然产生的一种观点，是人长期与大自然相处时形成的一种文化。

　　他还讲道，每年 7 月底，藏野驴产仔时有 7 天的晴天。为了避免惊扰藏野驴，这 7 天老百姓就不再外出活动，而是在家剪羊毛，他们认为，新生的藏野驴蹄子很软，需要太阳暴晒，才会坚硬起来，这就体现人对自然的观察。

262

你会感到，在他的世界里，不但有广阔的雪乡、神山，广阔的想象与传说，有广阔的天宇与星象，还有诸多不为人知的神秘。

经过文扎出生地的时候，文扎指着对面蜿蜒起伏的群峰，说你们看到有几座了吗？这就是传说中的八个俏丽的姐妹。他又指着说侧面两座一大一小的山，是富有的蒙古族夫妇，夫妇有一个儿子，就是八姐妹山脚下的那座单独的小石峰。这位公子垂涎这八姐妹的美貌，深夜跑去求欢，却因贪情睡过了头，等他醒过来太阳已经老高，慌忙往回跑，却看到了父母严厉的目光。他立感羞愧地背过身去，就凝固成一个羞怯少年的姿态。

文扎说，这个地方很多山水总是有蒙古人的影子，说明历史上这地方跟蒙古人有着隐秘的关联。文扎还指着我们眼前的一片长方形的广阔原野，说这里的名字直译过来就是"宇宙的飞船"，叫法很古老了，祖辈们口中就是这样流传的。

去杂多县查当乡的路上，文扎说这里海拔 5000 米的查吾拉山，是一座分水岭，而查吾拉山口，是江源进藏的直路，是唐古拉山的看门人，也是风云和财富的汇集之地。藏族最富裕的大商人诺布桑布就经常经过这里。而他九次做生意，九次都遭遇破产，富裕后重新变成穷光蛋。一天，这个落魄的商人又经过查吾拉山口，一边是茫茫草原，一边是进入拉萨的大道。他需要一个决定了。他注视着一只爬在草上的小虫想，如果这虫子能爬到草尖，我就站起来，继续做生意；要是虫子爬到一半就掉下来，那说明我此生没有运气，我就不起来，死在这个背阴的、肮脏的地方。结果虫子爬过了草尖，顺着草尖到了草叶的背面。诺布桑布得到了天启，重新踏上了商路，也做成功了他的事业。

文扎还说，一年之后，诺布桑布带着丝绸、甜食、茶叶等东西，前往布达拉宫和印度。他又到了这个山口休息，梦中看见附近的一位老牧民，用一块形如蝌蚪的石头在砸自己帐篷的桩子。诺布桑布就找到了这位老牧民，提出想买老牧民帐篷外扔着的那块石头。老人以为他在开玩笑，就提出了一个很高很高的条件，要25头牦牛和牦牛驮的货物，没想到诺布桑布说，我明天就给你送来。诺布桑布在梦里一定看到了什么。这使得老人心里产生了极大的疑问，一块破石头就能换25头牦牛和货物？诺布桑布可是个大商人，这石头里一定是黄金或者其他的宝物。晚上，老人将石头搬进帐篷，用斧头敲击，没有敲开。他再用了好大的气力砸下去，就发现一道金光从石头中射出，从帐篷中钻出去了。那是一条金龙。第二天，诺布桑布赶着25头牦牛和货物来了，但是又失望地走了。老牧民什么也没有得到。

从文扎的介绍中感到，这个地区的宗教与神话，对于保护江源地区的自然存在，还是有着积极意义的。

六

一路上，文扎的形象与他的胡子保持了绝对的一致性。绝对没有其他人所有的担心、伤感、疑惑、无奈，甚至绝望。这是一个和年龄不相符的男人，是一个饱经风霜且见过世面的男人，是一个宰相肚里能撑船的男人。比如文扎讲的长江源的人们对自然的顺应，有很多有趣的体现，由于天气、道路、吃喝、睡觉等等事情，有人或会闹点小情绪，那或也是高原反应的结果。闹小情绪的有藏族，也有汉族，有他们自己人，也有外来的人，这些似乎都对着文扎一个人，因为就他是领队。但是你没有看到他的对抗。你怒他不怒，你掉脸他不掉脸。艰难的旅程上真的是什么事情都有，什么人都有，但是文扎都处理得十分妥当。最后，还是闹情绪的人不好意思了。因为文扎睡得比大家晚，吃的比别人晚，一切都要把众人安排好才安心。这个文扎，此时就像一个老妈妈。而当他上得殿堂的时候，他就换了一个人，他说得头头是道，要理论有理论，要事实有事实，完全是一位藏学的研究专家、江源的考察专家、文学的实践家。路上遇到什么事情，他感动到极点的时候，会利用他的哈达。那洁白的哈达，他带了不少，凡是需要的时候，他就虔诚地献给人家，这在内地非是金钱才能管事，这里一条洁白的哈达就将全部表达了。

那次我们遇到了一次次的断路，简直过了一道还有一道，无数道断路使得我们疲惫至极。这时来了一辆骑着摩托车的藏族牧民，说前面绝对是行不通的，还有无数道断路，说着他指给我们一条从河中走的路，而后再绕过什么山头，再上到上面地方，总之是要在没有路的地方找一条新路。到处都是漫漫旷野，听着心里都无着落。我们希望他能带一段，这位牧民竟然答应了。他坐在我们的车子上，一路引导着，讲说着。我听不懂他的话，只有文扎同他交流着，按照他的指引，一会儿下到河里，在沙石间狂奔，一会儿上到岸上冲击一段戈壁滩。

最后停下车子的地方，是一个半山腰。牧民下去了。文扎也下去了，向他表示谢意。文扎从车上取出一条哈达献给了他。我们在文扎取哈达的时候悄悄对文扎说，是否要给人家点钱。文扎说给钱就把人家小看了，人家会不高兴的。那条哈达就那么托在了文扎手上，又戴在了牧民的脖子上。我们前行了，人家还要走回去。漫漫长路，我思索了一路。文扎以自己的心同牧民的心相照，说明文扎也是单纯得很。

七

我觉得，文扎不是一座修饰的花园，他是一个草原般宏阔的人；文扎不是一道清浅的流水，他是一条静水深流的江河。他的成熟同他的年龄不相称，却同他的胡子相称。海子说，"做一个诗人，你必须热爱人类的秘密，在神圣的黑夜中走遍大地，热爱人类的痛苦和幸福，忍受那些必须忍受的，歌唱那些应该歌唱的。"我觉得，文扎是一位诗人，一位充满诗性色彩的人。他有着太多的热爱，有着太多的同情，有着太多的关爱，而正是有了这些，也便有着太多的激动，有着太多的幸福。嘎嘉洛是草原上一颗璀璨的明珠，它的光度会由于时间的推移而愈加明亮。我觉得，文扎应该是嘎嘉洛文化的守护者、传承者，他也应该是嘎嘉洛文化的一颗明星。

江河的远方

第一次见到杨勇，是 2017 年 6 月 6 日，在玉树结古镇太阳湖酒店，他也是寻根"源文化"考察团成员。杨勇是大家早就口口相传的人物。这次在这里相会，都有一种说不出的高兴，这是我们队伍中的一员大将。

杨勇是环境地质高级工程师、中科院成都山地灾害与环境研究所客座研究员，他还是中国横断山研究会首席科学家、西藏自治区自然保护与生态建设基金会科学顾问。我曾经读过反映雅鲁藏布大峡谷科考成果的纪实文学，杨勇当时作为"雅漂"队队长率队漂流雅鲁藏布江并穿越大峡谷。时间已经过去 20 多年，我面前的这个奇人，更像一个游离于现实之外的"山野之人"。他头发蓬乱，胡荏凌乱，满身风尘，原有的一头黑发也变成了白发。听别人说，杨勇还有"怪癖的奇人""疯狂的海盗船长""胡子拉碴的怪人""中国民间最艰难的环保考察践行者"等称谓。

这些称谓都给人一股雄气勃发的感觉。听说他以前驾驶的是一辆黄色的越野车，现在他换成了更加威猛的大型皮卡，一看就是那种遇山开路、遇河冲水的牛气哄哄的怪兽，跑起来瞬间就能无限远。这在没有红绿灯和速度限制的高原腹地，绝对符合杨勇的脾气。近 30 年来，杨勇以一颗赤子之心，走遍了雪域高原的大小山野、冰川绝地，一直深入到大江大河各个支流，顺流考察真正源头。足迹遍布黄河、长江、澜沧江、金沙江、怒江、雅鲁藏布江、雅砻江、大渡河……

二

在玉树参加完寻根源文化启动仪式，我们便赶往长江源头第一县治多。途中先去寻访通天河。长江在这一段叫通天河。天上不时下起了小雨，再往高处走，又飘起了雪花，道路变得十分泥泞，而羊肠似的小路还总是分出岔口，我们的车子在行进中又一次停下，那是一个路口，我以为又是辨别不清方向。一辆牛气冲天的皮卡车从后面杀了过来，直接到了最前面。

杨勇对这一带的环境十分熟悉，在他的引领下，车队在一片山原走着"之"字形。中间有车子在转弯处打滑，陷落，大家下去推车，最后冲出来，翻上了一个制高点，弃车而上，终于看到了通天河第一湾的磅礴景观。这里一切都还处于原始状态，没有任何保护设施，如果在内地，早就是一个 5A 级景点了。杨勇说他几年前就到过这里，这一片原始风貌，已经处在脆弱的边缘，不加保护，会逐渐消逝。他的凝重的表情，透出他的忧患意识。

离开治多县后，我们再奔杂多县。在杂多，我们住在了县里安排的一处招待所里，招待所似乎很少接待过这么多人，有些房间久未打开过，显得很潮。但是由于旅途疲累，大家很快入睡了。第二天，县委书记才旦周和玉树州文联主席彭措达哇共同主持了"寻根源文化——澜沧江源头和长江南源考察座谈会"。杨勇显得并不疲累，或者说他对于这种高原的境遇已经习惯，不像我们几个，一个个显得没有睡好似的，疲惫与高原反应都挂在脸上。

在研讨会上，杨勇的发言并不声高言重，慢条斯理的述说中，带有着知识分子的哲性思考，以及探险科学家的审慎姿态。他着重提出了保护与开发的矛盾，提出对未知领域的关注，以及自己行走中所遇到的问题和思考。

杨勇说，三江源是我国重要的淡水供给地，长江、黄河、澜沧江三大河流维系着全国乃至亚洲水生态命脉，是我国生物多样性保护优先区之一。源头的共同特点是地广人稀，经济滞后，在当今社会发展中处在落后的地位。人们对源头的生态、文化、民俗缺乏了解，也缺乏保护，比如古人留下来的岩画，目前还没有着手研究，应该投入更多的力量研究发掘。

杨勇还说，江河是人类文明的发祥地，是人类进步的策源地，而人们往往忽略了源头。"源文化"有其重要的影响力，毫不夸大地说是国际化的影响，因此我们要把视野拓宽，眼光放长远。这一次文扎先生发起的寻根"源文化"考察活动很有前瞻性，意义重大，这是在世界文明当中的首创，为三江源国家公园试点的建设，提供可靠的依据。

同杨勇的交流中，知道他对于杂曲十分熟悉。2015 年 10 月，中新社曾经发文，称杨勇在澜沧江上游重要支流杂曲流域发现了 300 余平方公里的白垩纪丹霞地质景观，并称这一区域为"青藏高原最完整的白垩纪丹霞地质景观"。杨勇说那次从澜沧江源头考察回来，当时还是杂多县县长的才旦周，从手机里翻出几张昂赛的照片给他看。才旦周认为这是一处丹霞地质区域，希望他去看看。杨勇便马不停蹄地赶到昂赛，沿着杂曲河谷向下，沿途海拔逐渐降低，而风光愈加秀丽，还出现了成片的古柏森林。此种柏树的树形极像一个个大蘑菇，有人称之为"小老树"。

当天不可能看完，他扎下营地，第二天终于看到了这里的丹霞奇观，在海拔 3800 米左右的澜沧江上游的昂赛乡，一场地质的沧海桑田巨变图在他的脑海里呈现。杨勇说，这是青藏高原发育最为完整的白垩纪丹霞地质景观，其与石灰岩冰缘地貌，以及它们所蕴含的新构造运动、气候变化、冰川作用、流水侵蚀、古柏森林、人类活动古迹等信息，为地貌学、冰川学、河流学、构造地质学、植物学、历史学、宗教学和人类学等学科的研究提供了一处极好的天然博物馆。

开完了会，我们要去澜沧江源头，杨勇因有另外的考察项目，带领他的团队同我们"分道扬镳"。分手之前，杨勇对大家讲说了这一带的地质环境，对后面行程中可能遇到的问题做了提醒，有些路径专门做了交代，因为那都是些无人区，而且都是他先前摸索过的，而后就各自上车出发。

杨勇驾驶着那辆狂野的大皮卡，消逝在茫茫山野间。让我感觉，他终是要做一个独行者。

三

我们第二次相见是 2017 年 8 月 4 日，也就是两个月以后，在格萨尔王后珠牡故里治多县举办的"源文化"论坛上，杨勇讲解了三江源水系、山系、区域划分，生态问题与社会经济发展的前景，矿产资源、水资源的不合理开发利用和生态保护的关系处理，强调资源是全民的，应该合理开发，形成新的发展途径，让老百姓成为受益者，让当地人成为源头的管理者、参与者，以达成利国利民、生态保护、经济发展、文化传承等多方共赢。

杨勇说，我们对大自然，是需要认识和亲近，而不是征服。随着时间的推移，年岁的增加，杨勇这位探险家、科学家在大自然面前，变得越来越谨慎，越来越敬畏。

杨勇多次从各拉丹冬雪山西坡的曾松曲源翻越分水岭进入长江源区水系，一是希望掌握更多的藏北内外流域区第一手资料，二是对各拉丹冬雪峰冰川群开展全方位调查。

　　对于科学的严谨性，杨勇说了这样一件事。2009 年，中国科学院遥感应用研究所研究员刘少创带领科考队，以当曲与沱沱河的交汇处囊极巴陇为起算点，通过当时全球最先进的测绘仪器，测得当曲最长的源头且曲长度为 360.34 公里，比沱沱河最长的支流尕恰迪如冰川末端的长度 348.63 公里长 11.71 公里。当曲的流量和流域面积均大于沱沱河，由此得出当曲源头应为长江源头的结论。2009 年 7 月，三江源头科学考察成果通过了青海省政府组织的专家委员会评审，并且根据确定源头的标准和方法，确定长江正源为当曲。而杨勇则认为各拉丹冬是长江源区最大的现代冰川分布区和水源地，沱沱河作为长江正源更具有象征意义，从水文特性和自然要素来看当曲作为正源有些牵强，它本身是沼泽地，没有冰川，水源以泉眼为主，水量很小并呈退化趋势。杨勇说，主要是从唐古拉山下来，有很大一股水流到了当曲，这样当曲的水量才大增，而在这个汇合处以上当曲的水流量是很小的。从长江正源各拉丹冬来看，我认为水量最大、水文总量最大、地质景观奇特，沱沱河的顺向更具备正源特征。因此，长江源水量 60% 来自各拉丹冬冰川群和唐古拉山脉中段冰川，长江发源地水文特性是以冰川消融补给为主，因此认定沱沱河为正源是恰当的。

　　杨勇还认为，青海省之所以确定长江南源当曲是正源的观点，可能因为各拉丹冬地区已经为西藏自治区安多县管辖，如果是为了"三江源"的实至名归，而使沱沱河边缘化，将会对各拉丹冬雪山冰川的保护不利。对此，曾经考察长江三个源头的专家罗钟毓、杨联康等也支持杨勇的观点，直到今天，长江的正源在各拉丹冬而出的沱沱河仍然没有改变。从这一点上说，杨勇并没有因为同三江源地区的感情深，而不尊重地质的科学性。区域划分是行政上的事，江源的问题是大问题。这也正是由于杨勇长期在江源地区行走的缘由。

四

杨勇这种探险式科考，一直是以"自筹资金"的方式运行，这种炼狱般的坚持，是一种自我价值观的人格体现。他在以徒步、攀登、漂流、驾车等方式进行的实地科考中，不知遇到多少次的车胎爆裂、车陷沼泽、路断激流的境遇，甚至还有断水断炊的情况下苦等接应却数日未果的情形。杨勇说有一次真的是弹尽粮绝了，吃完最后一顿晚饭，杨勇向队友宣布了当前困境，希望明天各自想办法回家，杨勇没说两句，就泣不成声。杨勇说，你不知道什么叫绝望。

谈话间，能够感觉出杨勇内心对江河的歉疚太多，尽管这些歉疚不应该由他这种单个的个体负责，但是他发出的是单个的个体声音。他的声音里，有对于一些地名的含混以及不确定的提醒，比如他在杂多的研讨会上就说："杂多、治多、囊谦的山系命名如今是一个空白带，从地理上这三个县的山系无法命名，是孤立的，从科学系统看要命名归类，因为山系命名对地区传播影响很大，这一项工作要尽快衔接上，我大体考虑应该归为大横断山脉。还有对于一些地方的开采以及经营的提醒，有对于一些水源地的卫生保持的提醒。比如要在杂曲建昂赛地质公园时，他连说了三个"慎重"，希望按照国家和世界地质公园的标准来规划，处理好地质公园建设与自然保护区的关系。对于大自然留给我们的自然资源来，我们确实是需要杨勇的时刻提醒。

正是这种独自性的户外考察，使得杨勇具有更加灵活性、机动性。在承受了多方面的非人类可以忍受的极限挑战后，杨勇的穿越探险价值体现的就越充分，科考的成果也就愈加与众不同。从他的讲话中，你能够知道，他走的路是同他人不一样的，他走的是多数人没有走过的空白区，具有极大的冒险性和探险性。其实，在人员极少，没有道路和任何标志，没有通信保障的条件下，这是很危险的行为。

但是杨勇还是义无反顾地前行了，通过科学考察，从而获取了第一手的资料，发表了大量科考论文及科普探险游记。也许他的宿命就是长久地与自然接触，与江河为伍，生命不息，探索不止。

杨勇团队对海拔 4000 米以上高度的冰川、沼泽、湖泊及相关地表环境温度进行了定性粗测，一方面不少湖泊面积逐年增加，另一方面，原本多是绿色或稀疏绿色的高原在短短 20 多年后就变成茫茫荒漠或是灰色戈壁。杨勇对此十分在意。青藏高原走向暖湿化的趋势无法更改，

江源鸟类迁徙前　文扎　摄

如何应对挑战，甚至把握机遇，是人类与自然环境磨合、共处的必经之路。人类必须大力实行节能减排，彻底改变高能耗、高消费、高排放的不合理的生产生活方式，从而尽量减少温室气体给我们的环境造成的恶劣影响。

杨勇说，海拔 5000 米到 6000 米高处的温度升高主要还是人类大量排放的温室气体飘逸在青藏高原的大气层中吸收热量所致。国外科研成果表明，沼气、二氧化碳、氧化氩氮、二氧化硫、颗粒微尘等多种有害物质的混合物，其吸光和吸热能力是干洁空气的 7 倍到 22 倍。

杨勇说，青藏高原气候变化的机制和影响是错综复杂的，人类要应对的是气候变暖导致的冰川融化退缩——雪线升高——极端气候频发——各种自然灾害加剧——青藏高原气候调节功能减弱——荒漠化、沙漠化扩展。

中国科学院寒区旱区环境与工程研究所研究员蒲健辰对此表示认同，他说，冰川持续退缩会带来严重后果，河流径流会增加，但随着退缩加剧，最终导致河流径流减少甚至断流，造成土地沙化。

2009 年哥本哈根气候大会，杨勇作为横断山研究会首席科学家，向世界展示了青藏高原江河冰川在气候变化影响下快速退化的事实，呼吁世界关注青藏高原……

五

从这一个个提醒中，我们感到，实际上很多的事情还需要花大力气去关注、去整治、去认定。从这次走过三江源区，我也由此感觉，那就是一片荒原，你很难在其中找到一条正经的道路，那些道路年久失修，并且每时每刻都会遭到山水的破坏，而这种破坏对于怀有"任务"的旅行者来说，实在是无法想象的艰难。那么，长期在这一区域考察的杨勇，必然会时时遇到这种艰难，他没有退缩过，他还不像我们人多，遇到困难大家还可抱团取暖，鼓励向前。他是要承受更多。但是你能感到他是乐观的、达观的。正是一个乐观达观之人，才不会将这一切放在眼里。

我看到一张小黄车奔驰在雪野中的照片，前方就是莽莽雪峰，车子就是一直在往那里开去，像一匹不知回头的野马，直向着雪峰撞去，哪怕撞得一头冰雪。杨勇说，找水过程中对人的挑战和对车的挑战都是超乎想象的，只有在探险的路上，才会把人和车都发挥到极致。平时生活中自己的极限在什么地方，是看不到的，你也不知道车在极限状况下会给你带来如此惊人和无尽的力量。没有车，考察就无法进行下去。

杨勇讲起一次探险科考中，4个队员去找水，为了拍到冰川退缩的照片，有个队员离开大部队，向远处的冰川走去，很长时间没有回来，杨勇意识到他可能迷路了。茫茫雪野，是无法辨别方位的。杨勇想都没想，立刻叫随行考察的儿子杨帆和另外一个年轻人前去寻找援救。杨勇说，这种时候我只能派他去，结果是都安然归来。

在环境十分恶劣的条件下，又有多少像杨勇这样的人热衷并常年奔波于此呢？他的这种个体的人文价值，以及由这种价值所生发出的民族价值，当不会被冰雪世界所埋没。

但是我还是想提醒杨勇，前路茫茫，兄多保重。有大担当之人，有大责任之人，心胸必然是宏大的、广阔的，他的眼睛里永远都是雪山一般的高拔、江河一般的纯净。我们等待他更多更好的消息。

精神原乡

著名文化人、导演高屯子以人文情怀提出用江河之源去带动宏大的主题之源，各学科领域的人们共同探讨"源文化"。

高屯子又在念他的心经了，我不知道他是何时醒来，但是每天我醒来的时候，都会发现他静静地坐在佛经里。他的声音细微而清净，如帐篷外的风轻轻掠过。他和我顶头睡在睡袋子里。每天我都是比他还早些入睡，我不知道他是何时入睡，也同样不知道他是何时起来。这是一种十二分的自觉，我是这么认为，他不是为了哗众取宠，他完全是为自己而做这件事情。正如文扎他们，但是他们是生活在高原的藏族，而高屯子是生活在都市的，且是生活在北京的。我不知道他的这个习惯起自何时，我只知道他的锲而不舍。

在平时，高屯子是一位满身透着知性气息的文人。他的身上，散发着过分的知识分子的那种儒雅。或是出生于川藏之间的地方，本身有着藏民族的血统，他的民族情怀很重，对藏传佛教和藏族历史很有研究，对《格萨尔》史诗也格外痴迷。一路同行，你常常会听到他布道一般的讲说，而他讲的，都是知识，关于佛学，关于地理，关于人生。他的音调不高，带有一种磁性，你如果不注意地去听，也许就会错过一些词语。但是他并不怕你听不到，那些带有智性魅力的故事、经历以及知识，会使你将耳朵竭尽全力地伸直。车子在路上不停地上上下下地颠簸着，那是漫长的无聊的行程，尤其是夜晚和风雪曼舞的时候，你就会听到有人需要屯子讲一讲了。屯子也不推拒，他在这一点上显得很随和。他会从很久远的地方开始，不管不顾地将他的兴趣灌输给你，车子里的声音都是他的。这样的旅途显得很有意思，它既是一种苍远迷茫的体验，也是一种新兴知识的补充。文扎开着车子，有时会做一下注释。

我平时并不与屯子深谈，他也不会主动找谁深谈，没事的时候，他总是又回到一个普通的旅行者之中，等待着分配房间，等待着人们的决定。当然，他在安营扎寨或者开拔之时，会主动同大家一起动手，甚至车子陷在泥窝里的时候，也会身体力行，使出自己浑身的气力。

他前不久还在这一带行走，他在拍一部电视片。他有一个自己的创作团队。在那个团队里，他说了算。而同我们在一起的时候，他成了一个兵士，什么事都要亲力亲为。这是一位很让人亲近的哥们儿，或者说很有亲和力的哥们儿。我想起他的名字，高屯子，不像个带有西藏血脉的汉子。他做的电视作品与写的文字，都属于来自内心深处的那种沉静的雅致，属于对事物深切的认知后的淡漠的平静，而这种雅致与平静，却能让人感到那种激情的涌动，那是生命的激情，是对于大自然的至爱，是对于人生的思考，让人感到他所有的一切都是有着长期积淀与准备的，他不打无准备之仗。似乎他已经将一切看透，就像冰山上的雪水，那般晶莹，那般明亮。我不是特别地想夸他，但是又是不由自主地要夸他几句。也许我写这些文字时，他并不知道我在怎么想他，怎么看他。他不在乎，他是一位禅师。

他痴迷于川北、藏南和青海三江源地区，而这些地方都是十分艰苦的所在。正是艰苦，才少有人走。高屯子撒开两腿，不断地在这些地方行走。我要去的长江源头各拉丹冬雪峰地区、黄河源头约古宗列、澜沧江源头杂曲地区，他都已经去过。扎西切尔瓦姜古迪如冰川和岗加曲巴冰川等地，他也都走到过，且比我们领略得更深更广。

出生于汉藏杂居之地的他，将三江源这一区域，当成了他的原乡。这个地方，我走一次都是下了很大决心，而他竟然无数次地走来，回到这个地方，像是常事，就如一次次回到故乡。因而对三江源的人文地理、乡土民情，他十分熟悉。那么，我也可以这样认为，如果他隔一段时间不回来看看，他的目光里就有了一种不知所往的迷离，有了一种日思夜想的乡愁。为这一点，他在踏上这块土地的时候，会格外地亲切。他不能允许他的乡愁里出现不和谐的东西，他时时提建议，表达自己的不安与关切。他带领的团队，正是在做着这样的一件事情。他想着，到目前为止，没有一个全方位展示、探索、分析三江源地理结构、生态系统、人文背景的科考报告和系列文学、艺术、影像作品，他要填补这项空白，在自己的作品中，展现一个清晰可触、与内地民族、山水、命运唇齿相依的三江源。

我们是在经历了一次无法言说的困难之后，在属于西藏地区的雁石坪分手的，他的团队已经在那里等他两天了。两天里，他们不知道他们的带头人在什么地方，电话自然是不通的。约定是在之前的几天完成的，那个时候尚未到达最艰苦的区域，手机信号还有，按照行程估算，怎么也是能够到达并且汇合的，所以就做了预先安排。这个地方正在下雪，也不是那么大，但总是风一阵雪一阵的，把人的情绪早都搞坏了。人们困在旅社里，时时等待着我们的到来，而我们还在一片沼泽地里艰难。这个时候如果屯子的团队跟着，会拍到一些珍贵的镜头的。但是没有，没有人全程拍到屯子和大家如何地不知路径，如何地陷入沼泽，如何地不知所措，只有硬扛，只有硬闯，而且还都各自掉队了。当半夜里终于走到这个地方的时候，真的像是回到了人间。大口地吃，大口地喝，然后倒头便进入了梦乡。这之中我没有发现屯子的困惑、绝望和忧伤。他就那么在第二天继续带领着他的团队消失在茫茫雪野里。这个人，不出艺术精品才怪。中国的文化艺术界，有多少人能像屯子那样，怀着一颗虔诚与敬畏之心，一次次走在这如此荒凉、如此苍茫、如此不确定的道路上呢？成功必定是要有努力并且付出代价的，而之后也必然是欣喜和欣慰的。

我看过他的《羌在深谷高山》，2008 年 5 月 12 日，四川汶川地区发生大地震，高屯子和他的摄影团队将 4 辆越野车的后排座椅拆下，装满药物紧急从成都出发，为汶川送去了第一批急救药品，显现出他内心宏大的悲悯情怀。这位具有专业水准的摄影师，当时只顾着紧张的救灾，而没有拍下一张图片。这一地区，是为数不多的羌族聚集区，地震给羌族文化带来了不小的灾难，而这一地区又是处在地震断裂带上，如果不及时进行文明抢救，古老而悠长的羌族文明将再难以延续。大地震之后，高屯子用了五年时间，深入他所能寻找到的几乎所有羌寨，去感受和记录羌族独特的生活习俗、语言文化以及音乐歌舞。其中就有无比纯美的羌绣，为了保存和延续这与大自然虔诚对话的独特符号，高屯子和夫人联合"壹基金"，开展了"羌绣帮扶计划"。

高屯子和羌族人交上了朋友，他和他们吃住在一起，同他们一起过古老的传统节日，在《羌在深谷高山》中，就有羌人古老的仪礼以及从历史深处传来的乡土气息。翻阅这经过屯子无数执着而得来的《羌在深谷高山》，能感觉到那种纯，那种质，那种味。真的是一种能够称为艺术的作品。而这作品的所得，不经过一番思索、一番折腾、一番辛苦，是不可能做成这样的。那种文字，那种图片，都是那般大胆，是的，大胆，用词用光的大胆，用语用角度的大胆，文字与图片那么有机地融为一体。他还拍摄了影像作品《夕格羌人的第五次迁徙》，这些都是文字与影像携手并行的表达，是民族的精神状态与现实处境的关照。高屯子说，你也许会发现，那些在历史长河中已经消逝或正在消逝的，并不注定永远消失；那些正在流行和横行的，并不一定益于人类长久的福报。除此之外，他有《高原风·朝圣之路》《西域神韵》《天籁空灵》《玛曲印象》等一系列的摄影作品，为我们留下了极为珍贵的图片资料。

高屯子给我展示他的摄影作品，我看到的是他的风光摄影，那真的是"给点颜色让世界瞧瞧"，无论是色彩，还是角度，还是对于影像内容的理解，都可称为"厉害之极"。

我还看到了他来自生活的作品，那些作品大都是拍摄自青藏高原的。看着这些作品，就好像看到了真实的场面。大雪弥漫之中，一位少女手提小桶，站在牦牛群中，我不知道此时她正在做着什么，但我知道她是自在的、满足的、快乐的，你看她的丰满的笑，她的被雪映照的润泽的脸，还有她的深邃清澈的眼睛。

又是一个大雪弥漫的雪野，出现在雪夜里的是两位妇女，雪实在是太大了，以致那些叶子般的雪花粘了她们一身一脸，并且粘在她们手里的转经筒上，但这并不妨碍转经筒的转动，这种转动让画面生动起来。尽管看不到她们包严的脸，但是从她们的处事态度上能够感觉出她们的乐观。她们是在去朝拜的路上吗？朝拜的路上遇到了大雪，大雪好啊，大雪更加衬托了她们的心诚。身后已经隆起了高高的雪原，那是一片山地吗？抑或是一片雪峰？总之景象十分壮观，而又十分艰难。或许她们只感到了壮观，而没有感到艰难。或许这些都是我的感觉。而她们就是这样地活着，摇着，走着。

我看到一位老者手里牵着他的孙子，挂着拐杖在路上艰难。我们看不到老者低着的脸，但是我们看到了他的小孙子的表情。雪野中，他显现出的童真是雪域高原独有的童真，他尚未认知这个世界，他的世界里也许就是他的家和他的爷爷。

一个女孩站在阳光里，被我们的摄影师正面照了一张特写。她的身后是涂满牛粪的墙。我如果不来这片区域，我还不知道这是牛粪墙，牧民们烧火煮饭都是要用牛粪的，牛粪并不脏，牛在草原吃的是草，牛粪连一点味道都没有，特别地好烧。这是牛为人类做出的又一贡献。女孩身穿厚厚的藏袍，白色的羊毛从领口翻出来，长而浓郁的黑发披散在脑后，衬托出她清纯的微笑。

这是少有的不扎辫子的女孩，也许她是刚刚起来，外出正要做一件什么事情，她此时一定是觉得很有意思的，有人对她产生了兴趣，或者对她生活的环境产生了兴趣，那么就拍吧，随便你拍去。女孩的目光里是那种毫无杂质的雪野，任什么一见到这雪野，都会虔诚起来。

一位老者站在阳光里，他的上身是光着的，上身的衣物全部落在了腰上，这是一件经过无数风霜的藏袍，一件牛皮尖帽戴在头上，手里拄着一根长长的拐杖，这些都增加了老者的气象。老人的骨肉露了出来，那是健康的骨肉，我很少见到藏族如此裸露的，也许是老者正在晒太阳，也许是应着摄影师的要求，果敢地来一回潇洒，不管怎样，都是一种健康的展示——健康的阳光、健康的表情、健康的身板。一些牧业工具凌乱地挂在墙上，挂在墙上的还有一顶牛皮帽子，时刻等待着主人的需要。两只木桶闪烁出油亮的包浆。这是一位生活在何处的老者呢？让人一见就觉得亲切。

看着这些来自第一线的摄影作品，我觉得就是同屯子在交流。我们不用多说什么，通过图片就说了很多，而且说得很好。这让我知晓了他的追寻，他的脚步，他的感觉，他的审美，他的境界。

有时候想起来，当屯子离开我们的队伍以后，我还真的有些想他，这一点他是不知道的。我们分手后，我又去了各拉丹冬雪峰。后来的行程比起前面的行程来说，应该是顺利多了。前面的开篇并不顺利，我们没有正儿八经的导游，实际上也不可能找到这样一个导游。长期在这一带驾车行走的欧沙都会失去方向感，这也不怪他。那些曾经走过的道路，会由于意想不到的山水而被冲垮。我们又垫不过来，不得不选择改道。这样的改道，发生无数次的时候，神仙也会出现迷糊。因此，本来定好的行程却一次次延长，野外半路的宿营，也就成了常事。不定在哪一个毁坏的路段跟前，眼看过不去，想办法也已经不是当天的事情，那就只有临时宿营了。

我是没有来过这一荒无人烟的区域，所以并不知晓它的艰险。然而看那些小年轻以及女同胞的不安神情，我往往会预感到我们又陷入了两难之中，或者说我们又陷入了迷茫之中。

在有人显现出焦急甚至慌乱的时候，我从来没有见到屯子任何异样的表情，他总是那么沉静、沉稳，这多少让人也有了一丝的沉静与沉稳。这一点同文扎达到了异曲同工的效果。

288

昆仑山上的雕像

一

在位于可可西里保护区海拔 4767 米的昆仑山口，屹立着索南达杰纪念碑。索南达杰牺牲于 1994 年 1 月 18 日。

可可西里平均海拔 4600 米，自然环境十分严酷，属于地球第三系地质平台，被称为人类生存的禁区。20 世纪 80 年代末开始，可可西里藏羚羊遭受了前所未有的大规模盗猎，数量从 20 万只锐减到不足 2 万只，被列为国际濒危物种。20 世纪 90 年代初，索南达杰向治多县政府提交了《关于管理和开发可可西里的报告》，强调合理开发可可西里，制止非法偷猎盗采活动，保护国家资源。1992 年 7 月，可可西

昆仑山口杰桑·索南达杰雕像　文扎　摄

里生态环境保护机构——治多县西部工委成立，索南达杰兼任西部工委书记。之所以对可可西里如此重视，是因为索南达杰做过地处可可西里腹地的索加乡党委书记。这些保护者，终于正式地肩负起了一代重任，一次次踏上可可西里的风雪之途，并且多次与非法偷猎者交火。

有一处记载，索南达杰担任西部工委书记至牺牲的540余天，先后12次进入可可西里腹地进行实地勘察和巡查，共有354天在可可西里度过，行程6万多公里，对可可西里的自然资源进行了全面详细的考察，搜集掌握了大量的第一手文字和图片资料。他们先后查获非法持枪盗猎团伙8个，收缴各类枪支25支、子弹万余发、各种车辆12台、藏羚羊皮1416张、沙狐皮200余张，没收非法采金费4万元，为遏制破坏生态环境违法行为、保护可可西里生态环境做出了突出贡献。

索南达杰说："迎接我们的是号称'生命禁区'的可可西里以及横行在这片土地上的各种邪恶势力，我们肩上的担子很重，需要我们具备的是吃苦耐劳、开拓创新、敢于奉献的精神，有可能要以我们的生命作抵偿。"

二

1994年1月8日，索南达杰一行7人从格尔木出发，沿南线前往可可西里，进行县界勘界和资源调查。16日，索南达杰一行抵达青海、西藏、新疆三地交界处的泉水河，基本完成了地界勘察任务。正准备回返时，他们发现并截获了一伙 12 人的盗猎团伙，查获一支火枪、一支改装的半自动步枪、9 支小口径步枪、3000 发子弹、万余元现金。

18 日傍晚，索南达杰一行人押解盗猎分子行至太阳湖南岸，盗猎者在夜幕中趁索南达杰和工作人员不注意，将汽车轮胎割破，使索南达杰与其他工作人员分开，等到索南达杰将轮胎换好赶上前面的押送盗猎者车辆时，不幸陷入了盗猎者的埋伏中。

冰冷的时间静止在 1994 年 1 月 18 日。可可西里的严寒中，人们不会忘记那个姿势，那是他死后仍旧保持的姿态，单膝跪地的射击姿态。在他身旁，是偷猎者仓皇逃走时未及带走的上千张藏羚羊皮……

作为可可西里和三江源生态环境保护的先行者，索南达杰的牺牲震惊了社会各界，唤醒了国人保护藏羚羊的意识。

我们治多的朋友文扎，曾经同索南达杰一同工作，并且在索南达杰担任过党委书记的索加乡，同样担任过党委书记。他十分了解这位前书记的为人，说起来他滔滔不绝。文扎告诉我们，在索南达杰牺牲后的三年即 1997 年，可可西里升格为"可可西里国家级自然保护区"，成为中国第一个为保护珍稀濒危野生动物藏羚羊而设置的国家级自然保护区。2008 年，藏羚羊还成为北京奥运会吉祥物"迎迎"，世界再次关注到这一生活在可可西里的高原精灵。2016 年，可可西里所在的三江源地区被确定为我国首个国家公园体制改革试点地区，可可西里

太阳湖　文扎　摄

和三江源生态环境状况明显好转，世界自然保护联盟宣布将藏羚羊的受威胁程度由濒危降为易危。

三

几十年来，索南达杰的英勇事迹得到持续宣传，人民群众生态环境保护意识不断提高。青藏铁路建设专门为藏羚羊迁徙留下通道。在可可西里，我看到了那个专为藏羚羊迁徙留下的通道。所有经过的车辆，到了那里都会放缓速度，并且在距离很远的地方停下来，让远远而来的藏羚羊队伍快速地穿过。在可可西里，我们不仅能看到藏羚羊，还能看到野驴和野牦牛。

我们看到了杰桑·索南达自然保护站。到达昆仑山口已经是夜晚，我们一直远远地望着那座昆仑山，白雪皑皑的一道岭，那是我们心中的圣山。我一直盼着能够在天黑以前赶到昆仑山口，因为那是一条路，只有在那里可以感受昆仑玉珠峰的雄伟，其他地方无法到达。但是无论我们如何努力，我们都无法实现计划，还是在夜晚赶到了那里，而且是很沉很沉的夜了。

我们仍然下车，凭吊杰桑·索南达杰的雕像和纪念碑，文扎将车灯打亮了一片地方，索尼也将车灯打亮了一片地方，那些光亮在这高耸的地方不大起作用。昏暗的亮光下，在杰桑·索南达杰的雕像前，大家按照传统的祭奠方式，抛洒了整整一箱的风马。那些风马很快随着雪卷入了夜空。这片夜空应该是方圆最高的地方。

作为曾经的同事，文扎的表情很是凝重。他仰着头久久望着那巨大的雕像，并且绕着转了一圈。随团记者阿琼向杰桑·索南达杰的雕像敬献了一条哈达，杰桑·索南多杰曾经做过她的小学语文老师。没有想到，我们的队伍里竟然有这么多索南达杰的影子，他绝对是一位影响力十分强的人，因为文扎和阿琼的品质和素养同样十分的好。

可以告慰索南达杰的是：2017 年，可可西里申遗成功，成为中国第 51 处世界自然遗产。申遗的成功对可可西里的保护是一个新开端，也对保护提出了更高要求，给保护带来了更大责任。如今，可可西里的藏羚羊从不足两万只恢复到了十数万只，可可西里再无枪声，藏羚羊栖息的家园一派宁静与祥和景象。

高原的"野牦牛"

一

晚上出来，看欧沙还在帐篷外坐着，朝着远方眺望。其实远方什么也望不到，没有一丝灯光。倒是有半轮月亮，挂在雪峰顶上。这个时候看月亮，就真的看出寒冷来了。

我走过去，与欧沙打招呼，同他聊起来。

几天的行程，让我感到欧沙就是我们团队的宝，我们团队因有了欧沙而格外不同，他给大家带来了快感和喜感，也带来了一种安适感和安全感。

欧沙的车子开得很专业，技艺娴熟老到。他的皮卡车是车队中最普通的，却总是在前面探路，只要遇到水或者沼泽，都是他的车先下去探路，行就跟着往前冲，不行就将它拉上来。它就是一块石子、一根拐棍，甚至是一个探雷器，所有风险都是它的。而它的主人也毫不犹豫，乐而前往。

欧沙还是个摄影好手，遇到好的景色，大家都在狂拍一气的时候，他会想法找个更好的角度，不声不响地拍到好风景，然后晒给众人看，听到夸奖就哈哈地笑。他的相机里有好多好画面。而他也会成为大家的一道风景，不时有人偷偷将他抓拍下来，也高兴地笑。那些画面，题一个《高原风》，完全可以参加比赛和展览。

欧沙还是一位勤快的操心人，他乐于助人，什么事都帮助别人做，而自己总是在后面。到一个地方，都是他先忙，忙完了，大家不是吃喝就是休息，他还在最后忙，包括修他的车或别人的车。难道就没有疲累的时候，没有忧烦的时候？偶尔会有人发现，有时他会坐在自己的驾驶室里睡得昏天黑地。

不了解欧沙的人，以为他很严肃，那个架势就把人拒之千里。实际上他性格开朗，很好接近，并且诙谐幽默，喜欢开玩笑。渐渐熟了，欧沙受到了大家的喜欢和爱戴。

二

我同欧沙认识，是他在机场迎接我们。他站在文扎旁边，同是大胡子，尤其引人注意。当时还以为他是什么领导或者住持，后来知道他是文扎找来的向导兼总务助理。平时欧沙就在三江源一带开车，搞旅游带路之类，很受人们的认可。认可有两种，一种是这个人对这一带熟悉，二是这个人实在，好相处。

那天参加出发仪式，人们围绕着嘛呢堆转圈子，我转完出来，一时找不到车位。欧沙站在一排车子中间，开着车门冲我招手。

那时我们刚见面不久，而且我不是乘他的车，不知道他怎么记住了我。我站在车前同欧沙聊起来。没有想到欧沙很健谈，而且能够听懂我的话，也能够用汉语回答我。由此知道欧沙是治多县人，治多离玉树还有将近 200 公里的距离。欧沙说，听到这个数字，千万不能按照高速公路的概念去想，那可是翻山越岭的数字。我是从欧沙的口中先了解治多的。

欧沙一看就是典型的藏族，夜晚坐在那里，根本看不出他的面孔。他人很壮实，有着宽厚的肩膀和胸膛，加上留着像恩格斯样的大胡子，让人不免产生一种敬畏感，或者说安全感。

他看你的目光，似乎是想照到你的心底去。而他自己先把心底给你打开。你没有听到他的笑，那是带有重音的笑，笑声都是从胸腔巨大的音箱里发出。一听这笑，你就会感到他是能够让人信赖的，让人依赖的，而且你会想到他唱歌一定很好听，音声饱满而洪亮。

欧沙好像从来没有什么烦心事，没有什么能让他为难的。但你同他深聊起来，他会告诉你。

欧沙家里的老母亲，72 岁了，身体还好；有一个女儿，28 岁了，大专毕业在县计委上临时班，一个月拿 3000 元左右的工资，勉强顾住自己；他还有个儿子。说到儿子，欧沙的神情有些变化。儿子 19 岁了，脑部有疾病，去了不少医院看病，都不能让人满意，这成了他的心病，孩子越大越是问题。妻子做个饼啥的买卖，自己挣点小钱。家庭的重担，主要还是欧沙担着。欧沙说，只有开车出来，一跑上漫无边际的高原，才会忘掉一切。

再深聊，欧沙的经历还真丰富。他在贡萨寺做过和尚，后来还

沱沱河源的神山——玛觉昌玉泽山　文扎　摄

俗，当了乡党委书记的司机，再后来去了治多县肉联厂当职工。肉联厂倒闭后，便干起了个体。那时没钱，买不起车，随便干点喜欢干的，有时就帮人开开车、修修车什么的。

欧沙喜欢车，这么多年了，也有了3辆车。我一听，说不简单啊。欧沙笑了，说都是不值钱的老爷车，买人家二手的，像开的这辆"黄海"，就是从西宁二手车市买的。我打量过这个皮卡，竟然有些担心，说这车你敢开着跑三江源？欧沙说怎么不敢，只要是四驱就可以，不是四驱进不了高原，只能跑跑公路，就是公路一遇到下雪也跑不了。我说，人家敢坐？坏到半路怎么办？欧沙说，怎么不敢坐，跑得欢着呢。自己会修车，经常整一整，完全能凑合。加上自己像个真正的草原人，所以拉的人，大部分还都是年轻的女游客。

我说，我们也喜欢你，愿意听你唠嗑，跟你照相。欧沙说，是，那些小青年都叫我"野牦牛"。有些小情侣，让我还兼保镖呢，他们玩得可高兴了。这样还会介绍别人来找我。我这个人，开始人家有点担心害怕。我说，为什么？欧沙说，块头大，皮肤黑，一脸大胡子，给人感觉有点儿野性，人家怕半路上被打劫。

我笑了。我能够想到欧沙说的。爱旅游的女孩子总是喜欢找欧沙这样的车手，还有那些小情侣。欧沙会将整个车子让给他们，由他们去任性，而他在远处的一个地方自顾自地拍着风景。什么时候人家疯够了，说可以走了，欧沙就会答应一声走过去，继续他们的行程。

我问欧沙，那些游客都会要求去什么地方？欧沙说，一般都是玉树周围的景点，像勒巴沟、巴塘草原、通天河谷、经石堆、湿地或者寺庙之类。还有的是去黄河源头，也就是牛头碑那里，约古宗列曲去的很少。我说，有人要求来过长江源或澜沧江源吗？欧沙摇头说，很少，像这样的地方，肯定要跟他们说到困难，他们听了也就放弃了。真的，一个是费用高，再者像这样想不到的露宿，也会耽误他们的行程。

我给欧沙开玩笑，问他有没有人喜欢上他。欧沙笑着说，有的女游客是单身来的，这样的人一看我，就说你随便去哪里，越高远的地方，越荒凉的地方越好。当然她得先把你看好，信任你才行。慢慢你就知道，都是感情上出现了问题，不是失恋，就是离婚，来这里散散心。

欧沙说，有一个却是想自杀的，被我劝好了回去了，这是又当导游，又当导师。草原上有话，吹动羽毛的是风，吹动人心的是话。那个女的也就三十多岁，来的时候脸色阴阴的，没有一句话，慢慢地就像草原的天，变得开朗了，话也多起来，后来什么都跟我说，我当然是劝说她把事情看开，路都在前方，就像这草原，从不知道它的边沿在哪里。路上我们看到一只小鹿，可能是受伤了，拖着一条腿，头还歪着，它就那么漫天漫地走着。我就指给那个女的看，说你看看，连小动物还坚强地活着。我给她讲我的家庭，讲我心里的困难，她走的时候就说了向我表示感谢的话，还说如果我是个单身，就会跟了我。我当然说我有家，还有就是我是个独行侠，她应该找到更好的。她就说，说不定什么时候还来，还给我打电话。欧沙说就是这样，经常会遇到很多有趣的事情，这样也就显得快乐和过得有意义。

三

这时听到了河的流水声，说是河，其实只能叫水流，因为它没有河的状态，太随意，愿意怎么流就怎么流，就像旷野的风，就像天上的云。半轮明月还在天上，天空似乎很低，低得连月亮的经络，都看得很清晰。一朵云遮上去，又被它扯掉了。

我说你刚才一定是在想什么吧，想什么？欧沙说，怎么能不想，就想着这路我以前是走过的，文扎让我来当向导，却走得这么不顺，把时间都耽误了。路不好，离开了原来的路自然会迷失方向，别说在望山跑死马的荒无人烟的高原，就是在平原，也会发生这样的事情。主要是问不到人，也没有路标。欧沙说，今年山水好像下来得早，而且还猛，不定哪一股雪崩，就带下来一股水。也没有什么护路队，路断了也不能及时修。

我不知道，这次考察活动结束后，欧沙回到家里，会不会又回到他的烦恼里。他总是要回去的，家人都盼着他呢，因为他是家里的顶梁柱。这么多天，信息不通，我们的家人都在担心着，一有信号，都会通电话。而欧沙也一定会打电话的，只是我们不知道罢了。

我问欧沙想家不，欧沙说能不想？这个家，你不想就没事，想了都是事。女孩都那么大了，还没找个对象，你说能不急人？男孩呢，你想了能不急？急又有什么用？欧沙说，哎，跑的多了，经的多了，就什么都看开了，草原人不是说嘛，四只脚的牦牛都会跌倒，何况两只脚的人。你不看开，连一天都活不下去。

　　我说我也学会了一句话，热壶里倒出的奶茶是热的，诚实人说出来的话是真诚的。你看得开想得开就行，就是你说的，路都在前方。

　　我说干这个很辛苦的，有时候也担风险，你怎么不像其他的牧民，养养牦牛什么的，听说一只羊上千元，一头牦牛，怎么都得上万元。欧沙说，也不是那么简单的事情，现在养一头牦牛要四五年才成，公牛三岁才能卖。羊两岁也就卖七八百元。都是要费工夫的。

　　我知道做一个牧人，不是欧沙的性格，欧沙是要在广阔天地驰骋的。

　　欧沙说话时，会时不时摸摸自己的长胡子。那胡子着实好，它不像文扎的文气，而是透着一种威猛，蓬乱着，扎煞着，像小说里的张飞或者李逵。这样的造型，就同文扎有着伙伴的好。

　　我说你看，连公家的事情也找你，你是出了名了，大家有什么事还会找你帮忙。欧沙就笑了，说母牦牛是黑的，挤的奶却是白的。好名声是慢慢传出去的，慢慢地就有人找你了。他现在一接电话就是，你是那个大胡子欧沙吧。

高原上的格桑花

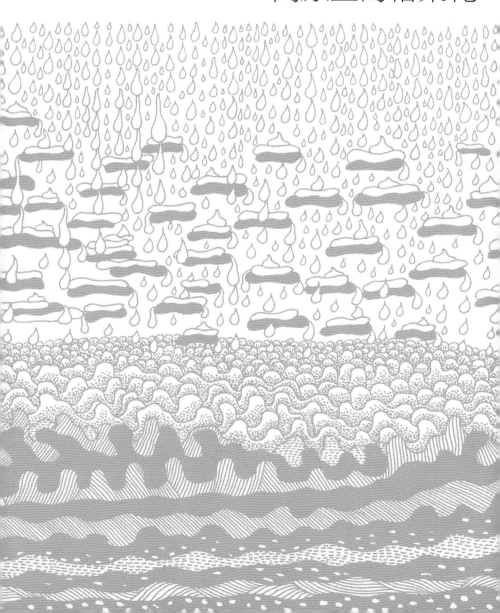

青藏高原上的格桑花

一

格桑花也叫格桑梅朵，在藏语中，"格桑"是"幸福"的意思，"梅朵"是"花"的意思。

格桑花是生长在高原上的普通的花，你随时都能看到她的芳姿。她的花瓣并不大，细细的茎秆挺立着，看上去弱不禁风。实际上，她十分耐风沙，抗日晒，受严寒。

而且随着季节的变幻，花的颜色也会发生变化，她同草一起生长，点缀着高原。

我现在就看到了许多的格桑梅朵，她们随着高原风从四处赶来，像邻家的女儿相约着赶场。

二

爱美是这个民族早就形成的特性，正因为草原上的单调，才使得草原姑娘以此去装点，装点成高原的格桑花。不光是为自己，也为那些草原的汉子。

高原上的格桑花，默默地开放着自己的美丽，也开放着草原的美丽。她们知道，人们之所以喜欢草原，也是因了这些美丽。因而她们更是格外注重，她们以每一个个体的开放，来达到集体的芬芳。

她们的发型和头饰都有着各自的特点，有的能让人看到极其原始的装扮形式，那是在中原看不到的，其中充满了大胆的想象和尝试。

在那些头饰上，你会感到她们对美有着极强的理解力和接受力，凭着想象和一双巧手成就了如花一般的效果。

而那些佩饰也是极为讲究，什么衣服搭什么，什么色调配什么，似乎都有着专门的设计师。而她们又是单个的，来自不同的大山和草场。她们不是一个演出团体，只会有性情的相约，不会有集体的训练。

有些身上的饰物价钱是不菲的，甚至可以用昂贵来形容。这说明这里人们的生活发生了很大改变，畜牧业给人们带来了实惠，使她们敢于想过去不敢想的事情。很多牧民买了汽车，而且不少是高档车，牧羊的草场甚至会发现高档的摩托车。那么，花钱装扮自己也是理所当然。

看着拍出的照片，发现她们有的化了妆，而且有的很会化妆。过去这样的高原地带，物资匮乏，女子们多是利用了草原上自然生长的花。她们采集和制作的化妆品，同样能达到美饰的效果。到了现代社会，她们有了更为便捷的交流。

就此我感到，在中原的过年或者庙会这样大的节日里，除了演出人员会有如此刻意的装扮，平常百姓的穿戴装扮还达不到这样的程度。

这是一个十分在意节日的民族，她们平时的生活也许可以随便些，但节日就是节日，就是要正视起来，让自身带动和影响他人，构成一个美好和谐的氛围。

在这样的氛围里，每一个人都会有赏心悦目的快乐。你看了不快乐吗？

三

她们的脸上有着别样的安详，她们的目光中有着别样的沉静，这是一种高原湖水般的透彻，而不是含混与迷乱。

她们细致梳理的发辫和精心打理的装束，同样释放出这种平静与安详。你甚至能感到来自她们心底的歌声，只是没有唱出口。

这或许就是格桑花语。

我感觉她们十分在意异性的目光，羞涩中又带有一种大方，尤其是不经意间猛然发现有人在注视她。

她们真的是不做作，不伪饰。自己美，自己爱美，就是让人看的，你喜欢你随便看好了。

假如你还要上前搭腔，她也会应酬你的话语，除非她不明白你的所言。

在这样的地方，你也完全不必要来虚伪，你喜欢美你就说，你就

嘉洛姑娘　王剑冰　摄

看，遮遮掩掩反倒是让人看不起也看不惯。

　　即使你真的喜欢哪个姑娘，你去表白也没什么，人家喜欢你说明你有福气，不喜欢你说明人家有人家的理由，你也不用自卑得想跳崖。没人欣赏你的壮烈。

　　我看见一个打伞的女子，那伞和她的装束很相衬，只是她为了遮阳，将伞压得很低，我举了几次相机都无法拍到合适的画面。这时她发现了我的举动，友好地将伞举高并转换了角度，我终于拍到了可心的镜头。然后，我对她笑着招了招手，她回以了一个浅笑。

　　我相信，彼此之间会是舒心的感觉。

　　如果不是高原的紫外线，使她们的皮肤受到强烈的照射，她们的容貌应该更为艳丽。这使得她们尽可能地裸露得少一些。

皮肤的粗糙与细腻是因人而异的。高原风和太阳只会影响她们裸露在外的肤色。可以看出，每个人的在意程度也有不同。

很多女子都是独自而来，她们不像男性站或坐在一处，她们甚至没有女伴，就是自己一个人站着或坐着或随便地走，不知道她们从何而来，怎么来的，怎么回去。不知道她们平常做着什么，怎么生活，每个人的环境和条件肯定是不一样的，也不知道哪个是她们中意的人，她们喜爱的标准是什么。

她们肯定有着自己的向往和追求。当太阳落山的时候，帐篷内外，高山下宽阔的草场，许有无数美好等待着她们。

那时这些格桑梅朵也许开放得更加艳丽。

格桑花就像康乃馨，寄托着藏族期盼幸福吉祥的美好情感。在青藏高原，叫不出名字的野花都可以称为格桑梅朵。

格桑梅朵，那可是一首诗的名字，书写于每个生活在高原或来到高原的人们心里。

感受那种满足和快乐

一

来到这片草场已经是傍晚时分，夕阳在山，薄雾迷蒙。

由于高原上没有任何的污染，光线也就特别的好，像可以将一切洗透一样。

在帐篷的聚集区，人们似乎已经进入了生活，有的开始从溪中提水做饭，有的在漂洗衣衫，有的要将头发再整一下，晚上可能还有重大的行动。

孩子们则还在水中戏耍，没有要出去的意思。大人们也没有人去吵嚷，说山水太凉，要生病什么的。

由于帐篷的色彩和光线的作用，我看到一处十分艳丽的景致，拍下来后发现像一幅油画。

几个穿红衣的喇嘛，正在插一面看不明白的旗帜，旗帜很高，似乎也很厚实，可能做的时候并不是为了让它在风中飞舞。

开始是一个人干这事，但他使了很大的力气，也没有将那旗插进土里。就又来了几个壮汉。说壮那是一点都不夸张，他们真的是又高又壮，铁塔一般。他们共用了一个奇大无比的帐篷，四方形的，里边足可以睡二十个人。为什么这时要升起那杆旗帜，是刚来，还是要在接近晚间升起?

旗帜终于竖起来了，那是红蓝黄绿白的五种颜色的旗帜，同天空和远山映在一起，显得格外出彩。

牦牛和马匹都已经回来，这时正在溪水中或泡澡或畅饮。人们没有因为牲口的介入而停止对水的利用，实际上那水是以极快的速度流逝的，根本不用考虑谁的一个行为就使水改变成分。

水的洁净与灵动在这样的地方表现得再充分不过。大人和孩子，男人和女人，马和牛羊，都一样地在这溪水中得到该得到的快乐，这就是高原的快乐。

二

夜幕笼罩的时候，有人还会在水里洗身子。

因之沉静，也就更能听得见水的异样声响和偶尔的说笑，迷离的光影中，或是男人，或是女人。这本也就是高原人的生活状态，在夏季对水的利用率尤为高，那真的是人的自由与自在。

猛然间醒了的时候，太阳早露脸了，洒了一片的曦辉。

我来到溪边，看到曦辉顺着溪流漂走了，又回来，而后又漂走。

一个女孩子将长长的发辫放到了水里，打破了这种僵局。

那么，我就顺着溪流走。

我发现最勤快的还是那些女子，她们或蹲或站，很早就不厌其烦地在水边打理好看又难以归整的长发。最难的是编小细辫子，一条条地编了，还要最后纠结到一起。那个工夫，足足费了太阳爬两杆子的时间。最后，太阳还是友好地将一许辉光抹在了头发上，使得她们照镜子时露出愉快的笑容。

谁不愿高兴呢，这样的操忙，也许一天都是高兴的。

这条山溪如此幸运地集中了如此多的女子的靓影。然后，你会发现，她们的发辫都很光亮，不知是洗发液的缘故还是水的缘故，可真是黑得油亮。是常在这样的溪水中濯洗的缘故？这山溪里一定富含营养物质。

其实，穿戴那些漂亮的衣装也不省事，昨晚是不经意间看到一个汉子在脱那套行头，里三层外三层地脱了好半天，还有缠腰的带子，那么长的围圈，最后他像卸掉一副沉重的马鞍子，将行头搭在了帐篷前的杆子上。

女人们呢，就更烦琐，因为还多了那么多的装饰。

那些装饰真的很特别，不管是头上的、脖子上的，还是手上的，都要搭配得与众不同。即使两个很要好的伴儿，穿的衣服样式几乎一样，细微差别还是有很多，比如花色的不同，比如佩饰的不同。

这就使得这个世界变得十分出彩，不论你走到哪里，都会感到这种出彩。

有人说，别说异性了，就是同性也想多看几眼，因为看着舒服啊。

三

爱凑热闹是人的共性，何况平时无热闹可凑的高原地区的人呢。

为了凑这个热闹，真的不知道他们赶了多远的路，有的甚至是从云南的迪庆那边过来。那里我去过，那可是一条天路啊。

其实，赛马的热闹也就那么一会儿，那么一会儿也就满足了。

何况还能看到这么多的人呢。

我发现不仅是女人多，男人们更多，男人堆里，还有近乎一半的是寺庙里的喇嘛。他们枣红的衣衫尤为明显。他们站在那里形成一排墙时，色彩格外好看，并且动人。

手机在这里早已普及，实际上各种现代的东西像风一样，没有吹不到的角落。

我只是闹不清手机是装在什么地方，有的有包包，有的却没有。这里的人玩起手机来也并不比其他地方的人差。人的聪明与拙笨其实分辨系数很小。有人这样说，这年头，谁傻呀。真的是不能以学历来证明什么。

我接触过一些家庭型的帐篷，那是人口不多的组合。但他们对待一顿饭或一次聚会却十分认真，整了半天，摆了半天，然后开宴。那种生活方式也渐渐接近了现代。

我还碰到几个藏族女中学生，聊起来后感到她们的思想和观念新颖又传统。她们很愿意同外界接触，想知道更多更远。

我总是看到那些阳光的脸庞，我不知道他们怎么那么多的满足和快乐。

从他们对待自己行头的认真程度，就可以看出他们的幸福指数。

一个对生活失去信心和热情的人，还会这样精心对待自己吗？一个没有温饱的生活氛围同样使他们做不到这一点。

草原亲情

一

车子经过很长的一段无人区。视线长时间地荒芜与单调。

一过无人区，就见到草原上两匹马在追逐，它们身上长着好看的斑纹，但又不像是斑马。

它们似乎从很远的地方跑来，像假期远游的一对"恋人"。广阔的原野让这对"恋人"有了新鲜感，它们竟然嬉戏、撒欢起来，高大一点的总是想搂着娇小的顺滑的腰，那腰却要躲躲闪闪，而且将头掉过来亲昵高大的。高大的就越发来劲，不停地追逐。娇小的总是调着那个顺滑的腰。

两个"恋人"等我拿相机的工夫跑远了，娇小的准是发现了我这外来人的不良之举，带着它的"恋人"去了一个更加静谧的地方。一般在这种情况下，有的会思维迷茫。

二

我在高天上见到两只鹰，那盘旋的姿势像冰上的双人滑。

我看到的似乎是它们的倒影。

它们一会儿左旋，一会儿右旋，一会儿翻身急转，一会儿直立上扬。我不停地随着它们的舞步调整着聚光点，就好像有一条线，风筝样的线，牵动着我的目光。

真的是很久没有看到这样的场面了。

我那里有时连鸟也看不到，即使有只鸟，那鸟也总是不知从哪里射出来，又弹子一般逝去，哪里有这么悠扬的旋舞。

我想，配上一支曲子，也会很合拍。

久久看着的时候，发现两只鹰的个头不一样，跟在后面的要小一些，难道也有冰舞那样个头大小的搭配？

后来从一个牧民那里我才弄明白，那是大的在带着小的飞，是妈妈让孩子在适应风和蓝天。等孩子适应了，就会放它去独自经风受雨。

三

我看到过并蒂开放的野花，对，可以叫它们格桑花。它们在一起或许是抵制孤单和风寒。

风吹来时，一同地摇，摇完了还会碰碰头、拉拉手，互相鼓励一番。

生长在这样的环境下，不这样又能怎么样？

有一次我在一片草中看见那艳黄开得实在是好看，就伸出手去。

然而又停住了。

我差一点就犯了一个错误。

我为刚才的想法不好意思地注视着它们，然后悄悄离去。那是两朵多么可爱的花儿。让它们尽情地舒展、尽情地快乐吧。

四

天地宽广的草原，常常能够感受到那种自然亲情。亲情是一种相携相守，是一种互怜互爱。

在人烟稀少的地域，不管是男女之间、父子母女之间，还是兄弟姐妹之间，这种亲情显得尤为重要。

我有一个听来的真事：一对情侣去雪域高原探险，在风雪中迷路，吃光了食物，耗尽了力气，眼看两人都坚持不下去，躺在雪洞里等死。迷蒙中醒来的女友发现男人不见了，爬出去看见他正在烤着一块肉，一只胳膊上还留有血迹。男人痛苦且又高兴地说自己打到了一头棕熊，可以有救了，只是胳膊让那熊咬了一口。

女子帮助男人包扎了受伤的胳膊，吃了烤肉后，躺在男人怀里睡了平生第一个安适的觉。再次醒来后，她发现男人不行了。随着救援队的到来，女子终于获救，救援专家问女子何以得生，女子递上了那块尚未吃完的烤肉。专家经过辨认确定，这是那个男人胳膊上的肉。

我相信这是真实的，特殊场合的真爱随时都会发生。

在这样的高原草场，人与人之间变得更为简单，不会有邻里间的房基地之争，不会有车子相擦的对错之辩。这样的简单甚至变成亲情里的简单。一个小伙喜欢上一个姑娘，也许就会拉上她翻身上马，绝尘而去。草籽摇落的时候，会有一个草原之子迎日而出。而那个姑娘，亲情里就又多了另一份亲情。

　　五

　　我在巴颜喀拉山下的一片草场，见过一个母亲背着孩子放牧的情景。

　　那孩子被一块羊皮兜在妈妈身上，头歪在一边，像是睡着了。我起先以为她背的是干粮之类的东西，根本没有想到是她的孩子，而且

高原母亲　王剑冰　摄

我也没有想到那个人是个瘦弱的女子。

车子越来越近的时候，才一个吃惊连着一个吃惊。我朝四野里看去，再没有发现还有其他的人影。我不明白她怎么能一个人在这里放牧，她怎么还要带着一个孩子。

后来我就觉得，也许那孩子就是她的伴，她们互相依靠互相支撑着简单的信念，度过一天又一天。

六

现在我在赛马场，看到了一个个母子相亲的画面，我觉得里面就有那对母子。他们该来放松放松，在这样的地方感受一下群体的温暖。

孩子可能还会睡着，那就叫他睡吧，好好地在妈妈的背上或者怀里享受美妙的一梦。

我随意拍到了许多的这样的照片，这是十分动人的场面。恬静而安逸，显露在那些母亲的脸上，我深深地祝福她们。而怀里的那个孩子，用不了多长时间，就会像鹰一样，自由自在地飞翔在草原上。

大自然是多么神奇，它会让生命周而复始。任何生命，只要你想生长。

而大自然还要给他们以情爱、情感，让他们的生命变得激情而有活力，生动而又美丽。

赛马场上的帐篷

一

由于举行期盼已久的藏族赛马节，在一条山溪的两岸，本来荒寂的地方，猛然间长出了许多的各色帐篷，那是从方圆几百甚至上千里赶来的人们。

其中一顶帐篷就是我要住的。帐篷有大有小，大的多是团体性的，比如喇嘛们，小的多是家庭的。从帐篷的漂亮程度可以感觉到，草原的生活质量真的是提高了。

人类的祖先早就得出了经验，临水而居。在这条天然的山沟里，人们仍然像在自家的地盘一样，使用和利用这水。清泠的山水是十分干净的，而且也具有了召集力，它将很多的不相识的人聚集在了一起，同享聚集的快乐。

也是啊，也只有在这样的时候，人们才会离开常年的孤独和单调，来体验和享受一种集体的生活。

水使人亲近起来。

人们往往是在这样的时候，要穿上最好的服装。那是色彩的河流。

这里早晚还是比较凉爽的，在傍晚的溪水中，竟然有小孩童在戏水，可以看出藏族人耐寒的特点。

藏族的孩子们不像大人，他们已经接受并且喜欢汉族简单随便的服装。单从服装上看这些孩子，不大好猜出他们的民族。

二

早晨我醒来得很早，但还有比我醒得更早的，他们早早地聚在溪边，洗漱打扮，尤其是梳理长发，需要很长的时间。

这就使得这个早晨更有了生活的气息。

帐篷是一种独特的生活工具，而实际上，在大草原，帐篷是没有这样密集的，这是帐篷的大聚会。

草原上不可能让电随行，多数还是点的酥油灯。而在这样的地

千人大帐中的盛宴　文扎　摄

方，已经可以扯上电线，架上电灯。

晚上在明亮的电灯的映照下，会有里面的影子映照在帐篷上，那是大口吃肉大口喝酒的影子，是嬉笑逗闹的影子，也有亲昵的影子，这真是一个特殊的山野高原生活场景。这场景让人感到了无拘无束的幸福和快乐。

我不善于吃肉，更不善于喝酒，但我也试着大口就着蒜吃肉，试着猛然一仰口地喝酒了，我需要在这样的地方醉上一醉。

有人唱了起来，有人跳了起来，帐篷内外，处处都是醉意朦胧的热烈和兴奋。

天上的公路

　　我们的车子在到玉树的公路上行进着，这是一段海拔 3000 米到 5000 米的公路线，行程 800 公里。青海和玉树都是很美妙的名字，让人想到诗歌。路两边的风景也是美妙无比，那里有巴颜喀拉山的雄浑，有三江源的广袤，有大大小小的湖泊，有大块飞舞着的洁白的云彩，有一片片散漫的黑色和白色的牛羊。车上放着悠扬的青海民歌，愉快的心情可想而知，当然这些还都需要有一条平整、安全的公路相伴。

　　公路要穿过一个个无人区，要翻越海拔 4000 米到 5000 米的雪山的垭口，要穿越沼泽地和冻土地带。是的，这些都穿越了，一路上没有遇到什么险情，有些危险的地段，都有着标识，冻土实验区也架着说明的牌子。

　　在这样的路上穿行了很长时间，才猛然想到，路是必然有人修、有人管的，谁来管理和维护这样的路呢？

　　这种想法引着我们拐进了一个公路段。我发现，原来还真有这样一支队伍。一个不大的小院，几排简陋的房屋，或几个男人和女人。这样的公路段几百里会有一个。这些常年在公路线上忙的人都显得十分黝黑，但是同他们聊起来却又是那么乐观。乐观的背后呢，我曾经问起他们的生活，由此我知道了他们中间很多人，年龄不小了还在打着光棍，甚至也有大姑娘，长久地没有把自己嫁出去。

有的虽然成了家，但只是个名不副实的家庭，对方或者在几百公里外的省会，或者在几百公里外的另一个公路段，一年见不了几次面。有一个职工说，过年回家连孩子都不认识他，晚上休息了，孩子会撵他走，说："叔叔你走吧，我和妈妈要睡觉了。"有一个职工娶了媳妇，生了孩子，媳妇过不惯艰苦的生活，抱着一岁多的孩子走了。

这些人同平坦笔直的公路联起来想，是多么的不好重叠。有时候我们车子开过公路的时候，会看到路基下面，几个人守着黑黑的沥青桶，朝我们摆手致意。路是高于两边的山地的，由于路面不宽，工人们维修只能爬上爬下。在一个个严裹着的脑袋中，我会看出有一两个露在肩上的马尾巴。我真的不明白，在这么艰苦的地方为什么会有女人。

在玉树公路总段，我看到了总段长——老韩，这个高高大大的撒拉族汉子，也是黑黑的，说明他也常常在养路的一线。是的，哪里艰苦哪里就会出现他的身影。有一次路面塌方，他在指挥抢救的过程中还碰肿了腿。他也同职工一样，家属远在 800 公里外的西宁，儿子在另一个艰苦的养路段上班。老韩没有搞一丝的特权，把儿子照顾到西宁去工作。

我和老韩出行去巡访过其他的公路段。路上修路的工人们，见着他的车子，都会高兴地伸手向他致意，而他也总是停下车来热情地和这些普通职工打招呼。没有谁不认识他，在这个叫作养护工的大军中，

高原之路　王剑冰　摄

　　每一个人都显得那么亲密，是艰苦的条件铸就了他们生死相依的情感。

我还注意到，在玉树公路总段已经形成了一个习惯，凡是段里的职工

出行或者回来，老韩和职工们都会在院子里送行或迎接，让职工们有

一种家的感觉。

　　玉树举办康巴赛马节，老韩除了领着大伙维护好了道路，就是把

职工们的家属从老远的地方接过来，在赛马场搭好帐篷，让他们住上

几天。

　　高海拔的条件是艰苦的，空气稀薄，饭都煮不熟，衣服裹得再厚

也遮不住刺骨的寒冷。我看见过巴颜喀拉山口附近有一个废弃的养护

站，它正处在巨大的山风之中。建这样的养护站，是因为山口的这段公路常常积雪，每次有积雪，养护工都会跑出来清除道路，否则山道上就会积满大大小小的车辆。有些车辆是长途客车，能冻死人啊！当然，随着交通工具的改变，最终撤销了这个养护站。但更多的时候，遇到抢险，工人们还是要住在帐篷里的。薄薄的帐篷又潮又冷，往被子里一钻，铁硬铁硬的，时间久了很多的职工都有风湿病、胃病、心脏病，往往40岁左右的汉子，看上去却显得十分苍老。

我们从玉树赶回西宁的路上，是在玛多的公路段吃的饭。当时便感到了高原反应，那顿饭吃得有些艰难，什么味道都记不得了。对于留下过夜还是立即开拔的问题，我们之间发生了争执。有人要求住一夜再走，那时候天已黑了。另一个同伴说，他曾在这里住过一夜，一夜都没有睡着，心脏被挤压得十分痛苦，呼吸也不畅，他有些害怕，怕再次发生那样的事情，而且现在已经出现了高原反应，所以建议连夜往回赶。可连夜往回赶，也是要冒风险的，玛多的朋友告诫我们，一定要想清楚再做决定。可我们还是出逃一般离开了这黄河的发源区域。

晚上万籁俱寂，一路上几乎没有什么车辆，只有两辆车子宽的公路上，灯光像两只并不明亮的鼠眼，忽忽悠悠地闪着。天空显得十分低垂，两面的大山，挤压着这条公路。公路一会儿翻到了山顶，一会儿下到了谷底，一会儿又像走到了尽头。我们知道，道路两边，就是永无止境的无人区，若果我们的车子突然出现了什么情况，后果是不可预料的。而车子还总是发出不匀的喘息声，甚至是拼命地吼叫起来。这个时候，谁也不敢对司机说什么，司机一定是心知肚明的，所有的一切，都操控在他的手中。

危险的行程中，剧烈的高原反应在晚间更加浓烈地向我们压来，翻过巴颜喀拉山口的时候，那海拔将近 5000 米的山梁，仿佛全部地向我挤压过来。我感觉到前胸和后背同时被挤压的刺痛，我想让车停下来，可停下来又有什么办法？只能在惊慌和痛苦中忍受着，在心里读秒，看着车子一秒一秒地越过这巴颜喀拉，那个时候，真的是感觉与生命的终点在拼抢。车上的其他人也都屏住了呼吸似的，没有一个人发声，只是看着漫漫长夜和漫漫旅途上，我们这一辆车子嘶哑地吼叫着，攀上巴颜喀拉山口，然后又艰难地翻越了过去。当我的前胸后背感觉那种挤压越来越轻的时候，我知道我离安全越来越近了，而巴颜喀拉山口越来越远了。

当然，我们依然在这大山中迂回，只是海拔稍显降低。等我终于能够长舒一口气的时候，我才告诉司机，刚才遇到了什么情况，司机说我的方法是对的，如果当时慌乱紧张，可能会出现更加麻烦的情况，而大家也无能为力，只能硬撑着往前。在这样艰难的天路上，如果谁遇到了高原反应或者身体出现问题，显得是多么无助啊！

可想而知，筑路工人有了病或发生了工伤事故，在这样艰难的天路上，他们显得是多么的无助，我只是走了这么一趟，只是有了这么一晚上的经历。而这些养路工们，却要长久地与这条路相生相伴。假如这条路的某一段发生了雪崩或者塌方，他们就要在晚上出行奋战，哪有什么危险、睡不着觉、吃不好饭的顾虑。

由此我对这些玉树公路总段养路段的工人们敬佩起来，确实是他们用肩膀和生命担起了这条 800 公里长的生命线，这是一条精神的天路，没有工段长的以身作则，没有工人们的忠于职守，这个队伍恐怕早就跑散了，因为凡是来的人都会有疑问，在这么艰苦的地方守着干啥？去有人烟的地方打工，生活质量都会比这强，那里有人间烟火啊，有歌舞厅，有洗澡房，有棋牌室，那里还有数不清的男人和女人。而这些地方什么都没有，好不容易在山头上架一个天线，可以收看电视，但是职工们说，没得心劲看，干一天活，往床上一倒就睡着了。单调枯燥的生活没有阻住他们对这条天路的热爱，时间长了，他们对它有感情了，那些男人们对它有感情了，那些女人们也对它有感情了，他们把所有的感情都倾注在这条路上，修补、打扫、天黑的时候，远远的你会看到一片红红的火光，那是尚没完工的路段，在生火烧着巨大的沥青桶。

可是当你融入他们中间的时候，他们又是那么热情，盘子端来满满的六杯酒，唱着歌子献给远道而来的人。他们觉得凡是能走入他们中间的，都是他们的贴心人。他们扯着嗓子在你的面前高唱着，直到唱得泪光闪闪。你还能不喝吗？你会与他们一同喝得醉醺醺的，说着胡话，关于青海，关于玉树，关于公路，关于男人和女人，摇摇晃晃地走出屋子；你会看到天上的星星特别的低，一弯月亮伸手可触。你看着眼前的公路上那闪烁的车灯，一道道的就像往天上开行，你不会怀疑，那真的是一条神奇的天路啊。

狂放的草原歌舞

　　少数民族歌舞中我最喜欢藏族和蒙古族歌舞，辽阔培育了胸怀，峻拔造就了性情。因而他们的歌舞充满了奔放与豪迈、剽悍与勇武，那真是男是男、女是女，高山流冰溪，大风援沙柳。

　　现在这藏民族的歌舞正在进行，一队队地舞起来，富有张力与韧度。看那队列在歪斜、歪斜，上扬、上扬，起落、起落，翻卷、翻卷——那是苍鹰低旋，那是骏马飞奔；那是汹涌的河，那是跃动的山。那个自在，那个狂野，简直要把整个草原都旋腾起来。

　　看的人沉迷了，痴呆了，心随舞动，情随人动，欢呼啊，嚎叫啊，鼓掌啊，口哨啊。舞也能醉人！直撩得人热血沸腾，恨不能置身其中，一醉方休。

赛马节　文扎　摄

在这样的地方，真能感受到狂欢的热度，它能将你身体里原始的野性发掘出来。在赛马节上，人们会连着三天三夜，不停地围着篝火跳锅庄。从四面八方翻山越岭而来的人们，互不相识，也不用自报家门，只管把热情带来，把雄健与刚毅带来，把柔韧与欣美带来。

草原上，舞动的圈子在变化，里一层外一层或里里外外相纠合、相重叠。圈子像波纹，忽小忽大，忽松忽紧，忽缓忽急。你就像上了一个海浪中的舢板，要么被掀上风口浪尖，要么被埋进万丈深渊。

我跟着坚持到半夜，实在受不住，回帐篷休息。一觉醒来，已是凌晨4点，可外边还是琴声飞扬，歌声震天。引得又起身而去，随便加入哪一个场子，用汉族的手将两个藏族姑娘的手分开拉起，舞一曲"带你去向那高高的山冈"，舞一曲"高原高原我爱你"……

转累了的人会在场子外边东倒西歪地躺成一片。有情意的，拉手去了旷野深处。没有哪一个人会闲在一旁，即使是在内地显得多么优雅、多么矜持的人，到了这里也丢掉了身份，丢掉了性别，丢掉了虚情假意，丢掉了低级趣味，本本真真地做一回人，一个自自然然的人，一个毫无顾忌、毫无掩饰、毫不做作的人。即使是东坡此时，也会来一个"大江东去浪淘尽"，来一个"老夫聊发少年狂"……

那就来吧，来吧——醉拥草原夜，狂歌舞大风。

整个草原旋转起来。天空旋转起来。还有黝黑的山峰，像个醉汉，一会儿晃到左，一会儿晃到右。

他或者她可能正发着呆，脸上会被谁猛然亲了一口，还可能被谁紧紧地抱了一下。狂欢中，你真的没法顾及，也无须顾及。你不也疯了似的乱晃乱跳乱唱，不知道手在哪里，脚在何方？你甚至会有意无意地去跟谁要一碗浓浓的青稞酒，咕咚咕咚，顺着脖子、顺着肚皮往下流，而后再晃晃荡荡地重新加入进去。

满眼星星，满目泪光，像李白将尽酒似的放浪形骸。高山揽月月不落，清风带我上九霄——你不知道你是怎么了，你是快乐得过了头啊。

谁一下子先倒在了草原的怀里，而你也由于惯性倒在了草原怀里，接着你感觉是倒下了一大片。那草悠悠地在耳边，带着湿漉漉的风。

等你回去后，你会疲惫不堪地睡上一天一夜，茶饭不思。醒后还沉浸在那已经熟悉了的乐曲之中，恍如梦境。

遥　望

有了行走三江源的经历，就有了一种新的自信。

到了这里才知道什么叫紧箍咒。感慨吴承恩，他是多么有生活。在高原上，人的脑袋会紧绷绷地疼，头重脚轻，呼吸急促，心跳加速，甚至产生某种幻觉，某种意识。

说真的，人是回来了，但是魂魄似还在那里。我注定我会在很长的时间里，回想与怀念。

我将在以后的岁月中变老，而后也不可能再踏上那片圣洁的大地。我不遗憾，我已经历。

有人说，你也遇到过强烈的高原反应，为什么非要留下，而没有像别人飞快地逃离？一旦发生不测，没有任何办法救助。是的，我曾感到了后怕，但只是后怕，最终还是自信与自豪占了上风。

我 90 岁高龄的老父亲也说过，说过他的担心，但是他知道阻止不了我，只好让我冒一次险。就像他当年参军上前线，祖父阻止不了他一样。

岁月的美好，是经历的美好，很多经历多在庸常，有多少是在历险？屈指算来，真的是不多。

那种独有的感受终生随身。

巴颜喀拉山，唐古拉山，昆仑山，都被我翻越。2017 年的 6 月和

8月，两次赶来这千山之巅、万水之源之地，行程上万公里，迎着凛冽劲吹的寒风与飞雪，耳边震响浑厚的嘎嘉洛圣歌。

我感觉我的身心，再一次腾空飞翔。

后　记

　　记不清是什么时候，"源"文化的概念进入了我的生活。我与"源"文化似乎是一体的，但生活在"源"文化的浓厚氛围之中，却很少关注和思考过"源"文化的价值和意义。

　　搜寻记忆之源，曾经有一部电视纪录片，是原玉树州政协副主席、玉树州文联首任主席、著名作家昂嘎先生拍摄的《各拉丹冬的儿女》。这是一部令人震撼的佳作，首次将人与"源"相连接，让人们的目光开始转向了自然的存在状态。尽管他已经仙逝，不能看到这套"源文化"丛书。但是，他的思想和精神却在这里延续。他是"源"文化的启蒙者。2008年我的《寻根长江源》，他给予了较高评价，并鼓励我"走出长江源，走向三江源，走向青藏高原"。从那时起，我潜意识里早已认定自己是各拉丹冬的儿女，便在不经意间盼望着能够亲近这座耸立于长江源的雪山。在此后的岁月里，我似乎一直在走向各拉丹冬。直到各拉丹冬的冰川还未完全融化的2002年，我终于站在海拔5000多米的冈加却巴冰川前。当我看着万里长江的第一滴水珠滴落在大地的刹那间，我仿佛洞察到了人类心灵深处那根深蒂固的"源"

文化情结。汉文化对于探源有着 2000 多年的漫长历史。而游牧人因着"逐水草而居"的千年游牧文化,探"源"几乎是与千年的游牧生活相伴的,对于"源"充满了母亲般的感恩。所谓"逐水草","逐"的可是人畜生存的基本条件。在青藏文化的千年历史中,虽然未曾发现有关大规模探源的历史记载,但是从游牧人生存的角度而言,一个游牧人或者说一个游牧部落,一定有寻找水源的经历。当我们沿着通天河、黄河和澜沧江寻根溯源时,那注入江河的每一条溪流,都滋养着沿岸的无数生灵。我们可以推想,每条小溪的源头,很有可能都住着一户游牧人家。他们驻扎于此,在不了解游牧生活的人看来,只是人生旅途中一次偶然的停泊。其实,对于游牧人来讲,那是一次探源之旅的选择。在青藏高原的万山之中流动的无数涓涓细流,皆从"源"而来。如果我们人类不以某个概念限定自然的法度,而依照大自然本身固有的状态来讲,整个青藏高原布满了"源",无数个"源"形成了三江源。在八百里通天河的两岸,除了少数牧户和村庄在饮用通天河水外,沿岸的寺院、村落大都有一条充满传奇故事的饮用水源。

千年的寻根溯源,所寻找的并不仅仅是自然的水源。探寻到某条河流的源头,其实也不过是自然地理的存在形式。那从大地上汩汩冒出的泉水,我们人类的目光未曾与它相遇前,"存在"在那里早已等着我们。为何有人在黄河源头,从沼泽地里冒出的一支溪流前泪眼模糊,诗情喷涌?为何有人在各拉丹冬的雪山脚下,五体投地,叩首大地？为何在澜沧江源的吉祥泉，才想起敬天地、赞日月？所谓"饮水思源"，是人类共同的情感。"思源"一定是不由自主的，就像孩子思念母亲。这"源"字能启开人类情感的阀门，唤回久已迷失于人类文明的童心。它没有民族，不分宗教，也无性别，甚至不限于人类，能够超越人类自制的樊笼。"源"能"启生人之耳目，穷法度之本源"。

在通天河南源莫曲河的源头，有一条泉水，名曰"切果阿妈"。"切果"有源头之意。"阿妈"似乎不用翻译，全人类各民族的语言中都有类似的词语。如此普通的一条泉水，却点开了"源"的密码——母亲。传说宗喀巴大师，少年离开家、离开母亲，西去拉萨求学，终生钻研佛学，探究人生哲学，开创了显密圆融的新学派。到晚年，已是声名远播的大智者、大成就者，被尊称为"佛陀第二"。传说某天，他在甘丹寺东边山腰传法，忽闻布谷鸟鸣叫。这声音勾起他对远在宗喀山下的母亲的怀念，大师不由自主地叫了声"阿妈"。传说弥底大师是印度的大班智达。他远离自己的家乡，抛却地位和名誉，跋山涉水来到雪域高原，甘愿过给人打工放羊的生活，据说是为了超度投生雪域受难的母亲。我想他也曾经在心底无数次地呼唤过"阿妈"。那可是他生命的源头啊！

江河溯源，那源头便是一切生命的"切果阿妈"。历史探寻到原始，神话是历史之源；哲学的发端，与神话相连；充满传奇的神话是信仰诞生的源头；生命追寻到起点，母亲是最后的归宿。一切民族的文明源头，都有一条被称为"母亲"的江河。这"母亲"乃是万物之源，生命之源，文明之源。

我们在源头看到的不仅是江河的摇篮，其实在那里能够寻找到人类的情感之源，哲学的思想雏形，神话的原始风貌，史诗的现场演绎，文明的一缕曙光。总之，那里充满了"源"文化的氤氲和诱惑。

我一直想用文学的方式向世人展现"源"文化的魅力。缘此，2017年，在玉树州政府的有力支持下，组织发起了"中国人文生态作家团'源'文化考察活动"，使一批智慧而充满情感的著名作家，踏上了"源"文化的生发现场，他(她)们从不同层面，以不同视角观照那充满母爱和魅力的"源"文化，并以各自的方式表达了不同的思想。

古岳是一位行走大地的智者。他是用纪实性的笔法探求真理的大作家，同时又是守望三江源，投身"源"文化的生态守护者。二十多年的岁月里，他持续《忧患江河源》，他深深眷恋着这片土地，他甚至有《写给三江源的情书》。他的《冻土笔记》是超验地观察到并忧患源文化之"源"的一部力作。杨勇，是一位解读三江源地理密码的行走者。自20世纪80年代勇漂通天河之后，他与"源"文化结下了不解之缘。三十余年，三江源的山水间留下了他的脚印。《发现三江源》，必定是他探险人生的精彩篇章。于坚，"作为中国第三代诗人的代表人物"，近年"他在散文方面又大放异彩"。他的《在源头》，以现场感极强的语言传递一种"源"文化的魅力。王剑冰是一位满怀诗情的散文大家，他以一位朝圣者的心态踏上了"源"文化寻根之路，以无限崇敬之情用他的笔墨捧起了《江源在上》。唐涓，一位深情关注青藏文化的散文家。她观察独到、文笔细腻，她的散文具有"诗化语言"的魅力。她虽身在城市，但她的情感在《江源栖居》。随着对"源"文化的不断深入了解，我发现自己永远只是一个求道者。所谓"道法自然"，我问道的重点在"源"。"源"文化是取法于自然的"道"，因而我越发觉得自己只有谦卑地《问道三江源》的资格。

"源文化"丛书，即将面世。这套丛书的完成倾注了许多人的心血和汗水。丛书的每一位作家，全身心投入"源文化"的考察，付出了辛勤和智慧。在感谢几位作家的同时，不能忘记一起走过三江源的著名摄影家高屯子，《三江源生态人文杂志》主编杨上青女士，诗人爱若兮、耿国彪和赵永红女士等几位知心朋友。在此向各位朋友表达诚挚的谢意！丛书所以能够与读者见面，归功于玉树州政府及才让太州长的有力支持。才让太州长似乎对"源"文化早已有着深刻的思考和研究，稍稍点开，便能兴趣盎然地与你畅谈三江之源。在此，我用恭敬的双手向才让太州长献一条感恩的哈达！

在此要特别感恩的是著名作家马丽华。2017 年，她不仅亲临"第三届嘎嘉洛文化学术研讨会——'源'文化论坛"现场，而且应诺为"源文化"丛书作序。她的《走过西藏》曾经给了我无限的希望和自信。从那时起，我开始关注青藏高原，关注青藏文化，审视自己脚下的这一片热土。从某种角度而言,《走过西藏》是"源文化"最接地气的佳作。其次要感谢著名画家嘎玛·多吉次仁(吾要)。他怀着对三江源故土的一片情怀,欣然答应承接"源文化"丛书的装帧设计工作。他是美术界的"哲学家"。他在三十多年的艺术探索中,创造了独特的艺术语言与符号元素,作品内涵丰富、寓意深邃。从他的绘画中能够看到佛陀的般若、老子的智慧。感谢原玉树州文联主席彭措达哇的热情支持和积极参与,感谢杂多县委书记才旦周的关怀和支持,感谢索南尼玛、布多杰、欧沙、才仁索南和阿琼等朋友无微不至的后勤工作和呵护。

最后还要郑重地感谢青海人民出版社总编辑王绍玉先生,他在丛书的出版上给予了大力的支持。感谢我的妻子及家人的支持,因为家是我心灵停泊的码头和扬帆远航的动力。

文　扎

2020 年 9 月底初稿

2020 年 10 月底修订